闽宁镇的春天

石竹花开

闽宁镇的春天

侯健飞 ⊙ 著

SPM
南方出版传媒
花城出版社
中国·广州

图书在版编目（CIP）数据

石竹花开：闽宁镇的春天 / 侯健飞著. -- 广州：花城出版社，2020.10
ISBN 978-7-5360-9213-6

Ⅰ. ①石… Ⅱ. ①侯… Ⅲ. ①报告文学－中国－当代 Ⅳ. ①I25

中国版本图书馆CIP数据核字(2020)第180322号

出 版 人：肖延兵
策划编辑：程士庆
责任编辑：李 谓　曹玛丽
技术编辑：薛伟民　凌春梅
封面设计：李 戎

书　　名	石竹花开：闽宁镇的春天 SHIZHU HUAKAI：MINNING ZHEN DE CHUNTIAN
出版发行	花城出版社 （广州市环市东路水荫路 11 号）
经　　销	全国新华书店
印　　刷	深圳市福圣印刷有限公司 （深圳市龙华区龙华街道龙苑大道联华工业区）
开　　本	787 毫米×1092 毫米　16 开
印　　张	19　1 插页
字　　数	250,000 字
版　　次	2020 年 10 月第 1 版　2020 年 10 月第 1 次印刷
定　　价	49.80 元

如发现印装质量问题，请直接与印刷厂联系调换。
购书热线：020－37604658　37602954
花城出版社网站：http://www.fcph.com.cn

中国当代移民"吊庄"之名诞生在宁夏。宁夏最具代表性的吊庄，是永宁县闽宁镇。25年前，福建省向宁夏兄弟伸出援手，闽宁镇就在贺兰山东麓的荒滩上获得新生。

石竹花是西北特有的花种，是一种最为平凡的小花儿。但这种小花却是母亲和母爱的象征。在中国以至全世界百姓心中，都把思念母亲、敬爱母亲的感情，寄托于石竹花，因为，石竹花艳丽而不张扬，长寿又不欺邻；她们紧紧贴住大地生长，可以独立，也可群居。她们最令人敬佩的品质是耐严寒、抗风雨，永远扎根在最贫瘠的土地上，不离不弃。

石竹花，象征书中记述的平凡而伟大的女性群体——这些与西海固和闽宁镇邂逅相见、魂牵梦绕的母亲、女儿们，有扶贫驻村的干部，也有几十年如一日进行乡村调查的教授；有靠双手致富的农民，也有靠理想信念成功的作家……二十多年后的今天，宁夏更多的贫困地区民族兄弟，异地搬迁到闽宁镇，这个昔日的"吊庄"，已经成长为一棵枝叶繁茂的青春树，在迎接一个又一个山花烂漫的春天。

——题 注

目 录

序　章　西海固 —— 1

第一章　闽宁镇 —— 5

第二章　心手相传原隆红 —— 13

第三章　她从黑眼湾走来 —— 53

第四章　北纬38° —— 73

第五章　生死攸关 —— 80

第六章　心大了，天就大了 —— 95

第七章　石竹花开 —— 104

第八章　寻找马燕 —— 125

第九章　红树莓熟了 —— 134

第十章　西邵小站 —— 149

第十一章　写给自己的一封情书 —— 156

第十二章　都过去了 —— 172

第十三章　有一个女孩曾经来过 —— 186

第十四章　微笑的日子 —— 204

第十五章　吼一声秦腔 —— 216

第十六章　梅花香自苦寒来 —— 234

第十七章　闽宁镇的春天 —— 255

第十八章　父亲的来信 —— 270

第十九章　不以山河为远 —— 286

后　记 —— 295

序章 · 西海固

一

2019年10月23日早8点,我租车前往宁夏永宁县的闽宁镇。但在认识闽宁镇之前,我必须得介绍下宁夏最著名的地方——西海固。

人类社会,名声很重要,这名声不单单指人,山川风物、飞禽走兽也一样,因为大自然每一根经络都与人的思想感情息息相关。比如长江、黄河、长城、故宫、黄鹤楼等,自然天成和名胜古迹总是吸引世人的目光。总体来说,闻名遐迩大多是建立在富有和辉煌基础上的,而宁夏的西海固,却是因为极度贫穷而闻名于世。

二

我本来是不打算介绍西海固的历史的,我认为,如此出名的地方,在信息发达的今天,如果我在这样一本文学素描性写作中再添笔墨,会不会有违我"惜字如金"的初衷?抑或是鹦鹉学舌?现在我却改变了想法,原因其实很简单。我一家三口,夫人小我一岁,她是喜欢学习和读书的;儿子30岁,硕士学历,而且曾留洋海外。当我第一次说到西海固的时候,他们回应了很有涵养的茫然和沉默。我不一定懂外人,但我懂家人。一家三口,只有一人对宁夏西海固一知半解——坦白说,要不是我早年读过一本张承志的书,西海固这个组合词,我也是陌生的。前人有"文生于名,名生于形,形之所限者分,名之所稽者理。分理明察,谓之知文"。文学的意义,是用形象和故事来说明道理,这道理除了真善美,还要有史和鉴的意义。《资治通鉴》是"给所有治理国家社会的人做借鉴"的意思,其中"资"是"供给"的意思,"通"是"全"的意思。《资治通鉴》,中国第一部编年体通史,由北宋司马光主编的一部多卷本编年体史书,共294卷,历时19年完成。主要以时间为纲,事件为目,从周威烈王二十三年(公元前403年)写起,到五代后周世宗显德六年(公元959年)征淮南停笔,涵盖16朝1362年的历史。这1362年的兴衰更迭,确实有不少值得治理国家社会的人借鉴的东西。

著书立说,阐发道理,作者名望不同,影响大小而已,但书却无大小之分。白纸黑字,哪怕只是传播了知识也是好的。这样一想,西海固的前世今生,就大有介绍的必要了。

西海固,是宁夏南部多县区的一个简称,是黄土高原丘陵区西吉、海原、固原、彭阳、同心等7个国家级贫困县的统称。因为西吉、海原和固原三县最为贫困,"西海固"之名因此诞生。7个国家级贫困县集中在一处,像7个难兄难弟,艰难挣扎在被清代左宗棠称为"苦瘠甲天下"之地。

据查,1949年至2005年50多年间,宁夏中部干旱带干旱年份为41年,干旱率为71.9%。其中,特大旱8年,重旱9年。西海固地区年平均降雨量为200~650毫米,蒸发量达900~1600毫米,土地贫瘠,多种自然灾害频发,生态非常脆弱。西海固地区由于特殊的自然环境以及地域特点,导致生活在这里的人民常年处于贫困状态。

主要表现为:

一是吃水难。西海固地区十年九旱,中部干旱导致人畜用水成为最大的难题。老百姓要肩挑驴驮到几十公里外取水。天不下雨，几十万人和十几万头大型牲畜就没有水喝。

二是行路难。纵横交错的沟壑山川阻隔了人们和外界的联系。大部分村落不通公路，曾有民谣唱："交通基本靠走，宣传基本靠吼。"

三是上学难。中华人民共和国成立初期，西海固地区没有一所像样的中学，乡村小学奇缺，校舍破旧，教师团队老龄化。到1988年，还有大量适龄儿童失学，其中女童占84%，回族儿童占92%。

四是种粮难。人口与土地面积比例严重失衡，25度以上坡地被大量垦殖，水土流失加剧。原始的耕作方式和广种薄收的生产方式，导致大旱年份颗粒无收。

五是看病难。医疗资源极度匮乏，缺医少药成为普遍现象。老百姓看病难，看病贵，因病致贫，因病返贫成了长期困扰西海固的顽疾。

薄弱的基础设施，传统的生产方式，落后的思想观念，严重超比例的人口，被大面积破坏的植被，教育和医疗资源的匮乏以及劳动力素质低下的西海固，在1982年时，农民人均纯收入只有126元，人均有粮88公斤，贫困程度深，贫困发生率高达74.8%，扶贫开发任务艰巨。几乎没有任何产业类型布局，也没有任何支柱性产业。

三

国家实施脱贫攻坚战略后，西海固地区集中的八个国家扶贫开发工作重点县和省定点扶贫开发工作重点县（红寺堡区），聚居着230万回族群众和近百万贫困人口。

2011年，西海固地区被国家列入六盘山集中连片特殊困难地区，西海固成为新一轮扶贫攻坚的主战场。

打开黄河流经地图,我们看到,发源于青海、经甘肃和四川入宁夏的母亲河黄河,本可以在宁夏中卫区拐个弯向南的,但却鬼使神差地在中卫境内迟疑了一下,转头一路向北逶迤而去。西海固地区被这位黄河母亲舍弃,这是命运不济。西北高原,远离黄河水道,山川大地注定贫瘠多难。

1972年,西海固地区被联合国粮食开发署确定为不宜人类生存的地区之一。

第一章 闽宁镇

一

闽宁镇,位于宁夏中南部地区,自治区首府银川市西南部,贺兰山东麓,永宁县城西部。属于温带大陆性气候,干旱少雨。这个以福建和宁夏简称组合成名的西北小镇,30年前,没有名字,当地人称这片四季风沙漫天的荒滩为"沙石滩"。这很像百年前的中国,一个贫穷的母亲生了一群孩子,因为太穷,似乎穷到起个名字都没有力气一样。

闽宁镇距银川市六七十公里。不远不近的距离,不知为什么,出租车师傅都不愿意去。早晨在宾馆门前拦下两辆的士,都找个借口拒载了。第三辆刚刚从机场载客过来,是一位与我年龄相仿的师傅,操一口外省话,见我焦急又诚恳,犹豫着让我上了车。师傅说,这趟活如果打表走不划算,因为没有回来脚。我懂回来脚,就是从闽宁镇回银川,打车的客人不多,多半得放空车。我说没关系,不能让师傅吃亏,加价差不多都行。

师傅放下心,出租车转出市区,一路向西,车窗外,路树和植被开始稀疏,渐渐满眼苍茫。大约行驶半个小时,车窗右边两三公里处,一条黄褐色隆起的土冈弯弯曲曲地顺着行驶方向,逶迤向前,一望无尽。

不用说,这是明代古长城了。

石竹花开
——闽宁镇的春天

"驾长车，踏破贺兰山缺"，岳飞的一曲《满江红》使得"贺兰山"一词家喻户晓、流传千古。贺兰山，位于宁夏西端，是宁夏与内蒙古两自治区的分界线。北邻乌兰察布沙漠，西邻腾格里沙漠，南接卫宁北山，绵延数百公里，以其雄伟壮观之势著称于世。"贺兰西望矗长空，天界华夷势更雄"。千百年来，这里多是汉族与边疆游牧民族交错杂居的地带，留下了许多民族团结、融合的壮丽史篇和丰富多彩的历史古迹，其中沿山而建的众多长城遗迹便是其最重要的历史见证。贺兰山沿线的长城，其修筑年代最早可追溯到秦汉，明代达到其修筑高峰期。明代时，朝廷与北方蒙元势力隔贺兰山对峙，这里成为明朝军队抵御蒙古骑兵侵扰的天然屏障，"峰峦苍翠，崖壁险削，延亘五百余里，边防倚以为固"。为戍守此道防御天堑，终明一代，相继沿贺兰山续修增葺了诸道长城、关隘、堡寨、壕堑、敌台、烽火台等设施，逐渐建立起了以长城为主体，点、线、面结合的立体式防御体系，"半夜火来知有敌，一时齐保贺兰山"。贺兰山一带，是宁夏今存长城遗迹长度最长、保存最佳且遗迹最为丰富的地段。

时光荏苒，转瞬已逝数百年。时至今日，当年刀光剑影、戍守重重的边防重地，早已褪去它的威势而变成一处处残垣断壁，风雨侵蚀、人为破坏等使得其渐趋消亡。更为遗憾的是，存留至今的长城遗迹一直没有一个确切的调查统计数据。

收回思绪，出租车拐上一条宽阔的新马路。不远处就是城镇的高楼群。

"这是永宁县城吗？"我问师傅。

师傅像是吃了一惊，立即反问：

"您不是去闽宁镇吗？这是闽宁镇啊。"

我赶紧点头称是，随口说道：

"好大的镇啊，这么多楼房，这么宽的柏油路，我还以为是县城呢。"

师傅说："您说得对。闽宁镇的变化，一天一个样。这条路是新修的，我半年前来过，还没有这条路，要是不开导航，镇政府还找不到了。"

我终于听出了师傅的口音："兄弟是唐山人吧？"

"唐山的。在吴忠当兵，退伍后留在宁夏了。"师傅回答。

我认真看了一眼师傅，板寸短发，脸型消瘦，目光坚定。这是军旅生涯较长的人的基本特征。当然，师傅不知道我还在服役，于是我就说：

"兄弟，你小不了我两岁。咱们是战友了，你说你是退伍而不是转业，一定是改转了志愿兵的。留在宁夏，是当年偷偷搞了对象吧？"

师傅一愣，侧回头也认真看了我一眼，说："噢，是战友，看着不像当过兵的。可您真猜对了。我在部队是一名上士（当时负责连队食材购买的士兵），1992年改转了志愿兵。之前在菜市场认识了我爱人，也不能说是偷偷的，但您也知道，按部队规定，士兵不能在驻地谈恋爱。"

"您爱人一定非常优秀。"我说。

之所以如此笃信，因为我知道，20世纪80年代初，部队基本停止士兵直接提干，能改转志愿兵的，都是士兵中优秀的人。特别是农村籍志愿兵，在恋爱婚姻问题上都非常慎重。如果姑娘没有过人之处，这位师傅不会留在西北宁夏。

"您说得对。在宁夏干满15年，留下来，主要是因为爱人。她人非常好，当年她父母有病，家里穷得不得了，她一个人拖着四个弟妹……您可能不信，宁夏的女人大部分这样，要我看，她们是全中国最好的女人。"

轮到我愣了一下。这句并不科学也非客观的闲话，在这样一位丈夫嘴里说出来，像一点星火，突然在我心里亮了一下。

二

十点一刻，战友师傅把我拉进闽宁镇政府大院。院子很大，四四方方，镇政府机关楼可能有五层，坐北朝南，整个楼显得很安静。一条红砖路直通楼门处，路两侧各有两行移栽不久的树。这些碗口粗的树我叫不出名字，叶子不茂盛，每一棵树干都缠着草绳，各有四根木棍从东南西北支着树干，此时我突然感到，这里的风力非常强劲，虽然阳光明媚，也无沙尘，但你似乎站不稳，有置身高原的感觉。

在楼西侧，并排一列极简易的平房。其中一间的大门半敞着，门口挂着一块"永宁县扶贫开发办公室"的牌子。

我走进去，立即感觉到里面房间很多，每个房间都有忙忙碌碌的声音。这个景象与寂静的大楼和坚硬的风形成对比，这个平房的人气和温度是显而易见的。

扶贫中心李海宁主任正向两个同事交代工作。他从椅子上站起来，抱歉地示意我在办公桌对面的沙发上坐下。

李海宁主任显然知道我此行的目的，一杯热水递过来，立刻拉近了我们的距离。我大约用五分钟时间，简要说明需要一位熟悉扶贫工作的人员来介绍情况、推荐人物、联系采访。

李海宁主任在这五分钟时间里，又接了两个电话，接待了两个来请示具体工作的下属。

"不好意思，实在太忙。"李海宁主任说着拿起电话拨号。

一两分钟后，一个文静纤细的女士走进办公室。

她叫段晶，是扶贫中心工作人员，李海宁主任安排她具体来帮助我这些天在闽宁镇的采访工作。

看李海宁主任忙得脚不沾地，段晶领我出来到了一间大的会议室。

又简单与段晶做一下交流，我只能比较模糊地提出在妇女儿童、教育培训和卫生医疗三个方面着手准备材料。因为时间有限，她出去几分钟后回来对我说，相关材料还得等等，要不先请教育扶贫知情人来介绍下情况？

我说好，然后随口说："闽宁镇扶贫办的人员很多呀！"

段晶迟疑一下回答我："不是呀老师，我们是永宁县扶贫办的，只是因为闽宁镇建档立卡人口占全县比重较大，脱贫攻坚任务重，为了保证脱贫攻坚目标如期完成，我们搬到这里办公而已。"

在回答我这句话时，我分明感到段晶的语气里有一丝不快和失望，由此我判断，她是一个办事极其认真的人，同时我认为，她也是那种既了解自己又会观察别人的聪明人。

还好，我刚刚的"无知"，并没有影响到段晶的情绪。

三

闽宁镇，隶属宁夏回族自治区永宁县，2002年前叫闽宁村。它应该是新中国最年轻的镇，但这并不妨碍它的青山青史流芳百世。

段晶抓紧时间给我补课。她告诉我：到1996年，这里还是一片荒漠戈壁，没有正式名字，虽然距省会银川并不远，但它具有戈壁滩鲜明的个性。什么个性呢？段晶停顿了下继续说：它的个性啊举世闻名——昼夜刮着风，风卷起的黄沙遮天蔽日，有时旋风起来，鸡蛋大的鹅卵石在半空里旋转，相互碰撞，声震天宇。

贫穷并不可怕，可怕的是不敢承认贫穷，更可怕的是甘愿贫穷。时光回溯到20世纪80年代初期，"苦瘠甲天下"的宁夏西海固地区一些农民兄弟，为了能吃饱肚子，不得不走出家门，或访亲投友，或向未知的地方寻找粮食和水源。不知是哪个人，或者哪几个人率先在银川市永宁县境内的贺兰山东麓"沙石滩"停下脚步。看中了这块相当平缓的滩地——这里有一条他们并不知道贯通哪里的国道——其实这很重要，有路才能通达世界；另一个重要的因素，举目西望，是绵延不绝的贺兰山，山下有一条隐秘的河流；而这里的阳光，似乎比任何地方都强烈炙热。阳光、水和沙石地，是生灵万物最初的给养和活下去的动力。探路者们，通过承包农垦土地、在戈壁滩上开荒种粮解决了温饱。很快，探路者的脚步吸引了原乡人，一批又一批西海固地区穷苦人自发来到这里，从此形成了一个新的游民聚居区。

我问段晶，到底是张三还是李四率先挖地三尺，搭起窝棚在这个荒滩安居下来？难道没有一点记载吗？

段晶摇摇头说："好像真没有，挺可惜的。二三十年，时间一眨眼间就过去了。最初从西海固自发到这里的拓荒者，文化积累还在起步阶段，到底能留下多少有文化价值的东西，现在还看不出来。"

我认真咀嚼着段晶的话。

其实，移民是历史上从最初到现在都可以经历的人类活动模式之一。人类文明史既有宏大叙事，也充满了生动细节；世界历史上的每个阶段都有关于移民的传奇，这些传奇既见证着民族国家的兴盛和衰败，也反映了个体人的梦想和血泪。在过去的50年，世界各地人口从乡村迁移到城市，使城市居民由原来占人口的五分之一上升到占人口的一半。从前乡村的人类生活，现在已经压倒性地变成城市生活。居民人数超过2000万的十大城市，中国占据三席，分别是北京、上海和重庆，其他是东京、墨西哥城、纽约、孟买、伊斯坦布尔、圣保罗和雅加达。可惜我本人没有人类移民史方面的学养，也少见中国作家这方面的写作。但我知道，在欧美却很流行这庞大课题下的书写母题。我唯一知道简·卢卡森和奥·卢卡森的"跨社群移民"理论的一点皮毛。由此我要问，从西海固率先来到闽宁镇的人，可不可以称为英雄？我认为是可以的。因为英雄是勇敢和悲的壮代名词。背井离乡首先需要思想得到解放，从西海固到闽宁镇，中途尽管不过几百公里，但这却是一个个饱含辛酸的移民故事，其中的深意和哲思，值得政府和社会学专家重视和研究。30年斗转星移，如果现在有人说，当年，走出西海固大山的这些弃乡人是"怀揣梦想的有识之士",不如说这是一批为生存而被迫改变命运的先行者。

"如果肯下功夫,老一代移民也许会回忆起来。现在有据可查的是,'吊庄'的雏形是从这个时候确立的。"段晶的话打断了我的遐思。

四

"吊庄"一词已经诱惑了我几天。

吊庄,真的给人无限遐想。因为我之前没有接触过移民题材,第一次听到"吊庄"这个词,心里嘀咕了好久,到底是哪两个字呢?等到认识了,一琢磨,不禁为汉语言智慧和中国百姓的想象力叫好。吊庄,是在中国扶贫开发史上独特的名词,它本意是指,在生存环境极其恶劣的地方,有一户人家走出去一个或两个人,他们一般是年富力强的劳动力,当他们找到一处比较理想的地方,就开荒种植,然后就地挖窑洞搭窝棚,建立一个仅供暂栖的家。这与过去走西口闯关东的一去不返不同,一户人家居住在两处,主劳力"吊"在两个地方,这样,有心而有趣的人就称为"吊庄"。可能是党和政府受到启发,顺应民意,在宁夏发起"吊庄移民工程"——就是把一个或多个不宜生存的行政村、自然村,整个迁移到适合生存并可持续发展的地方。虽然这样的移民村很快会有正式名字,但"吊庄"却在民间和官方记录里留存下来。"吊庄文化"说不定就是未来城乡文化新的一脉。

1990年10月,宁夏回族自治区又易地搬迁一批"吊庄"移民来到这里。

同年10月,福建省委、省政府按照中央东西扶贫协作的战略部署,成立了对口帮扶宁夏回族自治区领导小组。时任福建省委副书记的习近平同志担任组长。习近平同志指出:"这是个战略决定。先富帮后富共同富裕,这更有利于我们国家的稳定、民族的团结,是一件有意义的事情,动员更多企业家到宁夏找市场,到宁夏搞开发,结成一套联合体,共同体,共同发展。"

同年10月,习近平同志倡议两省区建立联席会议制度,每年轮流举办一次,党委、政府主要负责同志出席,总结对口协作工作,商定协作帮扶方向、内容和重点。

1997年4月,福建省主要领导率领福建省党政代表团一行35人来到宁夏,前后用6天时间进行对口扶贫考察。习近平同志建议建立一个以福建、宁夏两省区简称(闽、宁)命名的移民开发区,以重点帮助西海固地区贫困农民走出大山脱贫致富,奔向小康。经过闽宁两省区认真选择、评估和实地考察,位于贺兰山东麓的"沙石滩"吊庄移民村被命名为"闽宁村"。

资料记载,三年前,一位中共宁夏回族自治区李姓领导这样回忆闽宁村的初创时期:"闽宁镇是一个民族乡镇,全镇面积56平方公里;辖6个行政村,4.4万人口。作为闽宁对口帮扶平台,这个村庄的初创时期,绝大多数移民的经济状况可谓'赤贫'。有的农户所有家当折算起来不足千元。"20多年来,在中央的亲切关怀下,在福建省的倾力帮助下,经过全镇广大干部群众的艰苦努力,闽宁镇已经从昔日人类稀少的戈壁滩变成阡陌纵横、绿树成荫、良田万顷的"塞上江南"小镇。截止到2012年底,全镇移民群众人均纯收入由搬迁之初的500元,跃升到4 685元,较15年前增长了近十倍,2019年闽宁镇人均可支配收入为13 970元,贫困发生率为0.197%。生产生活条件大为改善,过上了过去想都不敢想的好日子。闽宁合作结出了丰硕的成果。

如今的闽宁镇人,只要提到福建和福建人,眼里总是充满感动的泪光;一谈到闽宁镇这个名字,就自豪地说:这是党和国家领导人亲自命名的!

第二章　心手相传原隆红

一

在宁夏永宁县闽宁镇，提起刘亚明老师，很多人都知道，特别是在妇女同胞当中，借用刘亚明老师老伴儿的一句话就是："她在宁夏银川市都很有名。"

2011年退休后，本打算和老伴儿一起养养花，种种草，种种蔬菜和粮食，过一过田园般生活颐养天年的刘老师，被永宁县文化局（机构改革现为永宁县文旅局）找到，希望她能把编结这项技艺传授下去。2014年刘老师被评为县级非遗文化传承人，同年8月，在县文化局和非遗中心的邀请下，她带着将非遗作品转化为商品的美好初心走进闽宁镇原隆村教学，从那时起，也开始了闽宁镇非遗资源分布调查。2017年，她开始在原隆村注册公司，开设软陶制作、壁挂、西北刺绣、剪纸、编结等多种技艺的扶贫培训班，拉开了非遗产品订单培训，让移民妇女实现居家就业的序幕。

让人没有想到的是，打这开始，刘亚明老师就在原隆村扎下了根，建立起巾帼扶贫车间，对于原隆村户籍数为1 992户9 612人中的劳动力妇女来说，简直是极大的利好消息。据她的学生回忆说：

2014年的暑假，刘老师第一次来到了原隆村。来给我们教编结手工艺制作，一个月以后，老师就回家了。在这段时间里，我和一些原隆村的姐妹们跟她学了编结的手艺。之后，老师没有再来原隆村。

2017年的春天，春节刚过，刘老师又突然回到原隆村，当时很多她教过的学生都来看老师。听老师给她们讲课。想起那一次的培训，老师跟我们讲的就好像是昨天一样。2017年的春天啊，天气还很冷，这次刘老师是带着铺盖卷来到原隆村的。

原隆村是个新的移民村，条件还比较艰苦，刘老师刚来的时候，就住在村委会文化站的一个大教室里。刘老师没有地方休息，直到了4月份，才有了一个地方，就在这个文化站旁边的这个院子里头安营扎寨。

那一次，我们一共学习了有40多天吧，学了软陶首饰的制作。说实话，当时很多村民妇女都是学着玩的，反正村里让在家待业的妇女来学，也不认为这个小东西能给我们带来收入，都不是很认真。还有就是对老师也不理解，一个大学里的教授，家住得离我们村有30多公里的路程，每天跑来跑去的，而且还骑着三轮车，肯定退休闲得没事干了，跑这里应个景吧。可是后来，刘老师开始走家串户，了解我们的生活情况。她到家里头去，不嫌弃我们，和我们没有任何距离，不管我们做的饭是好吃还是不好吃，只要让她吃她就吃，让喝就喝，就跟我们自己家里人是一样的，我们都不觉得跟她有距离。这时候，我们才知道她在大学教书，到我们村里来做这个扶贫项目。说起刘老师，她工作起来，真是把原隆村的扶贫工作当成自己的工作做的。

紧接着，就是一茬一茬的手工艺的培训。然后有一天，老师在跟我们聊着天儿的时候说了她的规划：在三到五年的时间里，做好原隆村留守妇女的就业，让她们有知识，有文化，有技术，不靠别人吃饭。

其实，像我这样读过几年书的年轻人，都不是很理解，一个这么大年龄的人，而且工资很高，跑到这里来做什么。她那天跟我们说了她的计划，我们都觉得很吃惊的，就她这样骑着一辆三轮车，在三年到五年之内让原隆村在文化和景观,还有各方面都有一个很大的变化?尤其让我们吃惊的是,她还给我们一些文盲讲这个电商,也就是讲这个互联网销售,讲多媒体销售。讲这个淘宝天猫,讲很多我们从来没有接触过的一些东西,很多人当时都听不懂,也不可能理解。后来慢慢地大家有了微信,刘老师就组织了微信群,在群里头经常发一些图片和文字。她各方面的资料都发过来,当时我们很多人都不识字,老师慢慢地教大家识字。她说,学技术要先扫盲。在这个过程当中,还找我们一个个去谈话。她反复说的就是,人不能这么活着,我们都应该有自己的方向和目标,你不要以为我们是妇女,就可以坐享其成,就可以心安理得地就这样在家里待着,然后依靠别人生活,靠男人生活。有一天她跟我说:"你还这么年轻,要有尊严地生活啊,有尊严地生活,就是要有自己的生活目标啊!你读过书,人也不笨,为啥思想这么僵化?"当时我想,在老家西海固,祖祖辈辈还不都是这样?我们当女人的,种地生娃,也不比男人少干,就这样子混着就行了,没有想过要做什么事情。像我这样读过书的已经很好了,在家里也不挨男人打骂,过日子有饭吃,有衣穿,娃们能上学,还要求什么呢?后来刘老师反复说,举了不少例子,慢慢地,我就理解了。她带着我们去参加各种展览会,到外地参观其他妇女们是怎样干的,给我们看快手上发的很多东西,微信上发的东西,朋友圈儿里发的东西,让我们知道什么是电子商务。最重要的是,我们亲手制作的小东西居然有人花钱买走。我们也就积极努力地学习,从不识字开始学,慢慢地认了字,了解这个社会,了解周边的事物。老师常讲的一句话,也一直在我们心里头,就说一个人,如果你没有尊严地活着,那别人把你看得就像一条狗,就像一只鸡,就不是个人。所以你们要自强,最重要的就是你从内心里要知道自己还需要什么,渴望什么,我们要找到那个目标,朝着那个方向去努力,去奋斗。

刘老师不单单教会了编结这个技能,她忘我的精神也鼓舞着我们。那么大年纪，每天来回要跑60多公里的路，不论冬夏，不论风多大，她都是骑着三轮车早上7点来，晚上7点走，早出晚归。2017年十一前，和我们聚会后回家时晚了，路上车翻了，把老师的腿压伤了，她假期过后又来村里了，从那以后老师的腿就不好了。后来又买了一辆车，60多岁的人还学开车啊，我们都觉得她的精神真的是可嘉啊。为了给村里组织这个电商的培训，我们都知道，她还跑到银川商务厅去，跑到县里的那些机构，去给我们请老师，到处去找人，给我们找老师来讲课，她找来的老师有县里发改局、市里电信局的，给我们村里办了电商学习班。那天，来参加的人有很多，很多都是年轻人，都是村里到外面去的大学生。然后还有像我们这样子，没有太多文化的村民，经过那次培训，我们心里就有了一个很开阔的前景。

目前，刘老师找一些很有意思小产品让我们做，想利用这个小产品，给我们每个人建起一个直播间，让我们在快手抖音上面在做这些产品的直播。她说，你销售出去多少不重要，最重要的是你的态度如何啊。四年时间过去了，她一直在坚持。我们越想越惭愧，这四年时间里头，我们很多姐妹从不识字到自己有了淘宝店，到自己能够上快手。那都是在她的鼓励之下干成的。一个60多岁的老人独自在村里，兢兢业业的，已经工作了四年了，四年时间里头，没有因为困难就退缩。没有因为刮风路远就不来，每时每刻都在想着我们，为了让我们大家都有一个进步，夜里在12点之前从来没有休息过，也为了让我们能看懂，就把图片发过来，都是在发各种各样的资料、图片、视频，我们都很敬佩她的。大家都一致认为，像老师这样的人，才是真真正正把扶贫做到了实处，让我们穷困妇女有奔头。

扶贫车间建立以后，我们都把她当成我们的主心骨，经常到车间去计件工作。好多人一边在外面打工，一边还回来做一些手工。这样就增加了家庭收入，电商这一块儿，村里的人也都是跃跃欲试，很多不懂电商的，只要知道的，不识字的都来学，我们计划在9月份就开始直播，刘老师指导正式直播，接下来，我们就独立直播。

四年时间，对一个人的一生来说不算很长，可是对刘老师做的扶贫项目，这样坚持，这个真的是很难很难的。她仍然经常到家里头去家访，知道我们需要什么，想要什么，从开始到现在，可能有七八百人了吧，都进行过各种各样的技能培训，经过刘老师培训，村上现在的面貌真的变了很多很多，妇女姐妹们都以勤奋劳动为光荣，不像原来那样，没有事情干，就在家里头瞎晃，说点儿闲话什么的，现在整个的文化气氛也挺好的。我们村上，原来没有人注重这些事情，刘老师来了以后，在暑假、寒假还给孩子们办各种非遗项目学习班，过了暑假就开始给我们办班。为了给各个电商做后续服务这事情，她给我们很多人都讲，那电商服务的后期，商品的打包，现在就要开始准备，你们就要把身边的那些个能够保存的小盒子、硬纸壳都要保留起来，一旦要用就很方便，就像我们生产的那些小东西，打包，出运，真的是让人觉得她就像我们的家长。在我们这样一个大家庭里头，大家都能找到自己应该做的事情。特别是晚上，刘老师也不回去，在村里住，白天我们到外面打工的话，晚上就回来，络绎不绝地到老师这儿，就是想听刘老师说什么，做什么。我们在生活工作甚至教育孩子，很多方面该怎么做，刘老师都会跟我们讲，很多道理我们都是从她这儿听到学到的。村里也有很多与她年龄相仿的老人，因为没有文化，没有见识，他们什么都不干，就在外头晒太阳啊，说闲话啊，没有像她这样子的。实际上老师比他们年龄都大很多。看着刘老师这种情况，再看看我们村里这些和她同样年纪的人，我们就觉得心里头真的是挺敬佩的，这四五年来，她做了那么多事情，让我们连想都不敢想的事情，从无到有，把车间建起来，把展厅建起来，把教室建起来，把我们拉进教室，让我们懂得所有的道理，让我们现在会玩这个手机直播，会做各种各样的准备工作。然后还有一部分人，学会了在淘宝上购买东西。女工穆文芳还申请了淘宝店，店铺已经在装修当中，很快就要开始运营了，而且，穆文芳从一个从来都不爱说话的人，现在竟然敢去参加那个演讲大赛，认识很多的字儿了，也会操作电脑了，真的让人挺佩服的，这四五年来的事情，我们也一下两下说不完。但是不管怎么说，从文盲成为电商的一个操作者，这一点就是让人很惊奇的，我们都很佩服她。在原隆村，刘老师威望很高，经常是老师在微信里一说话，村民就都来了。

经常也有人到这里来看，我们也都知道，上面的领导对老师的这种状态也挺关心的。经常来看一看她的情况，也有很多国外的人来看她，也有刘老师的很多学生、朋友在支持她，我们都知道，还有人无偿地给我们这个车间捐献很多东西。我们都知道，这是刘老师奋斗和大爱的精神感召的结果，我们都支持她的工作，然后也想做一个很好的手工艺生产者和一个直播销售者，我们现在才知道电商有好多种，好多种的销售方式。现在我们都在积极地锻炼自己，决心尽快开自己的直播，开始自己的销售……

二

这个一心要多教会几个文盲妇女靠双手吃饭的大学老师，到底有怎样的人生轨迹呢？半年前我曾经采访过刘老师，那次刘老师给我讲了很多她的生活、工作经历以及未来的计划和设想，这些在我看来，刘老师就像一个传奇，这种传奇深深吸引我。2020年5月30日我再次飞宁夏，准备再次采访刘老师。6月1日，刘亚明老师按我们的约定，提前一天赶到闽宁镇原隆村她主持的扶贫车间。

侯：刘老师，从去年到现在，大半年了，间隔有点儿长，今天我们继续聊聊。

刘：……我是这样子的，我家里祖上是裁缝世家，那时候的条件也许可，祖上传承的是刺绣呀，裁剪呀。到我上一辈，刺绣精益求精，专门有老师来做家教，可是我没有福气，家里请来老师给教，我已经过了那个年代了。

像我母亲的时候还有私塾，我母亲过了以后就再没有请过私塾了。家里头没有请过，我说的是给女孩子请私塾，而不是给男孩女孩请私塾，这是有区别的。这个私塾很特殊，他不是说教你来认字，认字也只是你学基础文化的内容，也只是私塾的一部分课程。这个课程大多数是以特殊的女工手艺、技艺为主要的一个传承。其实那时候老辈也不知道说这是一个传承，就是想着女孩儿稀罕嘛，女孩少嘛，也就是想让女孩超过别人家的女孩，老人就是这么个想法，特别简单。

再加上老一代也都会，他们也都是一代一代地传，我没跟任何人专门学过，像裁衣服，你看我今天在那画，我说这两天特热，做一个防晒的大衣，然后我就把布料搬出来，就在那儿准备想弄的，结果布料太软了，我们今天又没有做米汤面汤的这种饭，要做这种饭就把它放进去，浆一下就很好裁。今天风又太大，即便裁完晾在外头也吹脏了，所以就没剪裁成，太软了。真丝的料子就是这样的，哗啦哗啦的，太软，土办法要用米汤或面汤浆一下，要挂一下浆，才能够裁。裁不成就简单画了画，觉得这块料子够就先放这儿了。

侯：真丝面料还能用米汤浆，这在书本上学不到。有这种技艺真好，想做件什么就做件什么。

刘：是啊，经常是这样子的，现在还好了，我今天没穿袜子，连袜子都是自己做的。你问问他们，给他们随便找一块布，你们想做什么，拿过剪刀就裁。

侯：真好，特好，我觉得。

刘：特好是吧，所以做这些事情就很简单，实际上我是正儿八经从学校上学，一直上到15岁多不到16岁，毕业完了之后就回家，回去了就完了，也没有说非要做继承祖传。那时候新社会了，家里老人也不要求了，但是谁

石竹花开
——闽宁镇的春天

知道哪一天用上！那时候收入低，我工作收入也不高，你买一块料子又要布票，又还要钱，我刚回去那会才参加工作，没有布票，你想买一件衣服的料子你就买不来。刚好是一个朋友的家里有人结婚了，让我去给她帮忙去，我就跑去给帮忙了，帮完忙人家就觉得欠你一个礼，那时候风气好，互相的嘛，你去帮忙了，人家回给你礼，人家就回给我一块布料。拿着那块布料回家后，就在那看布料发愁，那时就16岁，最多不超过16周岁，就看到那块布，就想，咋能把那块布料穿到身上呢？那块布料花色还挺漂亮的。这时刚好有一件衬衣烂了，那时候是冬天，不是夏天，就想着这个衣服夏天能穿，冬天肯定也可以，只是尺寸要放大，就这么想的，然后根据简单的几何原理，就把它复制成了冬天穿的罩衣。弄好了以后，我姥姥手里头没有缝纫机，到邻居家去找个缝纫机，一下午就做起来了，回来还给做了小盘扣。我姥姥就问我，这谁教的？我说这没人教。我姥姥说没人教？姥姥就觉得可奇怪，那时候我姥姥像个神一样。我姥姥这个人没有太高深的文化，但是人家真的是特别聪明，她就想到了，她说这也不奇怪，这才真正叫血脉传承了，这真没办法了。也就是从那时开始，我也明白了，原来很多传统文化在家族里，即便没有人教，也都可以被传承，特别是动手的传统技艺技能，如果从科学来看，人生活在某一个环境里，耳濡目染就够了，这种耳濡目染会浸透到你的血液里，一代又一代地下来，这种技艺技能也就传下来，这也就是我们讲的传承吧，传承可以是文字的，口传心授也是一种传承。

你看现在，我女儿我也没怎么教过她，人家做的首饰好漂亮，你要做个小首饰什么的，只要一说，她立马就动手，做出来就活灵活现。所以有些东西到了这种状态，已经变成了基因里的东西了，血液里就有了，所以不用太费劲，简单地说一下就会了，真的就这样子。

侯： 你们家族只有你姥姥和妈妈会这些技艺吗？

刘： 还有我太姥姥，我都见过，她们原来都会做衣服，会编织刺绣。我妈妈编得不太好，妈妈没有姥姥编得好。编结都是从姥姥家祖开始，这个技能都是女性传承女性，全部都是女的，能这么系统地传这个东西，首先因为家族里要有文化底蕴，要不然她不会管这个。大约1962年，或者是1961年的时候，好多的工厂大下马，因为没有粮食吃，工厂里头如果有人在这待着，你得让人吃饱才能干活，再加上就是农业歉收，农业的原材料也都抵账。你像我母亲是生产军被军用布料的，原来叫国棉十二厂的，她是检验科的。在这种情况下，好多人不得不离开工厂，还有好多人都跑了，就直接回农村了，工厂都没人了。但像我妈妈这些人留下来怎么办？也得想办法做点什么吧，就做草帽出口，就编草帽辫子，我妈就做得挺好的。妈妈闲暇的时候，就拿麦草，人家捏咕捏咕，扎一扎绑一绑，编一编，就编出一只小鸟。我那时候挺小，但对记忆里的小鸟一直都好像有感觉，有那种你只看一眼就活灵活现的感觉。可是后来等我们稍微大一点了，我父亲的时候，"文革"中他被关起来了，中期出来了，他就跟我妈说，你没事给女儿教点儿手艺，你教教她。我妈就说，教什么教，狗大是自咬的，女大是自巧的，不用教。我妈什么都不教，她不教你，她不告诉你怎么去做，但她扔一双鞋底给你说，你把这个给我纳一纳，就好像你原来就应该会的。纳就纳！那时我脾气可倔了，纳就纳。纳完给她，反正好赖就它了。不想第一双纳得挺成功的。

  现在有时想，妈妈从来没教过我手工吗？怎么想怎么肯定。我15岁多点就离开家了，就没在母亲身边了，大部分是在我姥姥跟前。然后常常看姥姥织布，我说我也织几下，她突然说你早都该织了，你现在才想着做机子织布。我说那时候不是上学吗？姥姥就说那你织吧。我就上去织几下，今天织几下，明天织几下，时间不长就会织了。然后纺线，我发现一直都纺得不太好，但是不服气，看姥姥纺，也拿着个纺锤捻子，也在摇着纺车纺，开始纺粗一点儿，再后纺细一点粗一点，就这样子。一来二去就熟练了，熟练了也就好了，现在要让我纺就纺不成，为啥？你刚开始不是粗了就是细了，就拉

石竹花开
——闽宁镇的春天

不匀，完了之后给它透铜，它是一根竹管，一根长竹管我们叫铜，完了之后把线缠在竹管上，然后竹管中间有一根特别细的竹丝，又挺又硬的，就是竹皮子，它弹性特别好，韧性也特别好，就在里头扎着，两头一憋。为什么把它叫铜呢，而不是把它叫线轴什么的，是因为你在织布的过程当中，只要一甩梭子就哗啦哗啦响，就好像铜发出的声音。我刚开始也不知道为什么把它叫铜，后来知道，它就像铜铃的声音，我想刚开始肯定也是叫铜铃，后来嫌麻烦就简化叫铜。我觉得挺有意思的，我就是这样子在玩当中学着，边玩边学会的，所以，一切技艺家庭传承是挺重要的。再说，老辈不光是传承，不是说你会做这些事情就行了，不是这样子的。真是潜移默化的。比如说，你早上起来了，你要把地打扫干净，然后你就提了个盆啪啪啪地泼水，泼水防尘土飞扬嘛，你泼吧，泼完了，你就听我姥姥在那儿开始说了，她就说，你看你洒水，就跟那个过大街似的，不能这样子，这个是洒水不湿裙，扫地不起尘，她实际上就是用《女儿经》来教你。我不知道这是《女儿经》里面的词，后来才知道的，我们这一代就没有学过嘛。她就跟我说，洒水不能湿裙子，所以你要弯着腰，盆拿得低一点，不能这样啪啪地乱泼，乱泼就溅到裙子上了；扫地你得压着笤帚，这样一笤帚压着一笤帚扫过去，你不能哗哗地在那儿扫，一扬就起尘，这就叫扫地不起尘。这都是《女儿经》里的话，我那时候才知道，我的老辈儿女性，都正儿八经学过《女儿经》的，不管怎样说，传统文化的这种教育，即使后来你才知道，但你并不觉得陌生，我就不觉得陌生，我就觉得这是应该的事儿。这不像我们现在中学大学学的新知识，学就学了，不学就完全不知道，中国传统文化不是这样，几千年，一代又一代，它好像就在你的骨子和血流里，它在等着你召唤的那一天。拿我女儿来说，一直到我女儿上初中的时候，我的姥姥当时还活着，在西安。那时我也在西安工作，我就把女儿带到单位来，我说你跟我住一段时间。女儿来，我姥姥就跟我女儿也讲。她说，《女儿经》是念给女儿听，女孩要听

《女儿经》，跟我女儿就是一点一点地说，然后我女儿就说，妈妈你小的时候是不是也是这样的？我说我小的时候没有这样的，我基本上是高中毕业了以后，太太（太姥姥）才是这样子跟我说。我说我那时候没有这个机会，你这次有这个机会，多好呀。但她不觉得好，她觉得这烦人得很，太太说的都是什么话呀，她基本听不太懂。可是，随着年龄的增长，女儿现在回忆起来，她说太太那里虽然是在乡下小县城，但是说出来的那些话，一个大学教授也不能说出来的。她现在悟出来了。我说，传统的东西它就是口传心授，它不像其他知识一样，写在书本上，在黑板上板书跟你讲，现在更厉害，跟你在电脑上讲，跟你在屏幕上讲？我说那时候不是这样子的。女儿上高中我才没给她做鞋穿，我自己都奇怪，就愿意给家里人做鞋穿，包括我家老头，我们现在就有鞋底，以后还会再做，北京就有朋友来跟我说，刘老师你做，你做好了以后你发给我，每双可能都在300块钱左右，我说那也真值这个价钱，为啥？全手工呀！

侯：刘老师，墙上挂的那些个绳结都是您新编的？

刘：有我编的，大部分是在我指导下学生们编的，她们在学习的过程中编的。这留下来的只是不多的样品，大部分被卖掉了，谁的卖掉了，就又让她重新编一个。

侯：这里的哪个作品是您的示范？

刘：猫头鹰是我编的，我做的所有东西没有图纸，没有图纸都是盲编，就好像说画画有人可以打个底稿，但做结艺做结不是那样子的，不是说我先打一个底稿，然后再怎么样弄一个什么物件。比方说我想编一个大象，咱就说大象头，之前我编了一个特别大的大象头，当时我刚好在西安的北郊上课，我家在西安南郊住，每天下课回家的时候就要坐车，坐车挺困的，就迷迷糊糊地坐到陕西省图书馆。省图书馆是个大站，上下车的人比较多，就停得时间略长一点，我就醒了。我一醒来，对面广告牌上面正好就是一群大象，就看见大象了。那段日子老是看见。有天晚上睡觉就梦见大象。真是日有所思，夜有所梦，奇怪了，从那时老梦着这个大象，我说不行，我得做个大象出来，怎么做？没人做过，没见过别人做，这个就全在你心里头，没人告诉你打哪儿起头打哪儿收尾，全部都没人告诉你。然后我就开始从鼻子开始，大象是从鼻子开始编的。我天天做，学生们不知道我在编什么，不承想大象编完还挺成功的，刚好做大象，单位就准备给我们分一个新房子，我说把大象拿去做新房子门厅钥匙挂件，就挂到一进门这个地方，进门的时候把钥匙挂到这上面，出门时候一拿，只是想着实用性了。突然文旅局通知我去参加中德文化交流，我们这些人参加交流活动，要带新作品，我就拿着这个大象让他们瞧热闹去了。

我带过去后，来看的德国人没有一个人说这是手工做的，都说这是机器做的，问我机器设备哪产的，成本高不高。我跟他们说，这是手工做的，他们都不相信，一个个瞪着绿眼睛在那儿怀疑我。德国人对手工看得特别重，我们都觉得无所谓，德国人看得特别重，我们现在才意识到我们错了，我们现在才知道，近几十年，我们犯了一个多么严重的错误，我们自己的传统不应该这样被轻视的。

侯：刘老师，您作为非遗传承人，又作为扶贫车间管理人，这个手工车间最多的时候工人是多少？

刘：工人是这样子干活的，她们不是都到车间来干活，大多数都是有孩子的妇女，她们不能离开家里。她们从车间领好物料拿到家里，做好给我交回来，我手头这些鞋垫就是刚刚送来的，你看这个鞋底纳的是花的，这个是素的，但都强调既结实，又有艺术性。

侯：这次我认真数了数，您的创意手工编织、泥塑等作品有四十多个品种。对我来说，每个品种无论是造型还是结构，真是气象万千。这些东西有一种似曾相识的陌生感，这就是一种新文化创意了。您刚刚参加完世界非遗交流大会，你这回的参展作品是黄河大鲤鱼，这个创意根源，应该就是我们的黄河生态吧？

刘：我都做完了，在网上查，黄河大鲤鱼它到底什么样，因为评委来看大鲤鱼的时候，他说，刘老师你这个鱼还能再变大点吗？我说当然可以。出自自个的手，想编多大编多大，编得比人大都可以，只要有时间，那就是靠时间朝上头去贴，只要第一个模板出来了以后就问题不大了。然后我又说，我觉得这条鱼已经够大的了，评委都说小了。可是专家告诉我说，真正的黄河大鲤鱼在进入沙坡头一段以后，一直走下来到青铜峡这段儿，然后再拐着到石嘴山这一带，最大的鲤鱼将近30斤。专家说，有的鱼比小孩都高，因为它不是特别粗，它细溜溜地长。而且它的鳞片在阳光下看是金色的，几个鳍尖是大红的。哎呀，当时我就心里想，这不就是祖上说的鱼化龙的鱼嘛？这样想，我也这样说出来了，专家说你说对了，咱们平常大家都说鲤鱼跳龙门，说的其实就是黄河大鲤鱼，而其他的鱼，都是属于杂交形成，只有黄河大鲤鱼是本性，就是这个样子。真的是金光灿灿，美极了。

这时我才知道，真正的黄河大鲤鱼所有的尾鳍背鳍的尖上都是大红的，我这时再回头看自己编的鱼，发现造型、颜色细节差距大了。作为非遗文化产品没有把现实生活参透，是不行的。

我还有一个作品，这个作品不是编的结，是用纸做的箱子。这是美术馆要求，不分任何材料，就是你做一个东西，体现你对宁夏的热爱，对生活的一种理解和你不能忘却的事情。他们管它叫故事箱子，箱子里头放的场景就是你想要表达的东西。我就做了一片路边的向日葵，然后一个三轮车在路上。其实这个创意灵感源于我的生活。每次从家里到扶贫车间，来来回回都要路过的那段路，所以我用这个作品呈现了我的那段生活场景。你不知道，几年前刚一来的时候，我就是骑着一个三轮车，来来回回跑了三四年，春秋季节，风大得吓人，我吃的沙土也能种出一棵杨树了，有一回，大风把我的三轮车吹翻，我的腿严重受伤……

三

侯：刘老师，市妇联刘红梅主席给我讲，县扶贫中心李海宁主任也给我讲，您教移民妇女扶贫立志的故事，完全可以写一本书。我很好奇，一个大学老师，在一个移民村给没有文化的妇女传授高难度的编结艺术，到底会有什么样的故事呢？

刘：什么故事？比如去年有一天我到市妇联去了。我一开门一进去人家就哄堂大笑。我说邪门了，有什么好笑的！我说我脸上有花呢还是有草呢，你们都在这笑？人家说不是的。我说那啥意思？说是笑我的一个女学徒柯义莲发的信息。妇联李婕部长问我，你看了咱们车间群里信息没有？我说看了，你们看到什么了？李部长跟我说，那上面柯义莲写的建档立卡……我马上反应过来了。柯义莲在填写个人信息时，把"建档立卡"写成了"见裆立卡"！她们哄笑说，看见"裤裆才立卡"。但我没笑，我说你们觉得可笑吗？我说你们这样笑，我心里很不舒服。她们说没有嘲笑的意思，就是觉得好笑。我说对，在你们看来是一件好笑的事情，但你们要知道，柯义莲一天学都没有上过，是两年前我手把手教她写自己名字的，然后像新中国成立前农民学习班那样，一个声母一个韵母地学拼音，现在靠着拼音可以写出"见裆立卡"很了不起了。不信你们念出来，看这个音对不对？只不过是错别字嘛，有什么好笑的。我说我没觉得好笑，我觉得悲哀，我觉得难过，不就把建档那两字写白了吗？我还告诉大家，她不会把共产党的党写错的，为什么？她知道中国共产党对穷人好，没有党，她们今天还在深山老林里。

讲故事，讲民族地区的妇女励志的故事，我觉得心里难过可悲，为什么？我说毛泽东同志从20世纪40年代在陕北的时候提出全民扫盲，有这么回事吧？可是80年都过去了，我们干的是啥？我们义务教育干的是啥？现在，一个三十来岁的柯义莲写出这种别字来，竟变成我们的笑话了，这是在打我们的脸，我感觉到脸上火辣辣的！真的，我不是在这唱高调，你们都知道我并不是唱高调的人。

说到这儿，我得说说银川市妇联，这真是少见的一群优秀干部。我们是一帮志同道合的人，要不我也不会这样直言不讳表达我的看法。妇联姐妹这些年在扶贫行动中，用一句舍生忘死都不为过。但没有多少人知道妇联做了多少事，可能觉得扶贫工作是乡镇和扶贫部门的事儿。所以那天关于笑柯义莲写别字，我说李部长你别多想，我说这话不好听，你们都知道我就是这样一个人，不是我跟你们较真，我说柯义莲是个妇女，你们也是个妇女。要从聪明的角度上来讲，连我这个大学老师也不比她聪明多少，可是很不幸，她连字也不认识。宁夏不要说西海固地区，其他地区社会状态总体还不富裕，我们为啥还有这么多穷人？我们扶贫不只是扶，不能说给你点钱就拉倒，我们要从根本上抓起。尤其是妇女儿童，要从教育、从医疗这些点抓起。

也有些人质疑我来这里的动机，认为政府部门给我多少钱，搞这个车间就是搞挣钱的项目，这真是胡扯！请问我缺钱吗？我在20世纪80年代初，在邓小平提倡一部分人先富起来时，我在宁夏就购置了上百亩土地，我这把年纪，有固定工资，老伴也有固定工资，我要挣钱吗？所以我们今天不讲这个，用现在挺时髦的话，其实就是一种情怀。我看到这些才二三十岁的妇女，没知识没技能，沦为一个生孩子做家务的机器，我心里不好过。有了柯义莲发别字的笑话后，我进一步要求我的学工们，有事不许给我发语音，要发文字。不论文字对与错，我都回复，发语音我不听。我这样做，就是想锻炼她们，逼着她们学认字。

我是从2014年走进这个移民村，2012年原隆村整体搬迁过来。如今有几个学生都成了非遗传承人。比如没有文化的穆文芳，她是1982年生人。

石竹花开
——闽宁镇的春天

后来，我把最聪明的学工留在扶贫车间，当办公室主任，就是程润莲。我跟她说，你不需要有我这种绝对的情怀，你只需要三分之一，你就能把这个工作做得很好。我之所以这样跟她说，因为她是党员，党员的觉悟很高，很多事情她一看就明白。她也经常对我说，老师我不用看别人怎样工作生活的，只看您就行，您的言行就是标准就是榜样。你看这话说得多让人爱听。我女儿也会这么说，她说，妈妈，新闻里整天说这个是什么英雄人物，那个是什么模范，我看你就是模范就是英雄。女儿在五年级时写的一篇作文，大概就是我在她心目当中是那种英雄妈妈。不像其他人的女儿，我跟她沟通得很好，她跟他爸反而不行，说不了两句就翻眼走人了。也是在小学后期吧，女儿对我说，妈妈，要说优秀的女性，你一点都不差，你干吗选择我爸爸，你嫁给他干啥？你看看，这下坏了，女儿太过自立，太过要强，这就是她为什么现在也不嫁的原因，很多男人都看不上，你看这咋办！有一回人家介绍个男孩，我叫女儿跟男孩接触聊聊，看看能不能处对象，两人其实谈得还可以。一段时间后，有一天女儿跟男孩在一起吃饭的时候，女儿接了个电话，那个电话里说的不是英语，是德语，女儿是会德语的。电话打完了之后，这个小伙子说，你刚才说的不是英语？女儿说没错，是德语。男孩就说那你怎么没告诉过我，女儿立马反着问：这事情用得着告诉你吗？结果这个男孩觉得有了压力，不久就吹了。

所以说，文化不是一蹴而就的事情。三代成就一个家，你看郎朗能成为钢琴家，是因为他的父亲也是钢琴家。所以在村里教妇女编结，真不完全是为了一双鞋底挣多少钱，一个陶泥挂饰卖几块钱，我更倾心的是让这些青年妇女接受现代文明的启迪，让她们用自己的眼睛认识这个世界。

我们这个基地虽然不是建在市里县里而是村里，但我们各方面都比较完备，从一千块钱开始到现在的一百万元资产了。三年多年时间，除了我以外，她们（学工）都有工资，三年多了，她们所有人的工资都产自这里，但村民不是这样子，她们不挣工资，只挣加工费，村民只要从车间拿走活儿，做好了再交回车间，我就会把计件的加工费发给她们，卖东西不是她们的事，那是我的事情。所以村民还没有产出就给他们了。加工费不是一天一付，有的鞋底拿去给纳了20天，结果一双也没纳出来。有的人就是这种花鞋底，好几十块钱一双的，手快的一天多一点，人家就纳完了，一来领就领三双四双的领走了。有的那个资质差的村民（笑）就好多天她也没纳出来。真有这样的，还有的是懒，没给你纳好就给你交来，各种各样情况都有。你让学习，她就说我不学。这时你就明白习近平为什么会提出"扶智扶志"，一个是智慧的智，一个是志气的志，他发现了底下的真正的贫困户的一个真实状态。咱们村上有好多这种情况，她的日子根本就不好过，明明就不好过，但她就是不干，你拿她们也没招。有人说穷人就是懒，或者是脑子笨，其实这也不完全对。我说的那个学徒柯义莲，她今年已经申请成为手鞠球编织技艺的传承人了，去年就申请成功。那天我和她通电话，我说，你既然是手鞠球编织技艺的传承人，一个是你要传给别人，一个是传给你的孩子们，传给你的家族。可你呢，我教你学会了，你学会了你就要拿这个手艺来致富，你起码是有了手艺，你要用手艺发挥功能才对。今年这疫情发生好几个月了，她说她母亲病了，她母亲在老家。我说你母亲病了，你回去多少天？她说15天，我说，你回去了15天，剩下时间你在干什么呢？孩子们也不上学，你在家也瞎猫着，你三个孩子都上中专，个个都要钱生活，上中专不是义务教育啊，各个都需要生活费，都需要这个钱那个钱呀。问题是你有吗？你没有，你是正儿八经的贫困户，你没有，你还不干。你们一家有四个大人，两个孩子都20岁了，晚上在家，你交给他们做做手工不行吗？做得再不好，这两个半月的时间能做多少东西出来呢？结果呢？一个都没做。我说你穷你怪谁呢？她说我教给孩子，可他们都不学。我说你是母亲呀，你是领导呀，他们不学就不应该由着他们，应该是你说了算。

可她现在就让孩子们放任着了。所以你说，从孩子的教育上来说，做母亲的有多重要！你明摆着穷得叮当响，孩子每个星期回来都是手心朝上的，两个都20岁的人了，你要问他们，这么大的成年人了，就这样手心朝上还好意思吗？这样问你妈要钱，你妈是印钞票的吗？孩子他爸是车祸后，后腰和脑袋都被撞了，腰不好了就不能出大力气，脑子也有不好使的时候，他不能干特累的活，一干就脑子疼腰疼的，你看这样爸爸还一个人在外面打工，怎么能行。她又跟我说她颈椎不好，我知道她颈椎不好，但她还跑到一个服装厂去打工，还天天在缝纫机上趴着啪啪啪，颈椎不好，做衣服更会加重，我就问她，你疼不疼？她说疼的。我说疼就不干，她说家里需要钱。

疫情期间她也没有工可打，我说，你有活可干，你有手艺，虽然不可能立马拿到钱，但这有把握啊。我就让她做手鞠球，几天过后，她就拿出几个以前做的手鞠球给我，新的没有做。其实她做手鞠球挺好看的。问题是，你做得太少了，人家说货卖堆山，卖货要堆在那才能卖得快卖得好，你就做这么两三个去销售，它就不存在销售价值。

其实，我让她做，我肯定是有想法的，今年我们把原来一个用过的淘宝店重新启用了，要申请速卖通，申请了速卖通，像手鞠球在国内比较好卖，在国外的销售好像也可以，加上我们今年又重新设计了实用品——麻编鞋，就是用纯麻来编鞋，我打算把麻编鞋也供应上。

侯：刘老师，您在车间开拓方面还有新的打算吗？

刘：我打算做一些比较现代性的东西，是年轻人容易接受的。草编和纸编那种包，现在的纸都是经过特殊处理的，其实，它里面加的有那种牢固剂，很结实，编成漂亮的背包，提的包我也打算做一些。一句话，你既要顺应市场，又能保留你原有的手艺，像现在我们在做的"满月活儿"斗篷，这个创意可大受青睐。做一套下来就可能卖六七百块钱。

现在小孩们做满月的时候，没人知道该送啥，咱们最早的传统礼节已经被丢掉了，现在我们正在往回捡。现在我们做的"满月活儿"也不是说全手工，有一部分是用缝纫机做，因为做一套，一个人要做很长时间才行。传统手工一套，光绣老虎头一个人就得绣五天以上，再细点儿，五天都很紧张。如果全手工，加工成本就上去了，所以我们做活时，该用传统手工的，就用传统手工，剩下的就用缝纫机辅助做，这样我们就用一个平均价，比如一个婴儿斗篷平均下来就卖300来块钱，这样是合理的。卖完了又做不出来，这样好前景，现在让村民来做，可是大部分人宁愿待着，也还是看不上这三四百块钱。

也就是说，扶贫扶志的难度有，但是不管咋说，也有一些村民不这样，思想挺积极的，你跟她说什么她照着去做，她这样做，挣到钱了，她还愿意来，这就是正循环，这一部分人日子自然慢慢富裕起来。

侯：扶贫，扶志是一个艰难的过程。

刘：是的，我一天最累的，不是教妇女编织技术，慢点没有关系。最累的是开导她们思想。比如我讲家庭过日子，你要是单单只靠男人从外面给你挣钱花，说不好听的，你就是个附属品，男人有一天说不要你就不要你了。农村女人一婚变彻底就成了闲人废人。这里大部发生家庭婚变，家是男人的，东西是男人的，孩子也有可能是男人的，女的啥都没有。简单得很，婚变了，女人你走人，就变成这样子。它不像城市，女人经济地位是稳定的。我天天和她们说，你不要求多，你一天就挣40块钱，有男人你也能过，没他你也能过，这就是一种基本的自我保护。

听不懂，没文化听不懂。别说她们听不懂了，我认为聪明的程润莲同学都好长时间才明白，老师原来你是这意思，好像老师让女人工作挣钱要害她们一样的，整天就是那样子。有时我急了，就和她们说，你是一个女人的同时，你还有另外一个角色，你是一个母亲。我认为，一个家庭谁最适合当领导？外面的事都是男人当领导，家里面是女人最适合当领导，因为母亲是

石竹花开
——闽宁镇的春天

天生的领导者,就拿带孩子说,母亲带着孩子,从小把孩子带大,母亲有文化没有文化,她都必须完成这个任务,这是命运强加给她让她完成的,对不对?一家人吃喝拉撒,现在还好点,就光管吃喝拉撒,以前还管什么穿穿戴戴,缝补浆洗对不对?现在也是,孩子出门行李是不是母亲在负责,这就讲究多了,母亲教给孩子待人接物,什么季节穿什么服装,简单服装搭配,你说这女人得有多能干。

我早就说,应该有个妈妈学校,现在的很多年轻人,她不结婚她不生孩子,原因是啥?她想想这么一堆事,她害怕。

妇联和扶贫办表扬的,也是我不仅传播移民妇女技能,还传播她们一些思想上的东西,我有时候也跟她们说,我不要求你们像我这样子,像我这样肯定也太累了点,你起码把你自己家里的都糊弄住就行了。问题是,她们想糊弄都很困难。她们最满意自己把孩子带大了。我说,孩子是带大了,只是长大了而已,是自然的成长,我就说柯义莲,我说你那孩子也就叫长大了?从心智上,从责任感上丝毫没有一点点长大的迹象。她说我的孩子还要给我做饭。我说,他不做他得饿着,你上班是谁给他做吃的,他饿了他才做。有的时候想想,做母亲确实挺不容易的,你不光要会这样,也得会那样,你还得会教育他们。

侯:在您看来母亲对一个家庭致富是很至关重要的吗?

刘:是的,一个母亲在一个家庭里起着承上启下的作用,妈妈有文化,有知识,有志向,有理想,有目标,目光高远,在日复一日的生活中,言行举止都在孩子眼里,潜移默化,孩子就会去做,就像现在流行的一句话叫,有样儿学样儿。同样,一个妻子心胸开阔,积极乐观向上,就会影响丈夫,丈夫干起活来就会更有劲头。相反,就会恶性循环。所以说,一个母亲在一个家庭的建设中是多么的重要。并且一个母亲她还不单单是一个母亲,在她的身上还有很多角色,她的生活态度会影响身边的每一个人或者一个群体。

所以，我特别反对一些家庭在教育上重男轻女的思想和做法，我不是女权主义，但我却很早就明白这样一个道理。我们这个国家的发展，女性具有很重要的作用，尤其是在宁夏西北偏远贫困的地方，国家在教育扶贫上投入很大，所以说，教育要从娃娃抓起，刻不容缓。在闽宁镇，在我们车间甚至在其他企业，大部分来的移民女工都没有念过书，即使是念过书的，也不过是认识几个字而已，因此，在思想指引上会很费劲。也许有文化，说一遍就会了，而我要反复说，也不见得领悟多少。

侯：刘老师几个孩子？

刘：我就一个女儿，但是我还有一个养子，跟柯义莲差不多大。这个小子属牛的，是1973年生的，40好几了。

他是我们邻居的孩子，他父亲跟我们在一个单位。这孩子从小调皮捣蛋，不听话，他爸教育不了了，送到我家来的。他就觉得他家孩子跟我可有缘分了，我说什么他听什么，他说奇怪了这个事情，他说你说什么他就听什么，我跟他说什么他咋不听呢？我心想，我说你啥时候跟他好好说过话！你操起皮带，提着个棍子就捶一顿，这一顿没有教育的意义。他说小孩不打能成才吗？我说我也没有挨过打，我说你做父亲，就属于那种特别无理的那种父亲，本来这个事情你根本就没有调查清楚，你已经把他打过了，小孩不是白白地挨一顿打吗？

其实，我也跟他父亲没怎么沟通，是这个孩子。我上班他去上学，跟我们坐一辆班车，然后他就在车里折腾捣乱什么的。我说你别在那瞎折腾，过来坐这儿，他就跟我坐在一个椅子上，奇怪，就不捣乱了。车上人都知道。后来他们家人把孩子送到我家来，买一大堆东西，往门口一搁，非让我把小孩给认下，没办法就认下来了。认是认了，但不改口，他要改口我不让他改口。一直是这么着，但是还是跟我们亲。他来的时候都上初中了，学习也不好，老师也不要。我们两口子没办法，就为他休了一个年假，休年假我老头每天给他辅导，今天辅导数学，明天辅导外语，挨着各科辅导，我就每天带着他玩，跟他讲一些人生的道理，这样，孩子安静地度过了青春期……

侯：中国传统编结艺术早些年非常火爆，特别是中国结……

刘：对。2008年不是奥运会嘛，申奥成功，全国人民都非常兴奋。台湾的《汉声》杂志，里面有一个编辑姓黄，好像叫黄永松。他在大陆的一次活动上，就把编结的一种东西叫"中国结"，是他给一种东西定了个义，而且把这个理念传播出来了。从此大家就把这种编结技艺称为中国结。可是我研究考察的结果，不是这样子的。我认识一个陈老师，他是香港人，是一个对中国民间技能有研究的学者，他专门在台湾做这个，同时他与韩国和日本都有这方面的交流。他在做编结的时候，也没有教科书，也是口传心授的一门技艺。集大成地把中国传下来的技艺给大家教一教。在台湾他在中学和大学的一些课堂里有这项内容，为了完善这种技艺传授，他就编写了一本教材性的东西。他给这本教材命名《中国结》。

中国结的意思是指这一项手工技能叫中国结，而不是这个结叫中国结。结有很多种，我的观点趋向陈老师，因为我是干这个的，我知道他不应该把某一个结叫中国结，是这项技能叫中国结，否则如果你告诉我这个具体的结叫中国结，那其他形制的结叫什么结？

其实，每一种结都是有名字的，我写过好多结的小故事，比如我这次在自治区做演讲比赛，关于非遗项目的讲解比赛，我写了一篇文章，我写的文章就有关于中国结。我说结对咱们来说，今天的结认为它就是个装饰品是吧？但是，在过去不是，它是文字，它是真真正正的文字，它是契约，它是行文、合同、总结，就像我们今天的总结报告，也是事由、起因，就是有因就有果。

你观察那些汉字，你看带绞丝旁的字，仓颉造字的时候有了绞丝旁的字，他多多少少和结是有关系。我们说"纠缠"这两个字，都是绞丝旁，意思其实就是那个线是拐来拐去的，所以才变成了纠，纠是纠葛不断是吧？缠就更复杂了。我绕你，你绕我，所以就形成了"纠缠"这样一个词。

最初的时候有一词叫缘结，就是张家的小子看上了李家的姑娘，不需要中间有个媒人，就编一个草也好，绳也好，只要是纤维类的，编一个东西，在自己不好意思送的情况下就找人送，他送到姑娘家，姑娘家看见这个绳结，就知道这件事，这就是一个简单的约定。现在我们叫约定，那时候可能同样是契约这样一个精神，你看缘字一个绞丝旁，这边一个夕阳的夕，底下一个小猪的豕。为什么会是这样两个字呢？大家就不明白了，好，解说一下。绞丝旁大家知道是绳子的意思；上面夕就是下午的意思，底下这个豕字是两家人的意思，约定两家人第二天吉祥的下午谈婚论嫁。好事成了，结了婚了，这就叫缘结。反过来念就是结缘了。今天就叫结缘。所以说，有的人说结就是文字，古人心里文字就是结。

团结这个词，现在用得特别多。这个也说团结，那个也说团结，但团结到底是什么意思，有讲得出来的，也有讲不出来的，那么，团结最初是从哪里来的呢，为什么形成"团结"这个词呢，它的典故是什么呢？过去在草原上，生活着很多部落，一天，有一个部落的首领，带着他的部下去狩猎，发现了很大一群猎物，指望自己部落的力量，是打不下来的，那该怎么办？要联络其他部落，和其他部落联合起来把猎物拿下。要怎么联络，联络完了以后又该怎么去分配？首领就用一根绳子编了第一个环，让人交到其中一个部落首领手里，接到环的首领明白了上一个首领的意思，同意后，接受邀请，接续上一个环甩出的绳子上继续编一个环，然后，再让一个手下把环送到下一个部落去，以此类推，最后回到这个原点。这时，凡是结环的部落，都参与打猎，并且都要履行这样一个约定，然后按照约定的时间地点去做同一件事情，一致对外，同心协力一起完成，按需分配契约精神，这就是我们最早的合同，契约状态，这个环和结统称就是团结，环上面的结就是签字画押。

所以说，结就是文字的鼻祖。

侯：您平时就是这样给学工们讲的吧？通俗易懂。

刘：对呀，不这样讲她们听得懂吗？我的老师除了姥姥妈妈，其实是高学敏，高学敏是我走进艺术殿堂的老师，很多技艺虽然我都会，但是要从理论上，从技艺的更深层次的意义来讲，高老师对我的帮助是很大的。

我很早就做剪纸，香港回归时候的纪念赠品就是我的作品。后来视力不好了，做剪纸太困难了，那时候突然看不见了，到医院检查，确诊为间歇性失明，然后是双视网膜病变，结局是啥也看不清楚了。我就把这种情况对高老师说了，高老师就说，积极治疗。我说，我做结算了，做结用手用心用脑，对眼睛也是个休养。他说那你就去做，不管做啥，你就要多问几个为什么，不是说多问几个为什么就行了，这个为什么是深层次的。他说，第一个结为什么有了，解开了又为什么？这就叫学问。老师这样给我一讲，我像明白了。接着我就准备跟编结有关系的东西。我先购置了康熙字典，为什么？我知道中国文化就包含在字典里。因为说文解字解是文言文，但我能看得懂，我对文字有天然的悟性。我把所有绞丝旁的字一张张摘抄出来研究琢磨，我找着现代的字还不行，我再去找更古的字，找篆体，都要找得到，找到以后才来分析，为什么会要这么写，我们后来简化了以后是不是把它的意思全部去掉了？你看结这个字，结婚的结，也是编结的结，左边是一个绞丝旁，右边是个吉祥的吉，这告诉你什么意思？它说结是一根吉祥的绳子，把你和你的爱人合成一体了，是不是这样就明白了？这样一想，噢，原来我编一个东西都有吉祥意义。这就有了这个结最简单的解说。应该说，在这之前，不论是大学还是民间，没有人这样解说，但汉字肯定都有着相形相异，仓颉造字也是这样子来的，所谓象形文字，还只是文字，我把这"象"字通过生活实用性注释，这对文化不高或者没有文化的人，理解起来就容易了。

前几年，我的作品在陕西美术馆展出，西安甲骨文研究所韩所长去看了，他看的时候，展览馆的馆长就跟他介绍我的编结作品，他觉得确实不错，他说有些东西出乎意料，没有接触过的人，有耳目一新之感，觉得蛮震撼的。韩所长参观后，博物馆馆长就把我介绍给所长。馆长认为我对结的这些见解是别人没有的，是手工技艺的一个独特视角，独树一帜。听完馆长介绍，想不到韩所长站得直直的，竟然端端正正地给我鞠一躬。我吓了一大跳，所长年龄比我大很多，我当时就觉得，哎哟，这可使不得。我赶紧就去扶他。所长说，你不用客气，我不是向你这个人鞠躬，我是向你能传承这样的手艺、拥有这样的技能和对这些东西的解说鞠一躬，你应该是我的老师。我说，您是甲骨文研究所的所长，在您面前我哪敢称师。他说不是这样，你看甲骨文，我在研究甲骨文工作，有文，说明我的工作已经具有文字的能力了，你做的是没有文字的手艺，这些技艺，恰恰是文字的祖先，他这样子一说，我觉得有道理，他这一躬的确不是给我鞠的，他是给我们老祖先鞠的。我们的祖先太聪明了，太有智慧了，竟然通过各种各样的手工方式表达人生的意义。

侯：说到祖先的聪明智慧，其实过去在民间还有许多手工制作，代表吉祥美好寓意的东西。

刘：我小的时候，就看到有孩子冬天穿棉裤，外面罩了个罩裤，罩裤不叫罩裤，叫毛腿，为什么会穿这种毛腿？第一个纯粹是保暖；第二是便于清洁卫生；还有一点，是为了吉祥，让孩子就像狮子老虎一样强壮，因为狮子老虎的腿是有毛的。腿怎么做的？比如刚才我说满月活儿，我们既然做了满月活儿，那么我们就应该完善它。怎么完善，我就想到小时候看到的毛腿，于是就做出各种颜色的毛腿。满月活儿带毛裤子，一般都是给家里头稀罕的男孩子。说实话，车间里百分之九十五的女工做不了满月活儿。做不起，太麻烦了，整个一条裤腿上面全是等长线，一条挨一条挂满了，它是均匀的，每一条线都跟波点一样，都像平常围巾上打个刘苏，再在上面缩个疙瘩，打个小结。为结实也是，为漂亮也是。裤子大多数是枣红色，不是大红是枣红。

这个满月活儿之后会值钱，就因为每个细节充满无限想象力。有时我对女工们说，咱们做这个不完全是为了卖钱，咱们为了人文要素新而全。如果哪个人文学院开设一门这样的课，把这套满月活儿拿出来，会立即成为主角。满月酒这个人文活动在民间还存在。我们这个基地成立的目的，一方面带领女工用技能吃饭，一方面是研究、发扬、传播古老的民间技艺技能和习俗，这种民间的传统习俗如果不抢救，就都丢了。

不仅在闽宁镇，2015年的暑假，我受泾源县妇联邀请，到泾源县去讲课，县工会知道了，要求加上他们，算两家邀请。我就跟妇联拜主席说，既然两家邀请了，就都来听一听。结果来了二三百人。几个月后，妇联主席告诉我。反响太好了，有的人由此改变了个人爱好，手工编结再也不是一种单纯的手工劳动，它是一种文化。有了这种对手工劳动的文化理解，许多妇女从而改变了就业的观念。

侯：关于结与结婚的关系很有意思。

刘：关于缘结与恋爱婚姻的关系，也有人问，为什么现在就变成了什么媒婆什么的，其实文化随着历史的变迁，有改变有延伸，有的完全变成另外一回事。结与婚约的第一个改变就是人们忘了这个结到底咋编的。如果胡编一个不美气怎么办？于是找一根绳子代替，所以就有了牵红线一说。后来说拿根线，怪怪的，得了，让一个年长的妇女传话吧，这就有了媒婆一说，后来我们在记录这件事情时就叫媒妁之言，这就跟词也连着，跟物也连着，跟事也带着。现在网络征婚，这是跟着时代进化的过程。其实网络还不是一根线的原因吗？是无数的信息源，只是你眼睛看不见这些线。

侯：听说您的网名叫"神仙妈妈"？

刘：是的，我的网名是"神仙妈妈"我为什么要叫神仙妈妈？你看我说绳子和线，绳和线是连着的。我其实本意是"绳线妈妈"，说普通话是一个字一个字去咬准它，但生活中，文字就会口语化，绳线谐音神仙，所以叫成神仙妈妈。遇上有文化的人好奇我的网名，我就说，要问关于绳子和线的事你找我就行了，他也就一下明白了。

你看中国古陶器，在半坡文化村，一个陶罐上面有几个纹样，最好的一个纹样就叫绳纹，再进一步叫饕餮纹。不信你到世界各地走走，只要你看到陶器上有这些纹路的器皿、器物，你就直接告诉他，这是中华祖先的东西，至于怎么到的欧洲，是另外的意思。古文化标志独属中国的就是绳纹，也可以说，绳是我们祖先崇拜的第一件物品。

如果中国人真正崇拜的东西我们都没有整清楚，那需要补课。你看那个编织的猫头鹰，为什么要编那么大一个猫头鹰呢？有人说，中国人认为猫头鹰是不祥之物。

侯：教文化不高的女工做手工艺品，形象思维教学法才管用。

刘：对。我在给女工上美术课，就在黑板上画一个角花，或者叫边花角花，它是这样子一个深深的圈圈，两个圈圈一个圆，这边也是对称的这样子，然后底下再画一个圆上去，或者画一个三角形，这是什么？聪慧的女工说，这像猫头鹰。我说这叫家财守护神。其实它就是猫头鹰，为什么？中国农耕社会，最初打的粮食是一个家庭的全部财产，以货易货的手段是拿着粮食去兑换布匹或者棉花，人不吃粮食不行，人不保暖也不行。所以粮食是衡量一个家庭财产多少的基础物质。粮食经常会被老鼠等小动物偷吃。怎么办呢？猫头鹰恰恰是老鼠的死对头，所以古人在粮仓上面就画一个猫头鹰，这个也画那个也画，就这样一代一代画下来。一开始都挺具象，后来在画的过程中，在一代一代延续中，这个人没画耳朵了，那个人没画腿了。那一代没画身子了。这一代没画嘴和脸了，最后就剩下两只眼睛加一个鼻子了。这个三角可能是喙，也可能是鼻子。不能再简单。现在叫抽象艺术，那时候不知道什么是抽象艺术，而是为图省事，也省颜料什么的。尤其是改画在粮囤的门上，门要开开合合的，画就容易剥落。到了近现代，农民们已经不知道画在粮囤上这个东西的名称和作用，但祖辈传下这个习惯，就先这样画着吧。到了20世纪70年代的时候，我还在农村的粮囤上看见过，我说这是画啥？人家说咱也不懂，这是老辈子传下来，老辈子传下来就是画两圆圈一个三角，猫头鹰就简化成这样了，是啥，不知道，干啥，不知道，意思意思，只是传了一个意，把思传丢了。这就是我们民间文化的特点，什么特点呢？猴子掰棒子，掰下一个，看前面那个更好更黄，放下这个去掰那个棒子，到最后，掰的棒子都丢了，还不知道啥时候丢的，这特别可怜，就是这样子，所以我就说我就是个捡漏的，我是整天跟着飞机捡驴粪蛋，你飞机飞得再快不管用，我捡的还是驴粪蛋。可这驴粪蛋在我看来却是金粪蛋，是咱们中国的传统习俗和文化，是中国文化的根。

  对文化不高的女工来说，你一说猫头鹰是家财守护神了，她们就来劲了。学习也刻苦认真了。趁着这个机会，我带领大家编了一批各种形态的猫头鹰。你看编的那个，喙是独立的，眼睛是两个中药瓶的盖子。在我编的这些所有东西我都没有图纸，在我心里头有的，就开始动手，我也这样启发女工，因为她们生活中有些东西，小动物都是来源于生活。

  我还编过一组"五毒"。女工们不知道啥叫五毒，等我一起手，她们就认出来了，不过是蜈蚣、蝎子和蛇什么的。刚好要过端午节了，我顺便把"五毒"和端午节的典故一讲，女工们听得津津有味，她们手里的活也有神气了。

  侯：我看绿色的青蛙太传神了。

  刘：我的每一个作品，都在心里头先有故事。比如说荷花和荷塘，不是先有荷塘才有荷花的，是先有青蛙才有荷塘和荷花的。有了这个意向，我编的青蛙就有了精神。行家看了我编的青蛙，说你这青蛙有骨头、有肉、有精气神。有精气神的青蛙在墙上挠着脑袋，就像要扑食的那种感觉有了。你看青蛙都昂着头，如果你拿手想把它压扁，你用力、再用力也压不扁。很多人都问我，老师这里头是不是有铁丝？我说什么都没有，只有线。我是绳线妈妈。那为啥这样硬，因为编青蛙都是云雀结，全部都是用云雀结编起来的。

侯：有介绍说你最得意的作品是转经筒，怎么想到这个题材？

刘：转经筒的来历挺有意思。转经筒是无意编的，原来想编一个玉米，就这样转着圈地走线，因为是随心所欲嘛，走着走着不像玉米了，特别像转经筒的样，那就得了，给它留个流苏，让它变成转经筒了。

还有一种编花，像格桑花的花，实际上叫红利来，很多人都不知道为什么要叫这名字，为什么这么编。我编的时候是我到新加坡去，那是20年前的事了。我打的出租车，司机在前面挂了一个纸叠的东西，我当时心里明明白白觉得就是个菠萝，上面还插着几个塑料片子当叶子，就像绿色雪碧瓶子那种片片。我就说你挂这个是什么意思？他说我们广州人把这个叫黄梨。广东人说话红黄不分，谐音就成了红利，红利是什么呢？就是来钱了，所以在这儿挂着，摇着摇着就来钱了。我明白了这个意思，我就琢磨这个了，就做了红利来。其他产品也一样，每个都有一个故事。我在教女工动手前，先给她们讲这样的故事，告诉女工我的创作灵感从哪里来，为什么要这样做？然后为什么要赋予它这么一个寓意。调动她们的感情和想象力。每次参加展览的时候，有人问我展览的意义是什么，我说展览不是魔法秀，而是创新秀，结的模仿程度比较高，创新却困难，同样都是一个编结的过程，模仿两天就做好了，创新可能20天也没做出来，真不是一件容易的事。

比如小小的金刚结里头，有方胜金刚，还有几个特别小的金刚，每个金刚都有每个金刚的意思，可很多人不清楚，只是觉得挺好看的。方胜金刚其实就是给男性做的，它是一个方形的，就像咱们过去做的钥匙扣，给钥匙上用绳子交叉不停地编，为啥要编成一个方方正正的东西，寓意男人做事要方方正正的，为啥要叫方胜？说他每天的任务，保证家庭的这样一个责任。男人回到家里头来，一开门就把钥匙放在玄关上，这是一种责任模式。但给女人编叫玉米金刚，为啥叫玉米金刚？玉是指钱，米是指的粮，就是说女人手里掌握的是一家人的钱和粮，你要自己知道节俭持家，就这个概念。所以男青年拿玉米金刚送给女朋友有这种寓意，他不是随便瞎给谁送。所以送人礼品送的不是礼品，而是一种美好的寓意，是一种情感和文化。

侯：参加非遗文化交流大会有没有新收获？

刘：这次大会，收我作品的时候，想把大象收走了，我不同意，他说为什么？我说，大象参加过中德文化交流，拿出去让人家怀疑中国人不创新玩雷同，说三说四没意思，黄河鲤是我新做的，你们带走。大会说鱼也可以，鱼也挺好的，我说鱼就是为这次的黄河文化节专门做的，因为大会主题是黄河文化，黄河文化对中国人来说就是吃穿二字，有吃喝，这才是人的一个最基本生活状态。黄河鲤鱼的故事挺丰富的，鲤鱼文化也挺丰富的，宁夏段黄河的鱼头，重要客人来了都要点一盘尝尝，真是又肥又美。有人说，黄河大鲤鱼产量最大的是在河南，实际上最美味的是在宁夏。

我就说我编的小青蛙，别人看说你这个小青蛙精气神都能体现出来，没错是这样，可是你得用心编，我教的有个学生可以编到这种程度，就她一个人能做到，她是我家邻居的儿媳妇，她现在在一个幼儿园当老师。她也没有把这当成一个要紧的东西，如果她要把这些东西当成一个要紧的东西，她可以学到很多东西，未来她也可以从文化上讲出很多东西，可惜她就没有好好学，包括我在学校里教了很多学生，她们都只是表面喜欢，都没有注重内在的东西，没有深入进去。不论是课堂还是在车间，我每次给她们讲的时候，都先给她们讲这些故事，我其实是想打动她们，让她们对这些东西有深入的兴趣。

有些女工比较爱琢磨，讲故事成效很大，把非遗产品的每一步都作为故事讲，讲好了非遗的故事，非遗的传承是不是才会有继续？你听了以后有没有心动？我讲的过程有没有打动别人，是不是都对事物的延续有着至关重要的关系？

可是，现在的文化创意都不讲这些，你看我说满月活儿，我第一句话就跟她们讲，我说什么是满月活儿，咱们先说一个现象，我们已经延续了最少两三千年的一个历史，姥姥的帽子舅舅的鞋。为什么说是姥姥的帽子？是因为姥姥一般要给外孙做一顶虎头帽，这个帽子是虎头形的，姥姥要很细心地去把它一针针绣出来，这代表的是娘家妈妈的一份情义，这样世世代代下去，家传的手艺就有了。为什么说舅舅的鞋呢，舅舅娶的是外姓人家的女子，既然是另外一个家族的女子娶进来，那要看舅舅家的人眼力高不高，娶来的舅妈行不行，怎么看？给小外甥做双鞋！这一下子就把舅妈家世素养亮了底了。所以到了请满月酒这一天，敲锣打鼓放鞭炮，赢的是几家子的一个传承。不是简单地说我人来了就行，人来了不行，不管用，一分都不值，可是现在不是这样子，姥姥来了就行了，姥姥拿一两千块钱来了就行了，奶奶家光认识钱，就把这个传统都失掉了。过去孩子满月那天不是这样子的，那一天姥姥要有帽子，有小衣服，舅舅家的鞋袜一整套都要全，还要有姨家蒸的大圈馍，各种花馍馍，一定要有鱼变龙的这样一个馍，就是鱼身上骑一个小孩，这样一个馍馍，这么大的一个盘子盛着，预祝孩子将来鱼变龙。那天专人挑着满月礼，若干亲戚排成一个队，到这个村子里来，主家就迎出去多少里，吹着唢呐，敲着鼓，放着炮迎进来，是这样子的，现在没有这个习俗了，现在不是，把真正的那种好的传统丢光了，在酒店俗不可耐地摆几桌一吃拉倒了，传统习俗里，那天不是光为了吃，那天是看的，是天伦、人伦和文化底蕴的展示。

我也是姥姥，我早打算好了，一定要置办一套这个东西，等到有孙子满月的那天我送过去，那我多长脸。可惜现在没人知道这些了，通过扶贫车间教没文化的女工,我就想,连文化不高或者没有文化的女工都能成为传承人,将来找一所大学跟她合作,能把人文的非遗做起来,我觉得这个特别重要,而不是像现在这样,光教几个几十个妇女这么做一个东西。这两年在这里不断发现人才,你看,王淑琴,怎么发现王淑琴的?是在我们前年冬天勾帽子的一个学习班上,我发现的。我发现,她不论干啥,都在那比较,再比较。我就问她,你是不是也会做针线活?她说会的。我就说,你会不会做小孩满月活儿,她说那也会一点儿,我说那你就做一套。我买了料子让她做一套,结果真做成功了,虽然对细节有所简化,但像模像样。这大活还没焐热乎了,成品已经让人买走了。于是我在车间就定义"一品满月活儿"。我去跟县文化局商量,要报一品满月活儿,满月活儿是个名称,不是报针线活或者布艺的统称,两个概念,完全不是一码子事情,满月活儿是很有讲究的,是一个文化载体了。

但这位年轻有文化的干部听不明白。他报表就填成了布艺,不得已我到市里去纠正,又到市文化馆去纠正布艺和满月活儿的不同概念。

王淑琴在这儿做满月活儿,她刚开始只是会做而已,我不断给她讲民俗文化的东西,慢慢地她心里头就有了。我说你一定要心里头有情,手下的针线也就有情了。如果我不在的时候,你也可以把我讲的讲给其他人听,全不全面没有关系,你只要把这事讲出来,就是一个文化格局了,你讲不全不怕,回头我再来补充。

被称为传统的东西,一定是文化传统。我在写满月活儿这个概念的时候,我的一个学生来帮忙拍个小片子。拍完后他说,刘老师给您商量个事,能不能给我留一套?我开玩笑说,你一个小男孩,还没结婚,要这干啥?他说您不知道,我就听你一讲一说,再看看这套小衣帽,我就在想,原来一个人的出生,寄托着这么多亲人的期望;原来童年的我都忘光了。现在长大了,我可以去回味它。所以我想拥有一套,在我心里烦的时候,拿出来看一下，它会让我的心静下来。

可以想见，有了这种理解的人，他拍出来的片子可好了，好得超乎想象。当时我都挺感动的，我写的解说词，就像一个妈妈给儿子写的解说词。我第一句话就写，姥姥的帽子舅舅的鞋。是我们流传了几千年的一个文化象征，不能逃避，它好也罢，不好也罢，它都在，你不能斩断它，你不能没有它，你不能说那是啥啥啥啥啥啥，那就是现实当中曾经有过的，曾经有过的亲情和希冀，而这种亲情和希冀也是大家崇拜的东西。

侯：再讲讲手鞠球。

刘：那是2017年夏天了，我在银川一次开非遗申报会时，我说，为什么日本人敢拿着手鞠球到联合国教科文组织去申请他们国家的非遗呢？为什么？是因为我们中国人的那种弃置文化，掰棒子文化，不停地掰棒子，不停地丢，就是不注重传承。

手鞠（日语：てまり、手まり），又称手球，是一种民间艺术形式，源于中国唐代的蹴鞠，可拿来抛掷把玩。公元7世纪流传至东瀛，发展成为一种名副其实的艺术形式。由于其漫长的制作过程融入了制作者的心意，也成为一种带来好运和象征幸福的礼物，亦是"新年"的寄语。最初球芯只是缠绕一些线所做出的东西，约16世纪末，球芯换成以棉线做出的高弹性球体，并在上面缠绕彩色丝线形成几何图形，所做出的玩具即是手鞠。大小大多是比垒球大，比手球小。

手鞠有素球和分球之分。素球的内芯选择有很多，在日本最早的时候，手鞠是宫廷贵女们的玩具，使用的材料就是制作和服剩下的碎布料，后来渐渐的有使用稻壳等其他材料。在现代，可以选择的范围就更多了，例如，弹力棉、保丽龙球、羊毛，甚至一些环保材料都可以做手鞠的素球内芯，再用细线或者缝纫线缠绕成圆即可。手鞠的分球有好多种，在4个基础分球内可以延伸出千变万化的多面体分球出来，而这些分球只是手鞠制作的"构图"，根据这些分割线再进行花纹缝制完成手鞠的制作。

手鞠是这样，高尔夫球也是这样。我在多年前就讲过，高尔夫球是中国贵族女子游戏，后来延展到仕族社会，叫捶丸。因为老祖宗早就有一部《丸经》，书里对高尔夫场地和捶丸场地的异同讲得非常明白。众所周知，高尔夫用地颇为广大。有的高尔夫球场仅有9个洞，有的有27或36个洞。每个洞都有规定的杆数，称为帕（Par）。标准杆数为72杆。球场内有发球台、球道、果岭、长草、沙坑、水池等。此外，有的高尔夫球场还会附带练习场地。而《丸经》中关于场地的描述是这样的"地形有平者，有凸者，有凹者，有峻者，有仰者，有阻者，有妨者，有迎者，有里者，有外者（诸形绝无曰平，龟背曰凸，中低曰凹，势颇曰峻，之上曰仰，前隔曰阻，唇碍曰妨，可反曰迎，左高曰里，右高曰外）"。大体的意思是说捶丸的地形，要有平有缓，有凸起的小丘，中低的凹地，上坡的峻，下坡的仰，还有包括前面的障碍叫阻，后面的障碍叫妨，等等。

也就是说，正如高尔夫一样，捶丸的场地要求要有平有凸，要求地形的起有致，增加游戏的娱乐性。当然，类似高尔夫的发球台的说法，在《丸经》也是有体现的，"放土为基，随坨起垒"。捶丸和高尔夫一样，很需要考虑"因地制宜"的一种运动。如果一直保留到现代，应该是十分有魅力的一项运动。特别是捶丸的礼仪里，渗透着的中国古代儒家思想，还有君子之风，"有时有节"，有理有据，非常能表现古代的仕人阶层的人生观和价值观甚至于游戏方面的自我要求和约束。网上这两年才开始出现关于这方面的资料，而且世界各国成立了不少捶丸高尔夫协会。

而我最早知道捶丸的，是老家有一道菜叫捶丸。小时候不理解，现在猜测，这或许就是一种变相的继承吧。现在呢？日本人说手鞠是他们发明的，据说世界教科文组织不认可，人家说中国都没有申报，你们哪有资格申报。

侯：刘老师创造的艺术品最满意的应该是荷塘青蛙吧？

刘：不是，四十多种形象都是我喜欢的。要说记忆最深刻的还是大象。我说过，这个形象源于大象传媒做的具象广告。一头大象带着几头小象，我坐公交天天看到的就是广告里大象的脑袋，有的时候睡得半迷糊的状态，就认为大象鼻子好像都要伸进公交车窗那种感觉，真是日有所思夜有所梦，一段时间梦里头都是大象。我说这不行，得完成这个想法，得把大象做出来。我还记得那是个冬天，天很冷，我一个人独自在扶贫车间里，白天女工在时精力有限，晚上，也没电视，手机关了，把脚撑在暖气上，把绳子拴在暖气柱上就开始编。没一样产品诞生是容易的，很多东西的创作过程，真是好辛苦，瞎子摸象，一语道破机关，真要编一头全头全尾的大象，倒不难了，难就难在，艺术审美在像与不像之间。琢磨了好久，这大象该从哪里下手呢，是从后头朝前头编，还是从前头朝后头编？我是从鼻子上开始编的。等到鼻子完成了，一个完整的构思也完成了。我不能完整编一头大象立在那儿，我只编一个象头，突出大鼻子，活灵活现地在墙上，好似一头大象在墙外一头撞进屋来，把鼻子伸向你。这是艺术构思，从技术上说，象鼻子既然成了主体，它的坚硬度就要高标准。大象的鼻子不是这样的弯钩吗？很多人以为，是软绳子编成的弯钩，不用使劲就能掰直过来，错了。它掰不过去，因为编的时候就把它编成弯钩了，这编成的弯钩就像木匠把一根木料做成直角或夹角，就像编青蛙，你想把这只小小的青蛙摁倒，你摁不倒，你没那个劲。也有人怀疑说，刘老师，这青蛙里头是不是有铁丝呢？我说什么铁丝，你干脆说里面有个铅疙瘩！我实话告诉你，啥也没有，就空肚子，青蛙肚子是中空的，连个棉球都没有装。这就是编结技艺最迷人的地方。我反复跟学生和女工说，从技术上讲，你们只要把青蛙编到老师这种硬度，基本的编结你就学会了。

编结有基本技术，慢慢让女工明白，也让政府相关部门明白，实践这些东西，不能像其他扶贫项目那样，仅仅是解决一部分贫困户的就业，也不仅仅是生产了多少产品赚了几个钱。要把编结项目真正立起来，更多的是文化立项和精神立项，特别是让这些自卑的文盲有一种心灵的满足，让她们有文化的尊严，有人的尊严。就说满月活儿，如果流于一种很泛的布艺活动了，就没有体现它深厚的人文价值，布艺产品不是编结艺术，它没有人文价值。没有文化，没有价值的创作是没有办法传承下来的，也没有办法传承。

再比如，我们中国瓷器举世闻名，瓷器主要是实用品，但艺术品影响世界文化。清代流行嫁妆瓷，三百件、五百件等，画片多是多子多福、早生贵子、花好月圆，这就成了乡俗文化载体，编结艺术的满月活儿就是嫁妆里的满月活儿，满月活儿就是乡俗文化的典型。所不同的是，瓷器活儿以男性为主，编结是以女性为主制作者的一个东西。

侯：刘老师是想在这个移民吊庄的沙漠上播下古老文化的种子。

刘：您还真说对了。我最近就想做一个车间，叫原隆书院，编结产品命名原隆红，因为中国乡俗文化大红是底色，是喜庆吉祥，用书院进一步把人文的项目带动起来，至少把这几年我和当地女工们创造的几十种编结产品的文化背景、来龙去脉保留下来。但有时候想想，我这把年纪也挺累的，天天累，月月累。你不知道，我刚开始带她们那几个人的时候，白天应付各种事务，每天晚上12点左右才有时间给她们说，谁的东西构思不好，应该咋改进，应该怎么弄怎么弄。上过几天学的，悟性总是要高一些，也有文盲比读过书的悟性高。也有有文化的，但她心不在这上边，觉得日子朝前能过就行了，借口自己文化低，我说再低能低过穆文芳和柯义莲？人家一天书没有读过！我说有文凭是一个概念，有文化又是另外一回事，你应该借力发力，好好用心掌握编结技艺，可是，有人却给自己打了个叉，把自己定位在跑腿打杂上了。

侯：扶贫扶志扶智，全国都在响应。宁夏以闽宁镇为重要模式，各级政府和职能部门实际支持怎么样？

刘：扶贫不扶志，不扶智，就会成为干旱一百年的地方下了一场毛毛雨。可能是我后半生教学的习惯思维，像闽宁镇这样的新型移民村镇，别看一开始红红火火，那是党和政府真金白银建立的生活，有句行话叫输血式扶贫。要想新移民生存发展下去，必须依靠老百姓自己的双手和头脑。"扶志扶智"就是另一句行话"造血式扶贫"。志和智怎么扶？不是谈一次话谈十次心就能行的，而是要从娃娃一认识世界就开始，要从教育抓起，十年百年，一代十代坚持不懈才能行。好在这种认识，政府落实在行动中了。半个多月前，我在自治区文化厅开会，一大桌围坐的是文化厅的各级领导和调研员，其中一位吴处长就让我讲讲手鞠球。我把手鞠球从最初的捶丸讲到高尔夫球，又讲到捶丸是中国妇女的智慧结晶。在场的领导一致叫好。这时我感到，文化上的事儿，还是讲给有文化的人听，他们的认同增强信心。但文化又不是靠理解和认同来传承的，你得身体力行。我向黄老师正式学编结时，已经过了40岁了，而且没有正式上过大学，但黄老师说我是他学生当中一个宝，他教的学生太多了，把我当关门弟子。黄老师也讲，学民间技艺跟学历关系不大，我比他那些大学生带起来轻松多了，我们是聊天式教与学，他就跟我聊艺术为什么会是这样一个演变方式，同时期的文艺复兴时期在中国是哪一个阶段，这一阶段诞生了哪些艺术门类，捶丸这样古老的民间技艺技法就这样慢慢复活。

现在我也用高老师的教学法来讲编结技艺。非遗传承人分好几种，一种是技艺的传承，一种是各种研究的传承方法。我是二者或三者兼一。对我来说，编结扶贫车间既是一个项目，也是一个扶志扶智的小课堂。我是编结传承人，同时手鞠球我也下功夫教，织布技术我也积极推广。一来移民女工们多了一门手艺，能挣一份养活自己的钱，二来让枯燥的扶贫车间更丰富多彩。

侯：黄河大鲤鱼也成形了，这是黄河文化在编结技艺中的一个新创意。

刘：我正在重新再编两条大鱼，本来之前定型的已经够大了，但上次专家评定时说编小了。不知之不为过，我就去找黄河渔民问，一问才知道，平时一条不算大的黄河鲤鱼都20斤左右，一条20斤的鱼多大？我再用编结的体量估算，也就是十五六斤的样子。你看，黄河里的水有多宽，别看它混浊，却可以养出那么大的鲤鱼。这就是生活本身的馈赠，但我们编结的"黄河大鲤鱼"是满足人们精神需要的艺术品，不在生活真实的基础上创造出艺术真实的"大"来，不足以表现黄河文化的博大。

编结大鲤鱼，也有一个文盲女工编得最好。下次我就可以把她派出去代课，这样她还可以挣到老师的讲课费，也是鼓励妇女勇敢地站到讲台上，站到人群前。

侯：扶贫项目各种各样，目的就是让绝对贫困的百姓脱贫致富。唯独文化扶贫是一件长工出慢活的项目。几年下来，当地你最得意的女工弟子是谁？

刘：除了原隆村的穆文芳和柯义莲，最让我倾心的其实不在闽宁镇，闽宁镇毗邻的一个小镇，她也是移民。叫于宝宝，很现代的名字，其实没有读过书，在离这儿几十公里的另一个镇，当年是市妇联李婕介绍认识的。她懵懵懂懂的时候就被她爸爸给嫁出去了，根本没有任何文化。但是她心灵手巧，真的是有智慧，她没有文化有智慧，是因为她把5个孩子中的4个孩子供到大学毕业，在全世界都有怀疑时，就靠她一双回族歌谣里唱花儿，拜花儿，看花儿，这种感觉特别好特别美，其实大部分百姓都生活在那种根本不长花草的地方，所以我就说，少数民族姐妹的花儿是长在心里的。于宝宝就属于那种花儿长在心里的女人，人长得真美真漂亮。我开玩笑问她，你是不是16岁之前让你爸爸给卖了一笔钱？她说你咋知道的？于宝宝在移民女性中，应该是一个自强自立的典型。她靠一双巧手把手工艺编出了名声。在手工技艺传承人中分两种，第一种永远是照猫画虎，永远是模仿，第二种是继承后再创新。于宝宝就属于第二种,而且对编结有独到见解,有自我精神,有自己创新的意识,于宝宝的手工艺"花儿"系列,不是一个特别绝的项目,非常普通的回族传统花红草,她喜欢那种花,她就是老辈手手相传的"褯花"传统,她就靠着这一双手把她的孩子们全部供到大学毕业。

  女工王莲花和李秀梅的编结做得也又好又快。她们编的拖鞋,只卖40块钱一双。不是说因为手工劳动能够挣到40块钱,移民妇女扶贫基本的立足点还是居家型的,这些妇女就做这个事情,也不太影响她的家庭,不影响她带孩子。但现实情况是,有一种人始终抱着只要有吃的,我绝不干别的事这种思想。这种思想是西部落后地区妇女思想不解放的根源。这种人有一大批而不是小部分,因为他们移民过来了以后,政府给了多项扶持政策,这个情况在原隆村特别明显,其他一些早期自发移民过来的,已经完成了"立志"过程。这方面我本来想跟你详细说说移民是咋回事,但时间来不及,要说移民的历史,我刚才跟你说的30多年阶段。按说我也是自己把自己移到这儿来的移民,我的移民比他们时间还要早一点。现在有一少部分移民,像我一样我把自己移过来的根本原因,是因为这附近,在30多年前国有土地一个开发政策才自愿过来的,而之后过来的移民情况较复杂,又没有完全遵循开发政策,所以他们的土地,有人拿的是国家开发的,有的人拿的是集体开发的,原隆村就是集体开发的土地,就是说,你只是承包的一个概念,可是像我们当年的政策是谁开发归谁,谁开发谁使用,谁自己家里都自动传承,这样一下来,闽宁镇及周边各村,贫富差距当然就出来了,各种问题也出来了。

  但是,再多的问题终会慢慢解决,就像现在的闽宁镇,20多年前完全是一片荒沙滩,不论春夏秋冬,人站在那个地方都坚持不了一分钟,为什么?风大得让人站不住,沙子打在脸上、身上刀割一样疼。再看看现在,完全是一个有福建元素的小县城模样了。毛泽东时代说人定胜天,这些年还有人提出批评,说这是政治话语下违背科学的口号,事实证明,人是能够战胜自然的。放眼一望，满眼的楼房、民居、树木和花草，那肆虐的风哪里去了？那漫天的黄沙和尖利的石子儿哪里去了？

侯：刘老师这次看起来比去年精神还要好，您还是要保重身体。

刘：哪里呀，年纪大了，一年不如一年。你也知道，我应该是中国创下抗癌时间最长纪录的人之一。十几年，六次大手术，癌细胞就是击不倒我这个老太太，我活得比健康人更有朝气，人嘛，活着就是一股精气神儿……

说到这儿，快七十岁的刘亚明老师捋起宽大的裤腿，在自己的小腿上摁了两下。刘老师的手指处，出现两个白色的深坑。"你看看，去年你来时，我的腿这样肿着，现在还这样肿着。前天说好我来村里见你，我一分钟不差赶过来，做人嘛，成事可小，应人事大……你上次答应回北京宣传宣传我们的非遗手工活，你一定要兑现，我们的工人都是原隆村的妇女，我们的产品就叫原隆红。"

第三章 她从黑眼湾走来

一

要说宁夏贫困地区,第一当属西海固;要说闽宁镇从无到有,更绕不开西海固。因为闽宁镇移民全部来自西海固地区。多天来,我一直在苦苦寻觅一个用文学打通与世界联系的女性。这种寻觅来自我自己的童年和生活,我知道,越是贫穷落后的地方,越可能诞生出众的作家。苦难是文学的催化剂。而我要深度了解贫穷和苦难的根源,最好的渠道是走近这类作家,并认真阅读他们的作品,探察他们的足迹。

世间的事也许就像佛家说的,一切事情都有因果。一天下午,一个朋友突然转给我一个链接,内容是北京电视台举办的"我是演说家"。内容与文学有关,这就是节目演说家之一的马慧娟。

马慧娟,我隐约记得这个名字,似乎读过她的作品,当时什么内容我已经忘记了,只知道马慧娟是一个从农田里走出的青年女作家。想到此,我赶紧打开链接。马慧娟站在北京卫视的舞台上,她中等身材,微胖,头上戴着一顶无沿儿的淡紫色筒帽——这是回族已婚女性的标志装束。不知为什么,此刻我突然想到已故诗人顾城。顾城不是回族,但他喜欢戴一顶筒帽,戴一顶颜色各异的筒帽。顾城在20世纪80年代成为文学青年的偶像。

舞台上，马慧娟用宁夏味儿的普通话演讲。我仔细认真听着，她的发自内心的情感和朴实无华的演讲词深深吸引和打动着我，她说：

"我叫马慧娟，是一个地道的农民，和村里的其他四百多个回族女人一样，农忙时，我们面朝黄土背朝天，农闲时我们三五成群结伴在村子附近打零工。我们都有各自的名字，却总是被称呼为某某老婆，谁谁的妈……

"在我们那里，农村妇女的生活状态就是一直在忙碌，要种地，要喂羊，要伺候老人，更要看顾一家人的吃喝拉撒。每天重复着这些活计，我看不到我们的未来。作家们笔下田园生活的诗情画意在我眼里，只是无尽的重复和劳累……

"……我从小就爱读书，梦想着把自己喜欢的事物都用笔记录下来……2014年底，我的四篇小文章第一次变成铅字，发表在了《黄河文学》上，编辑部寄来了九百三十块钱稿费。当我把这个消息在空间发出来时，我的网友们沸腾了，纷纷为我喝彩！我第一次如此强烈地感受到了自己的价值，感受到了写作的力量。

"……这是我的故事。虽然此刻，我继续在种地打工，但我还是会接着写，写我和我的搭档们生活中的喜怒哀乐，写过去，写现在，写将来。"

看完马慧娟的视频，她发自肺腑的一番话，一字一句都重重地敲击着我的心壁，有一种小小激动、兴奋、同情、敬佩，各种复杂的感情交织在一起。踏破铁鞋无觅处，得来全不费功夫！这就是我寻觅的人，这就是我要写的西北女人。

宁夏作家土豆告诉我，马慧娟正在鲁迅文学院中青年作家高研班读书。2019年10月下旬的一个周末，我与马慧娟相约在北京赵登禹路的一个回民饭馆见面。

初次见面，马慧娟依然戴着一顶淡紫色的无沿儿筒帽，这顶帽子非常干净，我奇怪这样一顶单层筒帽何以能如此宽松地戴在头上而没有夸张感。

第三章 她从黑眼湾走来

在对面坐下的马慧娟,面色和身板儿一看就是被西北那片土地和风雨滋养的特有红润和结实。在服务员上菜的间隙,我把我的想法和意图大致对马慧娟说明,马慧娟稍加思考说:"用不同女性的故事来反映脱贫大业,真是好视角。如果侯老师认为我值得写,我感到很荣幸,有什么需要我做的,我会尽全力。"

这就是一个从大山里走出的本色作家,不拿捏,不虚情。而且我特别记住她说了"脱贫大业",一句话,就可看到一个作家的胸怀和格局。难怪她被推选为第十三届全国人大代表。作家不同于一般读书人,作家要文以载道,不论来自哪里,不论贫穷还是富贵,胸中有家国有大业概念的作家,其作品一定是有温度有情感有力量有理想情怀的。

我们边吃边聊。在聊的过程中,我们有太多的共鸣,有共同的理想和人生目标。我们都出生在农村,家境都不富裕;不同之处,她是女人,我是男人。我能深切知道,女人生活在贫穷落后的大山里更为不易。下田劳作、生儿育女、侍奉公婆,这一切都要比男人付出太多。或许,对于马慧娟这样爱好文学的女人更会有太多的无奈和挣扎。尽管她诞生在20世纪80年代,整整比我晚出生二十年,但由于她生在"不宜人类生存"的西海固地区,她的人生经历或许比我那一代人更为艰难曲折。

马慧娟1980年出生在宁夏泾源县一个四面环山的小山村,村名叫黑眼湾。黑眼湾曾有一个传说,马慧娟曾听她父亲讲,黑眼湾原来是一个海子,在海子里曾住着一条黑龙,生活居住在那里的人们,由于对黑龙不够敬重,黑龙一怒之下离开了那片海。因此得名海子湾,世世代代就这样叫下来,但不知道从什么时候起,人们叫着叫着就改成很有诗意的黑眼湾了。

泾源县地处宁夏的最南边,与甘肃省平凉市接壤,是泾河的发源地。黑眼湾是泾源县众多小山村之一。由于自然和地理环境的不可改变,黑眼湾并不像她的名字一样富有诗意。偏僻、闭塞、贫穷、落后是这一方土地的代名

石竹花开
——闽宁镇的春天

词，那里几乎与外界隔绝。黑眼湾到20世纪末还没有公路，不通电。生活在那里的人们，不论是生活所需的油盐酱醋，还是缝补用的针头线脑，也不论是去山外走亲访友，还是孩子上学，都要靠双脚翻过一座座大山，在连绵起伏的山脉上行走十几里甚至几十里山路。如果家境好的，会用毛驴充当交通工具，把生活用品运往山外或者运进山里。

那里的主要农作物是小麦和洋芋，一年四季靠天吃饭。因为与外界隔绝，很少有蔬菜流通进来，洋芋既是村民的主粮，也是餐桌上唯一的菜肴，倘若遇上粮食歉收，洋芋就是那里人们的命根子。

据马慧娟讲，她的爷爷是陕西人，她的姥爷是河南人，至于为什么这两个家族都落到宁夏，她从来没有细问过，她只是知道，姥爷是有知识有文化的国家公职人员，姥爷重视孩子的教育，在20世纪50年代用一己之力培养了四个国家公职人员。因此，马慧娟说："妈妈出生在这样的家庭，是有文化的，所以妈妈端庄贤淑，处事得体，很有大家风范。"

马慧娟说，她妈妈在家庭里是绝对的权威人物。马慧娟的妈妈共生育六个孩子，三男三女，马慧娟是最小的女儿。

马慧娟从小聪慧顽皮，倔强又淘气，用她的话说，天生是男孩子性格，为此，马慧娟没少遭受妈妈敲打，皮肉之苦让她一度怀疑不是妈妈亲生的。

马慧娟从小喜欢舞枪弄棒。她今天随男孩子上山摘野果，明天随男孩子下河去摸鱼；她今天自己爬树掏鸟蛋，明天下地捉蚂蚱；她今天求哥哥用木头削把剑，明天自己动刀动斧做把木头枪；她今天骑在邻居杏树上去偷杏，明天又去隔壁地里去摘瓜。总之，她没有一个女孩子的文静舒雅，距妈妈要求的淑女形象相差太远，所以她受到皮肉之苦也是情理之中的事情。

虽然如此，马慧娟说她的童年是自由的，是欢快的，也是幸福的。马慧娟在讲她的童年故事时，满脸的幸福和喜悦。我想，她童年的天马行空是她走上文学之路的重要因素，那么，是什么为她提供了创作灵感和文学启蒙？

第三章 她从黑眼湾走来

是贫穷还是伤害？

二

马慧娟七岁的某一天，她正在地里玩耍。二哥突然来到地里，把她领回来，然后三姨家的表姐给她套上一双新鞋，就去了吴忠市的三姨家。那时的马慧娟因为年龄还小，她觉得是稀里糊涂地跟表姐走的。其实现在看来，事情哪有那么简单。每一个做父母的在孩子刚出生时，都开始为自己的孩子考虑，谋划将来。马慧娟的父母也不例外，也许考虑，家里贫困，孩子多，三姨家在川区吴忠，父母决定把她送到吴忠市的三姨家，希望让她在那里读书，读出一个好前程。好前程是每一个父母对儿女的期盼，这和偏僻没有关系，跟落后没有关系，跟贫穷没有关系。

马慧娟来到三姨家，和三姨一家生活在一起，她开始读小学。察言观色的能力是每一个人骨子里就有的，一出生就有这种能力，它潜伏在每一个人的灵魂深处和血液里，一旦有了环境和土壤，这种能力就会浮现出来。马慧娟也不例外，那时，在她小小的心灵里就有了背井离乡的滋味，只是那时她年龄幼小，还不知道用这个词来形容和描述自己内心的这种感受罢了。

马慧娟只在三姨家生活了一个学期，她放假回到家里，就怎么也不去三姨家读书了。她说回到家，尽管家里没有什么好吃的，每天还是饿，但是家里只要有吃的东西，自己就会大大方方地拿走吃掉，不需要小心翼翼，不需要察言观色。说到这种寄人篱下的滋味，我在自己的《回鹿山》里有一章细写，初中时期我转学，在三伯家生活。也是只坚持了一个学期。现在回想，当时三伯和表哥表嫂对我不但没有多嫌弃，反而加倍对我好，可就是这种加倍的体贴和爱护，更让我有一种强烈的想家和寄人篱下的感觉。但我当时并没有把这个想法说出来，我想听到马慧娟自己的心声。

石竹花开
——闽宁镇的春天

马慧娟心灵深处的这一隐秘的忧伤，会不会是她日后写作观察生活、体悟生活的火种呢？我看到，当马慧娟谈到这一段经历时，眼里脸上仍会浮出一丝淡淡的忧伤。我问她，你的写作与你的那段经历有关系吗？马慧娟点点头，然后说，至少从那时起，她就比同村从没有走出大山的孩子早早地知道了，在山外还有一个地方，是另外一个模样。这也许就是马慧娟心中的远方吧。另外，马慧娟讲，就是从那段在吴忠三姨家读书时起，她开始接触到乡村孩子连见也没有见过的文学作品《水浒传》《隋唐演义》等。这些文学作品都是表哥的小人书。起初马慧娟被小人书里精致的图画深深吸引，随着识字的增多，马慧娟开始认字，她懵懵懂懂地知道《水浒传》里一百单八将个个都是英雄汉。她对宋江、李逵这样的人物产生了感情。她深深迷恋《隋唐演义》里的精彩故事，尤其是罗成被乱箭射死的悲壮凄凉的场景，让她至今都不能忘记。马慧娟说到罗成和秦琼的时候，依然掩饰不住兴奋。她说，那是我真正的文学启蒙，是那些小人书里的精致图画和生动的故事开启了一个小小少女天马行空的想象之门。马慧娟说，等什么时候有时间了，我要重新去读我小时候读过的这些书，这些小人书。我静静地看着坐在我面前有些兴奋的马慧娟，我想，她要重温那些故事，一定是她要重温那段开启她文学启蒙的童年时光。然而时过境迁，此时的马慧娟还能在阅读中找到当年的美好向往吗？

有了文化启蒙的马慧娟还要读书。她和村里的孩子一起，每天走十几里山路去学校。每天早晨四点左右，她和村里的小伙伴会准时爬上门前的山顶，天上的启明星亮着，不时在对这群山里的孩子眨眼睛。她们一口气爬上一座大山，喘口气再爬上另一座大山，然后又一溜小跑走六七里平路才能到学校。马慧娟说，夏天日子还好过些，渴了喝山泉水，饿了啃书包里的馍。但是到了冬天，就是这些孩子们的苦难日，凛冽的山风，裹挟尖硬的霰粒，抽打着每一个小小的躯体，同学们被风吹得摇摇晃晃、东倒西歪。但这些孩子们不怕,从家走时,每人抱一捆柴草,走一段,点一堆火,烤烤已经冻僵的手脚,再走一段,再点一堆,就这样一路烤着火来到学校,那时天还没有大亮。马慧娟在讲述她的求学之路时,我沉默着,身心被一种彻骨的寒冷击打,即使身处温暖的饭馆,还是有丝丝冷意。我想到了我远在意大利求学的儿子,想到了生活在这座城市的孩子们,这是怎样的境遇,这是怎样的一种不同的命运啊!

艰苦的六年小学生活结束了。

1992年,马慧娟以高出分数线一分的成绩,考上了泾源县第一中学。由于严重偏科,马慧娟笑称"数理化成绩一塌糊涂"。三年的初中生涯就这样磕磕绊绊地结束了,也结束了她读书求索的生涯。

1995年,宁夏西海固地区严重干旱。无情的天灾让黑眼湾的庄稼颗粒无收。我问马慧娟,那你为什么不再复读一年再考高中呢?马慧娟苦笑了一下,小声说,其实,我学习偏科只是一个方面。更重要的原因是贫穷。那时候,全家人供我上学已经倾尽全力,后来又赶上天灾,父母根本就无力供我上学了。我就那样看着马慧娟,我们陷入了沉默。大家知道,1986年4月我国颁布的《中华人民共和国义务教育法》是我国首次把免费义务教育用法律的形式固定下来,也就是说适龄的"儿童和少年"必须接受9年的义务教育。义务教育法的制定标志着我国基础教育发展到一个新阶段,其实质是国家依照法律的规定对适龄儿童和青少年实施的一定年限的强迫教育的制度。国家普及的义务教育是指初等义务教育,初等教育即小学教育,或称基础教育,是使受教育者打下文化知识基础和做好初步生活准备的教育。义务教育具有强制性、免费性、普及性和世俗性的基本特点。

但我们也必须承认,马慧娟的中学时代,即使义务教育全国实行了近十年,但在西海固这样贫穷到了极点的广大农村地区,即使免除了学杂费,但简单的生活费对于需要住校的学生家庭来说,供一两个尚能维持,如果想让三个孩子同时读书，也是不可能的。从这个角度来讲，马慧娟何其幸运，尽管她数理化万般糟糕，但她读完了初中，而且在学校里接触了更多的文学作品。

泾源一中有图书馆。那里是天堂。马慧娟在学校的图书馆一本接一本借阅，疯狂地阅读，文学让她沉迷其中不能自拔。公允地说，这种疯狂和沉迷正是造成一个学生严重偏科的罪恶源头。这也让她付出了惨痛的代价，考取高中时以名落孙山而告终，这些在马慧娟回家务农的岁月里曾几度后悔，后悔自己在初中的三年里没能好好地学习书本上的知识，特别是数理化。谈起这些，马慧娟摇着头苦笑，语气仍有几分遗憾。

三

马慧娟离开学校，成为村里的一个地道的农民，她的世界只剩下群山、农活、庄稼、木梨、镰刀、锄头、毛驴和牛羊。

回到家里务农的马慧娟和家庭成员一样，每天面朝黄土背朝天。有时是和父亲打理土地和庄稼，有时是和大哥上山去砍柴，有时是自己独自赶上家里的牛羊去放牧，有时帮助妈妈和大嫂做饭收拾庭院家务。马慧娟说，每天全家人披星戴月、没日没夜地劳作，但仍然不能完全解决一家人的温饱。

上过中学的马慧娟，被繁重的农活彻头彻尾地改造成了一个纯粹的农家女。她说那时她的目光变得呆滞，思想锈住了，心中失去想象，更别谈什么文字和文学。她说，离开学校的最初几年，文学已彻底远离了她的生活。

马慧娟谈到这段岁月时，再度陷入沉默。为了打破这沉默，我对她说，也正是那段艰苦的日子，才给属于你的文学积聚了能量。听了这话，马慧娟抬起头笑笑说："现在看来是那样的，但在当时，我却是迷茫的，甚至是绝望的，看不到任何希望，不知道我的未来在哪里，我的希望在何方。"

第三章 她从黑眼湾走来

我给面前的马慧娟茶杯里填满水，就在马慧娟伸手表示承谢那一瞬，我注意到马慧娟左手不能够伸直的中指。我好奇地问："你的手指怎么了？"马慧娟笑笑说，她的这根手指是残疾的。我说，怎么残疾的？她说："这是我初中毕业回家那年，我二哥要娶媳妇，为了给二哥盖房，我们全家上山砍藤条。在一根根修整藤条时，一不小心，镰刀割到了中指，伤口深度几乎割断。发生这种事情在农村是家常便饭，当时只是简单包一下，用布带固定住手指，也没有再管它。过了一个多月，觉得伤口应该愈合了，就解开布条。这时才发现，第一节手指像个镰刀一样了。"这样说着，马慧娟再次举起左手，像看一件战利品一样看着这节几乎成直角的中指。"它变成了现在的样子已经十几年了，平时也不注意它，其实在手机和电脑上敲字时，还是有影响的。习惯后也就不注意了。"

如果马慧娟不讲自己的身世，如果你注意一下马慧娟健全的右手，你会奇怪地发现，这个很早就干农活的女人，她的手形修长清秀，皮肤也很细腻。这是日夜操劳的一双手吗？当我直抒胸臆说出我的疑问，马慧娟也笑称，自己都觉得奇怪。与同村妇女相比，种地打柴，操持家务，她一点儿不比她们少，甚至，由于她身体条件好，她的劳作强度远远超过其他人，但不知为什么，她的一双手哪怕被割伤扎伤，哪怕起茧皲裂，只要农闲后一段时间，她的双手就恢复过来，几乎所有的同村姐妹都在羡慕她这双神奇的手。这样说着，马慧娟再次伸出手给我看，左手那个中指手指关节处留有很大的疤痕，指尖和第一关节处，疤痕像焊接一样把指尖焊成至少七十度锐角。我说，当时如果有条件就医，这个手指肯定可以伸直的。马慧娟说，家里的生活那样艰辛，每天每个人都被繁重的劳动累得喘不过气来，一个孩子的手不小心割伤了，父母哪有心思过问孩子的伤情。所有的孩子，只要活着就行，不会有人关心你的手指是否割断，你的内心是否受到伤害，你的心里都想些啥等等。马慧娟说："父母是没有时间和心思来过问的，他们能把我们养活就已经很好了,就像我现在也时常说的,活着就好。另外,我们如果要走出大山治病,要翻越几座大山,走上几十里山路,才能找到医院,像我的手指,就是去几十公里外的县医院治疗,也不会来得及的。"这一刻,我突然领悟到什么,我说:"是上天给了你这双手,这是一双农民的手,也是一双作家的手。当你干农活时,它带着伤疤,变得黝黑而粗糙,变得坚硬皲裂;当你握笔或在键盘上写作时,它变得柔软白皙,变得灵活秀气。"她认真听完这句话,认真地回答说:"您真解开了我的心结。我感谢真主,是真主给了我这样一双令人费解的手。"

马慧娟说到此,突然说起自己的大哥家的第一个孩子。

"就是因为地处偏僻,交通不便才导致我大哥家的第一个孩子夭折。也正是因为如此贫穷的原因,在国家号召移民搬迁的时候,我的父亲和大哥决定立即搬出大山。"

马慧娟不无痛心地说:"至今我都能想起大哥家早夭的那个女孩儿,她脸庞美美的模样,永远定格在我的心里。现在想来,真是让人心痛,贫穷落后是一件多么可怕的事情。"

是啊,作为一个年过半百的写作者,我不能说所有的文学作品,都是从苦难中诞生,但我想,有分量的文字一定是由苦难生活中提炼出来,从而形成沉甸甸的文学思想。与更困难的人相比,如果马慧娟的生活算不上苦难,但至少是非常艰辛的。正是由于马慧娟的这份经历,才使得马慧娟的文字,除了朴实无华,更多地充满了沉甸甸的感伤和忧思。

四

转眼,马慧娟在家务农已经四年,那一年,马慧娟已经20岁。在农村,尤其是在偏僻、贫穷、落后的偏远山区,早婚是一个普遍的现象,十五六岁结婚生子的女孩儿比比皆是。马慧娟也不例外，20岁属大龄。她遵从自己的心意和同村的一个男青年订婚结婚。

但是，马慧娟在说到自己的婚姻时叹口气。这一声叹息似乎是她难以言说的隐私。我问，叹什么气呢？马慧娟说："当时我要嫁给我爱人时，我妈妈是不同意的。"我问，为什么？马慧娟笑笑说："妈妈那时知道他身体不好，不同意我嫁给他，怕将来会影响我们的生活，但当时作为年轻人的我来说，哪会考虑以后那么多。当时，我被他的聪明和能言善辩深深吸引，另外，也是更重要的原因，那时我就相信他日后不会打我。"

听到这儿，我愣住了："你那么小，当时为什么会想到这个问题？"

马慧娟说："在我们那个地方，女人是没有地位的，在我很小的时候，就常常听到左邻右舍的打骂声。在我们村里，由于贫穷落后，人们愚昧无知，女人早早嫁人生娃，一生娃就是男人的附属品，所以男人的打骂似乎是天经地义的事情。那时，我还不懂什么是爱情。但就当时看到那些女人的痛苦，我就在心里发誓，将来我一定找一个不打我的人做我的爱人，我也决不让自己成为男人的一条肋骨。"

女人是男人一条肋骨，这一定是马慧娟从文学名著中读到的。回想我在十几岁时，还没有接触过这句名言，尽管当时我觉得自己读了不少文学书籍。

我笑着问马慧娟："你找到了这个男人，直觉对了吗？"马慧娟说："还好，他从来没有打过我。由于爱人的疾病，我在生活中就要承担更多的重担，要比其他的女人付出得更多。"

马慧娟说："妈妈当时不同意我们的婚姻，现在想来，除了嫌弃他身体不好以外，可能还有另外的想法，这就是妈妈觉得，改变一个女人的命运除了出生、读书、上学以外，最后一个能够改变女人命运的机会就是嫁人了。妈妈很想让我走出贫穷落后的小山村，就像当年她决定让我去三姨家读书一样。但由于年龄小,不懂生活的艰辛,更不懂父母们为儿女打算的心意。为这,我结婚后最初几年里,我妈妈从不登我家的大门,虽然婆家娘家相隔百米,我也从没有再看见妈妈的好脸色。"

五

1982年,党中央、国务院决定启动"三西"建设计划。基于这个计划的出台,宁夏西海固地区首开中国乃至人类历史上有计划、有组织、大规模的开发式扶贫的先河。

从1983年起,宁夏回族自治区率先在全国启动吊庄移民,开始把西海固山区凡属出行难、上学难、就医难的贫困群众有组织地逐步转移到宁夏北部的沿黄河一带。

截至1990年,陆续在黄河沿岸设立7个移民安置区。

党的十八大以来,党中央、国务院把贫困人口脱贫作为建设成为全面小康社会的底线任务和标志性指标,在全国范围全面打响脱贫攻坚战。

2013年秋,习近平在湖南湘西十八洞村看望困难群众时提出精准扶贫。

2016年10月17日,国务院新闻办公室发表的《中国的减贫行动与人权进步》白皮书指出:"在'十三五'期间,中国将进一步通过精准扶贫、精准脱贫战略,确保农村贫困人口脱贫、贫困县全部摘帽,解决区域性整体贫困问题。"至此,脱贫攻坚决策部署成为国家标志。

2000年,马慧娟一家在父母和大哥合议下,决定立即加入搬迁移民的大军。说到这次决定,马慧娟重点谈到了她的父亲。

马慧娟的父亲也是一个有文化的农民。这是马慧娟又一种幸运。有文化的农民,总是比没有文化的农民多了些不安分。就像马慧娟说的,她的父亲是一个不甘平庸还能折腾的父亲。就是在黑眼湾那样闭塞贫穷的地方,马慧娟的父亲也属于争强好胜者，他每时每刻努力让一家老小比其他的人家过得体面些。

这次，马慧娟的父亲听说移民要搬迁到一个视野开阔的川区去，政府不但会给盖房子的宅基地，还会给几亩种粮食的土地；他还听说，迁入地是黄灌区，玉米有了黄河水的浇灌会长一尺多长。作为一家之主，父亲果断决定搬迁。马慧娟的父亲一想到以后自己的后世子孙再也不会生活在这个只能看到巴掌大天地的地方，内心就有几分感慨和激动。

马慧娟说，他们一家离开黑眼湾的时候，都有几分不舍，毕竟黑眼湾养育了他们一家人。黑眼湾尽管贫穷，但却有马慧娟最快乐的童年。

马慧娟一家要搬迁的地方是吴忠市红寺堡开发区。马慧娟至今还记得，父亲带领一家随搬迁的村民在一个风雨之夜来到了红寺堡。这是承载一家和全村移民希望和梦想的地方。可是他们万万都没有想到，他们来到这里，映入眼帘的是一片漫漫黄沙的荒地。初到这个陌生的地方，狂风夹杂着黄沙就给这些带着梦想的人一个巨大的下马威。

马慧娟至今还记得，红寺堡每天漫天的黄沙在狂风的肆虐下，嘶吼着弥漫在天地之间，白天狂风，夜晚风狂，一片都像在混沌中。

马慧娟一家和村民们，分到一块政府统一规划的长方形宅基地。推土机推起来的一个个沙土堆，大致显示着村庄的雏形。这很像西海固田间地头西北鼢鼠打洞堆成的土堆。土堆上，一根木桩醒目地标出每家的地界，建路的地方政府早就留了出来，依稀能看得出，这里的路四通八达。马慧娟一家和村民们就要在这片荒芜的土地上开辟和建设出一个新兴的村庄。

盖房子初期，人们因为有梦想，所有人都憋着一股劲儿，想尽快在这片土地上扎根落户。渐渐地，人们的干劲儿和精神头松懈了。大家没有了刚来时的笑脸。因为，白天移民们辛辛苦苦砌好的砖墙，一夜之间被风吹倒了。早晨起来睁眼一看，整个大地都被黄沙重新覆盖住。白天建房的工具也被风刮得不知去向。就这样日复一日,被风刮起的黄沙无孔不入,侵袭着刚来到这里移民的生活。移民的饭里有沙子、吃的水里有沙子、衣服里有沙子、脸上有沙子、人们整个身体上都是沙子。在风沙里劳作十分钟,人就好似泥塑一样,面貌让人哭笑不得。人们开始犹豫,开始怀疑这个地方能否养得了人。有些抱着试试看的态度的人们,索性卷铺盖卷走人,连风也欢呼着来为那些要走的人们送行。那些留下来的人们,开始了日复一日与狂风和黄沙艰苦的抗争。

一个多月过去了,一座新村庄在这寸草不生的黄沙地里初见形状。人们用黄泥和砖头建起了简陋的平房,尽管房顶上没有一片瓦,几个窗口没有门窗,放门窗处只是几个洞而已;家家屋里没有一件家具,但是这些留下来的人们总算有了自己的家。不久,村庄竟通上了电,有了自来水,这个新兴的村庄此时有了烟火气。

马慧娟回忆,移民的第一个春天,村委会里的大喇叭一遍遍地喊,让大家去村部领杨树苗。人们看着这片黄沙地摇着头,但还是抱着试试看的态度,把一棵棵树苗栽在黄沙里。几天后,这些细小的树苗被一场场沙尘暴无情地撕扯,有些树苗被拦腰截断,少数能顽强挺立在风中。挺到初夏,树苗渐渐地长出嫩芽,就像那些留下来的移民,他们看到了生的希望。

对从深山出来的移民来说,这里四月的天气已经炎热,人们开始考虑种地的问题,望着这大片大片的黄沙,移民们却不知道如何种地了。

基层政府这时起到了作用,乡镇干部开始引导移民使用黄河水灌溉。这些在山里靠天吃饭的农民,哪里懂得什么引用黄河水灌溉土地,他们只有摸索着引水浇地。当人们第一次看见黄河水顺着人们挖好的水渠流入田地,有几分兴奋和慌张,甚至手忙脚乱。一会儿,某块流水的水渠被水冲开一个大口子,人们叫喊着跑过来,七手八脚地赶紧填土堵住;一会儿田埂又被泡塌,人们又挥舞着铁锨向田埂冲去。这些男人女人就这样狼狈地奔跑在这片

第三章　她从黑眼湾走来

他们不熟悉的土地里。马慧娟也不例外，她同样是这里奔跑的一员。但她知道，这块陌生的土地终将成为他们这一代和下一代、再下一代赖以生存的土地。

浇灌和耕耘过的土地不久就换上了绿装，风的速度也减慢了许多，沙尘暴似乎也变得少了，世界似乎慢慢安静下来。红寺堡移民区有了党的好政策，有了党中央的统一指挥和领导，有了当地政府的扶持，有了这些坚强的移民，红寺堡终于有了绿意、有了欢笑、有了生活的希望。红寺堡这块土地因为有黄河水的到来，经过移民的辛勤耕耘，最终成为一片沃土。

一年，两年，三年……一座年轻的小镇在红寺堡快速崛起。学校、医院、工厂、商铺使街道变得热闹。饲养牛羊的农家里，牛羊在自家后院悠闲地吃着干草，偶尔会有羊羔或者牛犊发出稚嫩的叫声，它们的叫声告诉人们，这里是年轻的村庄，这里正在向移民的美好生活飞速发展。

几年后，红寺堡大量引进和开发各种利国利民的项目。利用这里的天然资源搞牛羊养殖，种植蔬菜大棚，种植葡萄酿制红酒，大面积种植枸杞等。就是因为这些项目的出现，使红寺堡的移民有地种，有工打，有钱赚。移民们从此摆脱等、靠、要的陈旧观念，纷纷加入自强、自尊、自救的队伍中来。

马慧娟和村民们就是靠着这股决绝的韧劲儿，一点一点地改变着个人和移民区的命运。

六

七年以后，马慧娟和她的丈夫在红寺堡这片移民区盖起了新房子，圈养起了牛羊。让他们夫妻更满足的是，这几年他们共同养育了一双儿女。马慧娟一家真正成了这块土地上的新主人。

马慧娟说，刚来到红寺堡的时候，整天种地打工，打工种地，忙忙碌碌，生儿育女，育女生儿，一年四季疲惫不堪。在漫天黄沙侵蚀和火辣辣太阳的炙烤下，年少时的那点文字兴趣，像一滴水早已消失得无影无踪了。眼看着自己和姐妹们的青春就这样被岁月无情地带走，眼看着自己周围发生了那么多的故事，而自己却被劳碌的生活磨去了棱角和锐气，马慧娟突然陷入某种恐慌和焦虑。她常常在夜深人静的时候，或者是打工时望着茫茫的旷野，自己问自己，难道，我这一生就这样默默地成为一粒尘埃，慢慢消失在这滚滚红尘和历史的长河中吗？

时代在进步，科技在飞速发展。就在马慧娟最迷茫的时候，手机和网络来了。马慧娟说，完全是网络打开了她的思想，开阔了她的视野，丰富了她的精神世界。在手机里，她拨通了一条条通往山外的路。

马慧娟讲到最初接触网络的时候，一边摇头，一边叹气，神情满满地透着无奈。我能够理解她的这种无奈。网络在带给人们方便的同时，也给人们带来许多生活弊端。譬如说网聊、网友、黄色和游戏网站等这些常常带有引号的词汇。这些词汇，就是在发达的城市，随时也会听到这样那样的声音，更不用说在穷乡僻壤的西北地区了。

马慧娟说，在手机还没有普及的时候，她的外甥女有一部手机。马慧娟每天一有空，就会缠着外甥女，让外甥女给下载一点网络小说看。就为这事儿，马慧娟没少挨母亲的训斥。马慧娟用一口地道的西北口气学她母亲的口气说："你一个女人家，不好好过日子，不好好带娃，整天抱着个手机，看啥吗，看这看那，咋还能改变你农民的身份？"

但是，倔强的马慧娟并没有被母亲的训斥和责骂所阻挡，因为在那里，在网络世界里，她终于可以找到失散多年的文字。文学的那一点点水墨不知在哪一天又回到了心田。

随着农村经济的发展，手机已经不是经济地位的象征，而逐渐成为每个人必备的通讯工具。马慧娟总算买了属于自己的第一部手机,她说不用一分钟就学会了上网。每当有空闲时,她都会拿起手机,浏览网络小说。有时是在田间地头休息时,有时是打工空闲时,有时是农闲时别人聚在一起聊天时,有时是她比别人早些起床,有时是比别人晚睡觉,马慧娟就是利用一切可以利用的"有时",如饥似渴地阅读网络上的文学作品,正是这些被文学理论界众说纷纭、莫衷一是的网络文学,最后激发了马慧娟书写文字的欲望。

马慧娟胆怯地在网络空间上尝试着写一些笨拙的句子,有时是几句话,有时是一段话,有时是抒发一下内心的状态。随着自己在网络上书写文字的娴熟,她开始有意识地在自己的空间里记录西北广阔的天地,记录西北的风土人情,记录她家的牛羊,记录她家的每一个亲人,记录她的打工搭档,记录西北季节的变化,记录庄稼的收成,记录西北狂野的风和沙石,记录移民的喜怒哀乐,记录邻里琐事,记录生活的点点滴滴,记录……

不知不觉,来马慧娟空间浏览的人越来越多,直到有一天,经常浏览马慧娟空间的网友在网络上对马慧娟说:"你在网络上勾勒出不一样的西北广阔的天地,同时也书写出别样的风土人情和移民的喜怒哀乐,你让我们好羡慕。"

网友的赞美是对马慧娟最大的鼓励,马慧娟想:"我为什么不能把我们平时的生活整理下来,让更多的人了解这里发生的故事,关注这里的生活呢!"想好了,想定了,马慧娟的网络书写越发不可收拾,她的灵感似乎昼夜不停。关于她生活的土地和她熟悉的人们,马慧娟说,一睁眼是他们,一闭眼还是他们;前天干活谁说了什么,夜里就梦到了;昨天谁和谁闹矛盾了,今天在灶间突然记起来,比当时还清楚。马慧娟说,这种时候一来,她赶紧抓起手机就写,写完了,就贴到网上。网友越来越多,看她文字的人也越来越多。大约在两三年时间里,这样的书写已经成为马慧娟的习惯和生活的一部分,甚至是生命的一部分。

石竹花开
——闽宁镇的春天

马慧娟说,到了第四年,"尽管是短暂的四年,但对于我来说是艰难又享受的过程"。马慧娟这一转折语式,产生了巨大的时空张力。她低着头说:"在这期间,我不仅抵抗着来自村子里人们的风言风语和误解,顶着亲人们的抱怨,尤其是爱人的不理解让我更加痛苦。"马慧娟说:"我不知道怎样解释,我也不想解释。我问马慧娟,你面对种种压力,动摇过吗?"马慧娟说:"曾经动摇过,尤其是在我被生活压得喘不过气来的时候,我曾经在心里自问,我的这种坚持对吗?还有意义吗?我还要不要再坚持下去?当我再次拿起手机,再次面对我喜爱的文字,我纷乱的心绪再次静下来,我在心里告诉自己:这辈子注定,文字属于我,我属于文字。"马慧娟抬起头说:"什么阻力都不会阻拦我书写文字的脚步和梦想。"

在这四年里,马慧娟坚持在手机上写作,积累了三十多万字,用坏了七部手机。马慧娟说:"为此,爱人一度抱怨说,多好的手机到你的手里都得坏!"

听到这里,我下意识地看了一眼马慧娟那根弯曲的中指——我不知道,马慧娟用手机写作时,这根中指是否像正常的手指一样灵活,抑或更加充满激情!

马慧娟说:"由于网络写作,让我认识越来越多的文友,他们喜欢我的文字,有的给我寄来文学书籍,有的无偿给我买流量,有的无私地帮助我投稿……正是由于文友的无私帮助,我的文学才得以发挥。记得,我发表的第一篇文字也是一位文友推荐的,发表在《黄河文学》杂志上。当我把这一消息在我的空间发布出来后,我的网友们为我欢呼雀跃,纷纷为我喝彩。那个时候,我第一次强烈地感受到自己活着的价值,同时也更加强烈地感受到文字和写作给我带来的无尽力量。"

此时,马慧娟有些激动。她较长时间静静地坐在我的面前,我能理解马慧娟内心那份情绪的波澜和感情的激荡。这是一个多么倔强、坚忍的农村女性，正是由于她的这种品质，她才得以用文化自救，走出贫穷落后的大山，走出风沙漫卷的旷野，走出红寺堡，走出大西北，走向荧屏，走向亿万观众，最终走出自己内心那片心灵荒芜的沙漠。

这时我才想起来，对面坐着的这位戴着淡紫色筒帽的西北女子，不仅是一位小有名气的作家，而且是第十三届全国人大代表。人民代表，多么神圣的称号，她的自力更生、坚强和拼搏精神，不正是西北荒原所有底层女性应该学习的榜样吗？

现在的马慧娟，已经发表了一百多万的文字，并出版发行《西风絮语》《希望长在泥土里》《农闲笔记》等。除了这些散发着泥土芳香的励志文学，马慧娟最引人注目的是2016年7月，参加了北京卫视的"我是演说家"栏目，她十几分钟的演说，以真实质朴的生活和毫不夸饰的演讲风格，感动了无数观众。

我有理由相信，作为人大代表的马慧娟，她不仅是一个自由的书写者，她肩上有了更重的责任。事实也是如此，有了这个代表身份，她就有令人望尘莫及的言说平台，几年来，她关注的焦点，是贫困地区成年人的文化教育，她关注文化建设。她说："是社会和网络给了我平台，使我能够文化脱贫。一个人脱贫不算脱贫，我要带领更多的农村妇女能够文化脱贫，使她们了解文化，接受文化，传播文化。文化的提升，能让她们活出自信，活出尊严，活出一个新高度。"

夜幕降下，北京西城区灯火通明，饭馆即将打烊，一个俊俏的女服务员在我们桌边走过来，又走过去，这样已经走了两次，两次欲言又止让我不得不结束这次与马慧娟的聊天。我知道最后一个问题不该问，但我还是好奇地问："如今你已经成为文化名人，甚至成为代表一方人民的人，有一天，你会离开那里吗？你还会回乡务农吗？"

马慧娟听了这句话，发出爽朗的笑声说："我明白您的意思，就是来北京上学前,我主动辞掉了在县城的文化馆工作,在所有人不解的目光中,重新回到村里。我不仅不会离开那片土地,我还会永远扎根在那块土地上,我依然会种地,依然会养牛羊,依然会和我的搭档们去打工,我依然会带上我的眼睛和思想书写乡村,书写我的搭档们的酸甜苦辣,我依然属于那片热土。"

在华灯璀璨的夜幕下,我与马慧娟挥手告别。望着她宽厚坚毅的背影,望着她那顶标志性筒帽,我知道,此时的马慧娟已经不是往昔那个只是贪玩、天真、浪漫甚至天马行空的西北女子了,在她的身躯和心灵里,充满了无比强大的能量。她会用敏锐的感觉和朴实无华的文字,写出生活在那片土地上的多姿多彩的生活,写出那里女人的挣扎,写出那里泥土的味道,写出居住在那里的人们情感肌理。更重要的是,马慧娟的出现,会让更多的妇女通过她认识到自己生活、拼搏的价值和尊严,并通过这样一个平凡而有故事的女性,让还不自省的男同胞们认识到,自强自立自尊的女性才是值得呵护和崇敬的。女性是母亲,是妻子,也是女儿,她们美好生活的绵延,影响着一代又一代,她们的强大和付出会使一个家庭、一个国家和整个民族不断走向繁荣富强。

第四章 北纬 38°

一

宁夏得天独厚的自然条件造就了其在中国葡萄酒未来发展的地位。首先，其与法国波尔多同在北纬38度。这里干旱少雨，日照时间长，使得这里的葡萄天生有机无害。这里的土地都是千年的处女地，葡萄自然营养丰富。这里的葡萄酒已经得到世界的认可。

贺兰山东麓葡萄产区被英国葡萄酒大师希斯罗宾逊誉为中国最具潜力的产区，在宁夏聚集了众多的中国优秀酿酒师，他们有着不同的酿酒理念。

宁夏立兰酒庄坐落在贺兰山下一条叫西夏渠的古渠边。自有葡萄园1600公顷。立兰酒庄秉承着尊重自然、心怀敬畏的酿酒理念，匠心独运地酿造出了具有中国风土特色的精品葡萄酒。

在闽宁镇众多带有扶贫色彩的企业中，立兰酒庄葡萄酒产业带动当地百姓就业被交口称赞，原因有三：一是农民流转土地资金落实到位；二是真正解决了一大批当地妇女就业，而且工资足额按时发放；三是庄主左新会有慧眼识珠、揽天下豪杰的个人魅力。

左新会，名字和性格都有几分男子汉的成分。熟悉她的人不称她董事长什么的，都叫她酒庄庄主，她似乎也喜欢这称呼。所以在《立兰酒庄文化手册》开篇这样说:"2013年,酒庄庄主左新会带着对葡萄酒的热爱,开荒辟地引渠栽苗,由此开启了属于立兰的历史。"

我与这位庄主没有缘分,两个年度,先后约了五次。最后是2020年6月6日下午三点,我在烈日下安步当车,从原隆村赶到酒庄办公地。但出来迎接我的却是公司另一位大姐。半小时后,大姐抱歉地告诉我,庄主因项目谈判延时,过不来了。

我并不为意,欣然品酒,因为,立兰酒庄的底牌我摸得很清了,这是我真心想写一笔的扶贫企业,尽管这个企业背景不是福建。一个这样的公司,故事自然不少,可最打动我的,还是底层女工拼搏奋进的故事。就像酒庄总经理、高级酿酒师邵青松所言:"酒庄的灵魂是酒,酒的灵魂是土地,土地的灵魂是人。"

二

刘莉是立兰酒庄的车间主管。2019年10月第一次来闽宁镇,县扶贫中心主任李海宁就让段晶约见了刘莉。

初次见到她。怎么都看不出她是来自西吉的农村妇女。她穿着一身藏蓝色套装,套在里面的白衬衫与笔挺的套装浑然天成,衬托出她的干练。她的言谈举止分明是一个标准的公司白领。

刘莉说起她移民来到原隆村的经历、生活和工作体会时,就像收音机打开了话匣子,思路清晰,感情饱满,能感受她情绪有些兴奋和感慨。

刘莉说,我的老家在固原市隆德县,我们那里山大沟深,由于家里穷,兄弟姐妹四个,我是老大。我初中毕业就不念书了。经人介绍,我和我老公认识,在2000年结婚。婚后一年我们有了孩子。那时候,我们穷困得不行,靠天吃饭,家徒四壁。我们西北女人只要是嫁了人,生了孩子,就从来不讲形象和仪容仪表。我记得那时,每天干家务,干地里的活,还要侍候孩子,每天头发随便一抓,从来不照镜子。

2013年8月2日,我们一家随着村里的其他人移民到原隆村。记得那天很热闹,我跟随搬迁移民的车辆一路向北。很多辆车组成车队,警察开道,救护车随同,浩浩荡荡的,场面壮观,让我至今心潮澎湃。

车开进村子,停在我家门口,我放眼望去,看到笔直的街道,一排排整齐的平房,一户户独立的院落。走进我家院子,院子很干净,屋子装修得很漂亮,最主要的是,我拧开水龙头,水就哗哗哗地流出来,这让我兴奋不已,我知道,再也不用挑水吃了。后来我看到,不管是国家总理还是国家主席,到我们西部贫困户家里,第一件事就是到厨房扭开水龙头。当水哗哗流出来时,我总是泪流满面。西北缺水,但水是我们女人的命,是我们西部山区所有人的命。

进了屋脚跟还没站稳,村干部就挨家挨户大喊去村部领吃的。记得那天是我去领的,我报上自家的门牌号码,一个工作人员马上发给我一大包东西,有方便面、面包、矿泉水、火腿肠。那时,我心里真是很温暖,这一大包不少钱呢,政府想得可真周到啊!在老家我们怎么舍得买这么奢侈的食品呢。

移民过来第二天,我就上街上去找活干。手里没有钱,一家子等着吃饭。正好有一家招短工的中巴车停在村部,说是愿意去栽树的可以上车。我就上了车,跟随其他人去栽树。一天下来,我拿到80块工钱。我赶紧到街上买了吃的用的,还剩60块钱,兜里有了钱,心里别提有多高兴了。在没有搬迁之前,家里面我就是带两个孩子种地,因为家里面地也不是太多,每年下来可以说,就拿收入来说,我基本就没有什么收入,因为种的地少,刚好够吃就行了,基本没什么来钱的门路,家里面的收入全靠我老公一个人,我老公在外面是一个建筑工地的普通工人,每年最多的工作时间也就是8个月的时间，所以家里面收入比较少，生活可以拿贫穷得只剩下贫穷来形容，只能是吃饱饭这样的日子。搬到原隆村，我一连几天到处打工，我年轻，有体力，不怕累不怕脏，什么活儿都愿意干，每天都有收入才是我最大的快乐。就这样一直坚持了三个多月。主要时间是在立兰酒庄葡萄园除草打药。后来听说，带领我们打工的一个师傅觉得我积极乐观，干活不藏奸耍滑，还有一点文化，就叫我到立兰酒庄应聘临时工。我立刻去立兰酒庄车间应聘，干起了临时工。每天朝九晚五的工作，而且还在自家门口，这让我很高兴。那时每月工资是2000元。我很珍惜这份工作，跟着车间的老师傅认真学习操作技术和酿酒流程，不懂就问。为了熟练掌握各种技能，我把什么事都记在一个本子上，以便随时温习和翻阅。就这样，我的进步很快，得到师傅和领导的认可。一年后，我被提升为班长，我很感谢领导的信任。

生产车间卫生环境要求很严格。我每天早、中、晚带领员工把酒庄的卫生清理打扫一遍。门缝、抽屉等等卫生死角抹布擦不到的地方，我就用棉签、牙签收拾得干干净净。生产线上的机器用了这么多年，还和新的一样，来维修的师傅说，你们的机器怎么越用越新呢！

葡萄熟了的时候，工人把葡萄摘下来。机器去一遍梗，为了保证无梗合格率，我就和工人用手一粒一粒地摘梗，这样就能保证无梗率在99.9%以上。

为了更好地把握葡萄的发酵标准，我必须亲自在规定的时间，分秒不差地拔下橡木桶的塞子，仔细认真地听葡萄发酵后所发出的气泡声，从细微的声音中，慢慢地就会判断出发酵度。

葡萄酒发酵完成时机的判断非常重要，早一点发酵，不充分，晚一点发酵，会氧化，那样就会影响葡萄酒的口感和色泽。后来，我就反复琢磨尝试，后来终于有了一个笨办法，就是在仪器测试出最后指标后，我用打火机测试发酵罐里的二氧化碳的浓度，可喜的是，我的这种笨办法，居然能够更精准地控制发酵时机。这是我的"技术秘诀"，这种"技术秘诀"得到了酒庄首席的认可。

听着刘莉讲述各种专业术语,对于我这个门外汉来说就像云里雾里,但不难看出,刘莉对待工作的态度和认真钻研技术技巧的精神和能力,真是异于常人。

"2017年的一天,有一个车间的同事来叫我,说老总找我,我听了吓一跳。我的心怦怦地狂跳不止,我的大脑迅速转动,我仔细回忆,我工作中出了什么错?但我怎么都想不出我的错误,于是心惊胆战地去了左总的办公室。左总指着对面的凳子说,坐吧,刘莉。聊了一会儿天儿后,左总对我说,刘莉,你的工作能力很强,我想提拔你当车间主管,你同意吗?我一听,简直吓了一跳,赶紧对老总说,谢谢左总的好意,但我真的做不了主管,我一个从乡下来的,又没有文凭,怎么管理得了整个车间呢?左总听后,笑笑说,你没有干怎么知道自己不行,谁都不是天生就能做主管和老总的。在左总的劝说和开导下,我战战兢兢地接下了这副重担。"

三

刘莉一谈到酒庄庄主,就掩饰不住由衷的钦佩和感激。她说,我在公司这么多年,老总给予我很多,我也在她的身上学了很多。

记得有一次,车间来一个团队参观,让我去介绍工作流程和公司产品。那是我第一次作解说员,我慌慌张张地就往外跑,我跑进卫生间随便洗把手,捋捋头发,就在我要下楼的时候,左总叫住我。左总拿出一张餐巾纸递给我,让我擦擦手。她说,看你慌里慌张的,手都不擦,风一吹,手不是都吹裂了吗?我接过纸巾,眼泪险些掉下来。左总对我说,再把头发好好整理一下,梳利索点儿。然后她递给我她的口红,让我涂上。我涂上口红后,左总扶着我的肩膀说,你看,你打扮一下多漂亮。

左总生活上也很关心我。有一次，我儿子生病了，需要去医院，我就跟左总请假，我觉得如果不请假，带孩子看病就会耽误工作，那样我心里过意不去，但是我们的左总却说，去吧，安心带孩子看病，看完病再来上班。我不知道怎样回报左总对我的关心和照顾，只有拼命工作来报答。

说出来不怕您笑话，我在我的老家，从小长这么大，从来没有过过生日，更没有吃过生日蛋糕和收过鲜花什么的。前年，在我生日的前一天，我突然想，我的生日就是我妈的受难日，所以我在朋友圈中发了一条状态。这条微信被左总看见了，左总第二天就给我买来生日蛋糕，还送我一束鲜花。

说起鲜花，我原来都不知道，我们妇女还有节日，自从来到公司，每年三八妇女节，左总都会送我们礼物，有时是化妆品，有时是红酒，有时是鲜花。

在我们老家大山里，就知道生孩子，干活，整天面朝黄土背朝天，哪里知道梳洗打扮，哪里知道女人还要被尊重。自从来到公司才知道，女人一样有价值，一样需要尊重，一样要有尊严感地活着。

我记得，我刚来公司时，拿到的第一个月工资正好是过年，我领上孩子和老公去银川，我让孩子挑自己喜欢的玩具和零食，我给老公和婆婆还有我的娘家妈都买了新衣服。那年过年，我买了好多东西，用我自己挣来的钱，为家人买东西，我开心极了。这种体验在老家是不会有的。

刘莉说，我现在很知足，这一切都是国家和政府的关怀，我常常告诉我的孩子，有今天的生活要懂感恩。我还要感谢我的公司和左总，是公司给予我平台，是左总让我懂得女人的自立、自强、自尊。

刘莉说，我现在来公司已经有几年了，我的工资从两千元涨到现在的六七千元。我有了一双儿女，我的老公也来酒庄工作了。我见证着原隆村的变化，见证了这片土地的变化，见证了我家的变化。现在生活好了，我每天睁开眼睛的第一件事就是心怀感恩。

刘莉说,我的名字是我来公司之前改的,我原来的名字是我爷爷给起的,叫刘永平。我很不喜欢我的这个名字,现在我想,还是保留这个名字吧,现在我理解了,当初我的爷爷是希望我永远平平安安。

四

立兰公司一位高管说,刘莉在我们公司,一到生产季特别忙的时候,会有很多加班。但她从无怨言。有时一个月的工资开到七八千元,刘莉自己感觉开高了。对我们企业来说,刘莉这样的员工不仅仅是特别吃苦耐劳的榜样力量,而是企业品质的一部分,更是一张名片效应。其实大家都知道,葡萄酒的酿造,分散在每一年每一天的话,技术点比较多,她是移民女工普通一员,她以勤劳朴实、好学上进晋升为公司管理层,在岗位上发挥一个特别关键的作用——持续培训,把像她一样的当地女工一批批变成产业工人,这是闽宁扶贫企业的责任之一。

结束采访,刘莉又匆忙去迎接下一个参观团队。我离开酒庄时,在展示大厅,远远地看到刘莉正在对团队讲解着什么,像对待每一位参观者一样,时而高声,时而低语,也有了专业讲解员的肢体语言,很潇洒也很优雅。

走出立兰酒庄,一阵清风刮过,我闻到了葡萄园飘来的绿植的芬芳,当然,还有红酒的芬芳。

第五章 · 生死攸关

一

冯顺变推门走进来,这是个女孩子,中等身材,不胖不瘦,她有一双明亮的眼睛,穿上浆洗得十分妥帖的白大褂,脚下一双软底白布鞋,戴上口罩,只露出一双黑白分明的眼睛。我请她摘下口罩,原来她不仅眼睛漂亮,五官端正,整个人更加耐看。

冯顺变是闽宁镇卫生院的护士长,她被苟院长电话叫到会议室时,戴着口罩,因为毫无思想准备,见到我和段晶两个陌生人,她的眼眸里透露出一丝明亮的意外。

五十多岁的苟院长是个实干型领导,对接受采访经验不足,关于医疗扶贫、救死扶伤这方面的故事,苟院长讲得并不动人。这不动人其实是动人的,因为,作为救死扶伤的医院,他认为这都是医院的本分。

苟院长说,闽宁镇卫生院最初就是两间土房,连个院墙也没有。在闽、宁两省区政府和医疗卫生部门的扶持下,从两间土房一个医生开始,一砖一瓦建起来。二十多年真是弹指之间,要说一个与"吊庄"移民一同诞生的卫生院,必会有无数生离死别和可以传颂的故事,但苟院长一时说不到点子上。

第五章 生死攸关

苟院长最后说:"没啥,应该的。要说有啥,那啥都是一部书,比如闽宁镇,这个移民点,从无到有,说起来,哪一项都让人千言万语说不尽。有人居的地方,就有人生病,这得有医生治,有医院管。"

我并不情愿立即结束这次采访。这时我突发奇想:这样一个小小的镇医院,医护人员都从哪里来?是否会有当地出生、外乡学医又自愿回来工作的学子呢?因为,从走进卫生院大门,我分明看到这是一个生机勃勃的卫生院,如果没有青年就不会有这种活力,没有活力的单位便不会有未来。

"院长,本院的医生护士,一定会有立志为家乡服务的青年人吧?"苟院长被我问得一愣,随即回答:

"还真有这样的一个青年,你不问,我都没想起来,这是一个值得大家学习的姑娘!"

就这样,护士长冯顺变被苟院长打电话叫到会议室。她从病房直接上来,苟院长简单介绍一下,趁机解脱去查房了。

二

摘下口罩的冯顺变,一直站着不肯坐,她说老师我不习惯坐,站惯了。我说我想录个音行吧?她说录吧老师没关系。冯顺变一口一个老师叫着,足以说明她受到过良好的教育,而且是见过世面的。

"听说,你是闽宁镇本地人,护校毕业是自愿回到这里的?"

"不是的老师。我出生在西吉,是跟着父母从西海固移民过来的。过来时我很小,是在这里长大的。"

"这个医院很小啊,条件也很艰苦。我知道很多像你一样的学生,大学毕业坚决不回农村,但你却回来工作,一定有什么原因吧,因为什么呢?"

"因为我弟弟。"护士长不假思索地回答。这脱口而出的回答没有我潜意识里"回报"和"贡献"的意味，这让我内心一动。

冯顺变出生在西吉县，姊妹三人，她排行老二，妹妹出生后，她感到父亲突然变得严厉而绝望。她父亲是初中毕业，这在贫穷得令人绝望的西海固地区，算得上有文化有知识的人了，可不知为什么，为了要一个男孩，父亲比没有知识的人更为执着和顽固。其实，从大姐一出生，父母的求子之心已成司马昭之心。父亲为大姐取名冯利变，当然有顺利改变生儿的趋势的意思。老二出生了，还是个女儿，有知识的父亲，宏愿是以利变成顺变，他根本没有考虑，一个本来长得很好看的女儿，是否该有一个花儿般的名字。乖巧懂事的冯顺变，心甘情愿地认下这个颇为费解的名字。妹妹出生了，父亲干脆扔掉那件遮掩的外衣，初衷不改，竟直接取名冯改弟，意旨更加明确，从此改生弟弟。或许，真是改弟之名起了作用，冯顺变六岁的时候，正逢香港回归祖国，这一年，为计划生育东躲西藏的母亲，终于为冯家生下一个男婴。欣喜若狂的父亲，这回把文化用在刀刃上了，给儿子取了个非常具有家国情怀的名字，叫冯归港。

2000年，本来一穷二白的冯家六口，从原生地西吉县移民到闽宁村。

这一年，冯顺变9岁。

因贫困而自愿移民，常具悲剧意味。像更早移民闽宁镇的乡亲一样，冯家虽然依靠政府和福建企业帮扶安了家，但过平常日子，主要还是靠自己的勤劳和双手。可喜的是，一穷二白的冯家，因为有了儿子冯归港，再苦的日子也充满欢乐和甜蜜。自立要强的父母，从此在福建不同的扶贫企业中打工挣钱养家。

"爸爸脾气变好了，全家人都把弟弟宠着。不知为什么，我觉得，我比爸妈还更宠爱这个弟弟，时时怕他磕着碰着，一刻也不愿意离开他，弟弟成了我的心肝，我的快乐。可是我弟……"说到这儿，冯顺变明亮的眼里忽然滚下泪来。我从没有见过这么汹涌的泪水，像两条河，怎么也堵截不住。

其实我这大半生，最怕的是泪水，因为泪水最干净最宝贵；人人都说泪水是咸的，但我认为，泪水有时是咸的，有时是苦的，有时也是甜的。

此时，我和段晶都有一种隐隐的不安。

果然，冯顺变说，2002年4月，她4岁多的弟弟误食了老鼠药。

"那年春天，风特别大，村里的老鼠特别多，到处窜，床上地下，灶台房梁，没有老鼠不到的地方，饿急的老鼠还敢往热锅里跳。为了灭老鼠，我妈把一个馍切成五片，每片都撒上灭鼠药。那时，只要是周末，我和姐姐在家带弟弟，妈妈也出去打零工。中午，妈妈放在房梁上的馍片不知怎么掉到锅里了，弟弟踩着小凳子拿起来吃了，我和姐姐都没有看见。等弟弟突然翻白眼，口吐白沫，我和姐姐才慌起来。一个邻居阿姨过来一看，说可能是中毒了。姐姐给弟弟灌了什么汤，弟弟吐了一些，我和姐姐背起弟弟往卫生院跑。一个在镇上上班的叔叔碰上了，用摩托车把我弟送到卫生院……"

三

冯顺变那年不满12岁。她说，她家离卫生院并不远，平时几分钟就到了，可是那天，她却觉得这条土路怎么那么长啊，她和姐姐扶着摩托车后座上的弟弟，怎么奔跑也到不了头。终于到了，弟弟早已经软了，全身都软了，像一个死去多时的羊羔。

当时，所有老医生都参加了抢救。一两个小时后，一个医生翻翻弟弟的眼皮，摇摇头说：不行了，咱这个条件差，怕是救不下了。

"我的脑袋像被一声雷劈炸了，不由自主地，一下子就跪下来，只要是穿白大褂的，就死死抓住人家大腿……大喊着，医生，求求你，求求你们，救下我弟弟吧！"

说到这儿的冯顺变，完全不能自已，像回到了17年前，她多次克制，还

石竹花开
——闽宁镇的春天

是泣不成声，双手颤抖。

"从那之后，我妈对我和姐姐说，要好好念书，长大了就去学医。"冯顺变说，她不知道姐姐是怎样想的，但她却暗暗发誓，一定好好学习，能考上大学，学了医就回到闽宁镇来。可惜，高考成绩不够好，本科医学院未被录取。

"那我就当一名护士。"冯顺变对我说这句话时，目光坚定地看着会议室墙上的一面锦旗，像一个出征前向军旗宣誓的战士。她的思绪完全回到了当年。

片刻沉默，我只能硬着心说："真是，真是太不幸了！你爸爸妈妈怎么承受这个打击呀！"听了这话，冯顺变愣了一下，突然破涕为笑：

"不是了老师，我弟弟救下了！那天，多亏当时有上面援建的一台洗胃机，老院长赶过来，他没让拉走，和医生们齐心协力，经过七八个小时的抢救，我弟竟然活过来，人家都说，我弟创造了奇迹……"

我和段晶两人终于松了一口气。随后我问她，难道没有人阻拦你回这个小医院吗？"当然有啊老师，从郑州护校毕业到区县医院实习，我是最早拿到护师证的。当时，银川区县医院我都可以留下来，亲友也劝过我，但我一次也没有动摇过。我就是要回到家乡来……一方面，我要争口气，为我爸我妈。一方面……因为，没有这个医院和那几个老医生，就没有了我弟弟，没有了弟弟，说真的老师，我可能也不会活到今天……"

冯顺变的泪水再次流下来。这个姐姐对弟弟的爱，竟到了生死相依的程度，这令我略感吃惊。

"现在，全家脱贫了吗？弟弟现在好吗？"我转移了话题。

"全家前年就脱贫了老师，是真正脱贫了。弟弟当兵了，在新疆，当了班长，改转了士官。全家不再宠他，他成了一个真正的男子汉，他像我爱他一样爱我。"

"你这样爱着你弟弟，能告诉我一件证明他也同样爱你的事情吗？"我真想听听这个姐姐心中的男子汉，是怎样一个人。

冯顺变略一停顿说："真的老师，我弟真懂事了。首先他自愿当兵，这在我们现在的闽宁镇，像他这样的男孩子，应该说从小娇生惯养，主动要求当兵的不多了。在新疆那么艰苦的地方，他没有叫过一声苦，没向家里要过一分钱。新兵连结束时，他主动要求到最苦的连队。平时训练特别刻苦，流汗也流血，但他从来不让父母担心他，他第二年就当了班长。这就是我心中的男子汉。还有，我去年做了一个大手术，我弟给我一万块钱。他对我说，姐，你要买最好的营养品，千万别心疼钱……"说到这儿，这个姐姐再次流下热泪。

"方便告诉我你健康出了什么问题？"我问冯顺变。

"可以的老师。我第二个小孩没保住。做了手术。"在我眼里还是女孩的冯顺变，不仅是一个成熟能干的护士长，也是一个五岁男孩的母亲了。

"是意外吗？"段晶也是一位母亲，她第一次插嘴提问。

"不是，是我主动做掉的。因为，小孩有残疾……"刚刚擦干泪水的冯顺变，再次泪眼模糊。

原来，冯顺变在怀胎几个月的时候，B超发现是个男孩，但孩子一只手发育不全。迟疑了一个月，再做B超，确定渐渐长成的孩子，右手明显少长了三根手指，是食指、中指和无名指。

那是一段可想而知的日子。冯顺变和丈夫决心放弃这个孩子的生命。这是一个令我和段晶都很震惊的决定！事实上，也有不少亲友劝过冯顺变，冯顺变也动摇过，但这位年轻的母亲，还是冒着一同失去自己生命的风险，毅然躺到手术台上……

令人稍感欣慰的是，冯顺变告诉我们，她的大儿子非常健康，今年五岁了。

一个小时的讲述，护士长冯顺变的泪几乎没有干过。不论说到抢救弟弟，还是舍掉自己的骨肉。特别是，在谈到孩子时，我从冯顺变的泪眼里分明看到某种不易察觉的决绝和坚毅。这决绝和坚毅与冯顺变的年龄极不相配。我以为，这是真正经历过生死的人才会有的眼神。有那么一瞬，我觉得眼前这个年轻的母亲并不真实，那个有血有肉有爱有恨的母亲，已经随着快足月的胎儿一起亡故了。

分手时，冯顺变特地告诉我，她的大儿子长得很像在新疆当兵的舅舅冯归港。

当天晚上我整理录音，还久久不能释怀。我想，冯顺变今天一定没有对我真正敞开心扉，这一点，我当然应该充分理解。在没有任何思想准备的情况下，突然被院长叫到会议室，面对两个"上面"来的陌生人的访问，理智告诉她应该说什么不应该说什么。说不定，此时的护士长已经后悔向我们说了她弟弟中毒和孩子舍弃的故事。

四

在闽宁镇采访的第二天中午，我拨通了冯顺变的手机。我说，如果可以，我想晚上到你家与你父母聊聊。冯顺变说："可以啊老师。我先问问我父母，下班后我来旅馆接您。"

下午，冯顺变打来电话问我："老师，请问您是汉族还是……"我告诉她我是满族人。如果不方便就算了。冯顺变说，没有不便，她想让我到她家吃晚饭。我立即答应了。放下电话，我想，少数民族都有本民族的风俗习惯，回族群众的民族礼制更为讲究，一定要注意尊重他们的文化传统。

下午六点多，天空完全暗下来。世间一切都像笼罩在巨大的帷幕下，小镇毕竟不比大城市，灰暗之中显出狭小，居民和营业门店外的霓虹灯凸显得格外微弱。十月末的季节，西北的寒凉已经穿透户外绒衣。一下班，冯顺变就骑着自行车来旅馆接我。

冯顺变推着自行车与我步行回家。不到一刻钟，我们就到了冯家。这个村叫福宁村，一排排整齐的平房，家家都有高高的砖墙，大门大多数是铁制的对开门，门楼有砖砌出脊的，讲究一点儿的也会有简单斗拱的，但大多数都是用混凝土板平铺的门楣——这是早期移民房屋的标志。其实，整个闽宁镇周边的早期移民村，房子形制按北方民居传统，基本一致，用庭院深深来形容这样的院落并不勉强。因为，这里原本是一片荒滩，早来定居的人划地为家，一旦盖房建屋，院落都很大。而近些年陆续搬迁到这里的移民，都在城乡规划管理之中，这部分新移民的房子，是政府出资建设，或者补贴大部分房款，房子质量都不错，院门模式和宅基地面积却严格统一标准，带门楼和斗拱的深宅大院已成往事。另外，新宅与旧屋最不同的是，新宅家门口两侧都有几簇或高或矮的鲜花。这些花是乡镇统一栽种的，还是主家个人喜好，我没有问过，但从家家门口都有花草看，应该是有美好生活的寓意。说到这些花，我看多属于北方半野生花种，大约有五六个品种，最常见的一种是格桑花。这是一种高原花种，生命力旺盛，花期极长，北方很多地方叫扫帚梅。其他叫什么名字，外乡人记不住，反正都是一些叶子肥大、花朵艳丽的观赏花。鲜花开在门里门外是闽宁镇移民村最令人印象深刻的景致，另一个景致是家家都养狗，不论是旧宅还是新屋，院里院外都有一条或两条狗在追逐嬉戏，狗的品种也五花八门，看家护院的柴狗并不多，宠物狗是吃闲饭的，如今却在乡村一统天下。这在七十多年前的中国乡村是不会见到的景象。

冯家坐落在村口路边，我和冯顺变刚到大门口，门里就传出大型狗的吠叫。冯顺变不知道我并不怕狗，或者她了解自家的狗脾性，所以推门的时候就高喊父母看住那狗。

果然，进门后我看到一条中型猎狗的敌意。挡在狗前面的是冯顺变的父亲和大姐。

五

我在宽敞明亮的客厅坐下，发现晚饭已经上桌。冯顺变的父亲年龄与我相仿，中等身材，不胖不瘦，肤色较深，头发黑而硬，一双眼睛还很明亮——女儿冯顺变完美继承了这双眼睛。冯顺变的母亲显得比丈夫还要高一点，微胖，面色红润，声音洪亮，但乡音太重，很多话我一时难以听懂。在后来交谈中，才得知这位母亲因操劳过度，有严重的腰椎病。冯顺变的姐姐只打了一个照面，就带着自己的孩子离开了客厅；冯顺变五岁的儿子机灵可爱。没有见到冯顺变爱人，据说他在西吉县煤矿挖煤，每个月才回家一次。

吃饭了，五岁男童因为有了外人显得兴奋。相比冯母，冯父是一个比较沉默的人。饭间论年龄，男主人与我同庚，我还虚长几个月。

这是一顿令我终生难忘的晚餐。平生第一次在回民兄弟家吃饭——烙饼、稀饭，两盘凉拌蔬菜。其实，一进屋，我还闻到烙饼散发出的植物油的味道，我猜想，这样香的油，一定不是普通的豆油或花生油，也许是特殊的植物油吧。

在冯顺变与母亲收拾碗筷时，冯顺变的大姐带着一个孩子重新走回来，冯顺变的儿子立即跑过来抱住表妹嬉闹起来。原来，大闺女回来住娘家，晚上亲戚请吃。这个名叫冯利变的长女一看就是一个不苟言笑的安静人，她害怕孩子吵闹影响客人说话，就和二妹顺变一起带两人孩子出去遛遛。

屋子安静下来，冯父给我续上一杯水，顺口说道："闽宁镇的水很好喝。这要是在西吉老家，连口水也招待不了您。"冯父上过中学，谈话起点自然就高，借着水话题，我和冯父开始闲聊。

第五章 生死攸关

冯父告诉我，1990年10月，西吉、海原两县的1000多户贫穷群众，集体搬迁到这里，冯家就是这千户当中的一户，因为上有老下有小，冯家刚来时的日子穷困得不堪回首。冯父说，刚来时有些想不通，比老家虽然穷，但因为世代穷惯了，因为只要大山在，只要几亩薄田在，总不会恐惧。但搬到"川地"不同了，一望无际的天地，除了一年四季飞沙走石和一间安身的房子，什么也没有，所以整日像生活在异国他乡，心里一点儿也不敞亮。

我能理解这种心情。之前虽然有不少西海固农民自愿来到永宁县境内开荒生活，但贫穷并没有因为离开西海固而放开他们，有几年，缺吃少穿的困难程度，甚至远远超过在原籍老家。

更难承受的是背井离乡的精神苦闷。离此不远的玉泉营是闽宁镇的前身，应该算宁夏较早的移民开发区。即使到了世纪之交，这里还是茫茫戈壁、连绵沙丘。像冯父这个年龄以上的人，直到今天都缺少归属感。事实上，地处宁夏贺兰山东麓这个地方，准确的名称是"西吉玉泉营经济开发区"，这就像当年的深圳对于广东一样，玉泉营虽然地处永宁县境内，但行政管理权却是西吉县。之后又有西海固其他县穷困人自愿来到这里，二十多年真像眨眼之间，回顾这段开荒奋斗史，冯父多次停顿，有时竟不知如何说起。

"又过了几年，福建省政府伸出手来，经过二十几年建设，这里有改天换地的变化了。这像一场梦一样，有时我就想，过去真不该那样绝望。"冯父像自责什么，还用了改天换地这个词。

毫无疑问，中国发展史必将记录这跨越2000多公里、历时几十年的闽宁协作佳话。

我没有多余时间与冯父深谈，于是把话题转移到当年儿子中毒这件事上。

此时，冯顺变的母亲收拾完碗筷，也坐下来插话。很可惜，冯母的西吉

石竹花开
——闽宁镇的春天

口音非常重，有很多表述我听不懂。经过冯父当场翻译，我明白冯母说的，当年他唯一的儿子也就像外孙这样，三四岁吧。当时儿子误食了鼠药，两个大人都不在家，大闺女就急了，和二闺女一起，在邻居帮助下把孩子送到卫生院。

冯母说，她和丈夫被人从打工的地方叫回来，赶紧跑到卫生院。看到儿子躺在简易手术床上像是死了，她想过去抱起来，一个护士不让她碰。"我的孩子成了这个样子，为啥护士不让我抱一下？她还冷着脸把我和他爸撵到门外，就让我们在门外等着。"这句话我听明白了。失去理智的母亲到今天，还在对当年那个护士的"冷"耿耿于怀。

"那天医院没有医生值班，护士看看，就不想给治了，就是觉得没救了，他们就放弃抢救了。"冯父接过话说。

"后来牛院长来了，牛院长就说，最后再洗一次胃，也只能这样，如果再洗一次胃，还缓不过来，也就这样了。"

在洗胃时，发现孩子还有点呼吸，牛院长就决定继续抢救。两个小时后，孩子开始正常呼吸。但在输液时，发现这个孩子的血管特别脆，手和脚都不好扎，好不容易扎了手，不一会儿就鼓包了，然后再扎脚，刚滴一会儿，脚也起包，再扎头和两个脚背，都不顺利，只一会儿就鼓大包。

一鼓包，冯父就去找护士，可能护士那天遇到了别的烦恼事，反正护士态度不好。

"她说扎不了，管不了，让我们找院长去。"冯父说。

这时冯母说："唉，她就是瞧不起老百姓，她是一个正式护士，从县城过来，就是瞧不起咱老百姓。当时她正接电话呢，他爸去叫，来来回回叫了三回，护士也没过来。"

冯父说："我叫了三回，护士继续打电话，我听电话不像是关于治病救人的，就有点急了。我说，我娃输不进液了，起包了，我让你给看一下，你不理，我想问你下，这叫救人要紧，还是你打电话要紧？她说她打电话要紧。后来一个医生过来帮忙，总算给娃重新输上液了。第二天天亮了，我要到上面去找书记，但牛院长把我挡了。我对牛院长说，我们移民来到这里，啥也不懂，但知道是人命重要还是打电话重要。咱们医院墙上写着为人民服务，你医院就是为人民服务的地方，娃中毒先不想抢救，院长来了，娃抢救过来了，输液起包你不管，打电话去了，这叫什么为人民服务？"

冯母又抢过话说："唉，咱们这个二丫头，把这件事前前后后都看下了，因为他弟弟这件事她就坚决要去学护士。这娃决心大，我们也支持她去学。结果真考上了护校，学校远了点儿，在郑州。娃去学了。这个娃真是很懂事。那时家里穷，借了学费。为了省钱，她每天只吃一两个馍，喝白开水，一个菜也舍不得吃。第一年放假回家，人黑瘦黑瘦的。我说你不能再这样，身体全垮了。她说好着呢，没事。我和她爸都知道，她把吃饭钱攒下来，偷偷给弟弟了。她以为这样疼弟弟，弟弟就会像她一样好好念书，可她弟弟还小，不懂事，也不知道心疼姐姐，也不好好念书，更不知道二姐为啥要去念护士……"

冯父说："这个二闺女有志气。毕业前一年，学校介绍她到浙江勤工俭学。自己补交了三千块钱学费，还给家里置办了一台电脑。这台电脑是为了让妹妹弟弟学习用的，三千多块呢。"

说到这里，我直接提出问题："前天我在医院，苟院长介绍说，顺变是怀着报恩的心情回闽宁镇卫生院工作的。您作为父亲，也这样理解吗？"

冯父略一思忖说："咱明人不能说假话。要我看，一开始要学护士，娃没有那么高的理想和境界。这个娃心思有点儿重。娃当时应该有争气较真儿的成分。弟弟到医院抢救时，一开始卫生院就那个护士在值班，护士不当回事儿，她就给跪下了，跪下了护士也不当回事儿。她姐姐拉不起来她，她一直跪着哭着求人家。我到医院时，这娃浑身抖得不行，都有点站不住了。

石竹花开
——闽宁镇的春天

她弟弟活了过来，她一会儿哭一会笑。过了些天，她说，将来一定要考上护士，考不上就给卫生院打扫卫生，用一辈子报答卫生院。她也愿意给牛院长跪一辈子，就是不再求这个冷了人心的护士。当时我认为是为那个护士赌气，也没当真，以为一个十来岁的娃，说说算了。可这娃有心思，就立志考上了护士。她在郑州上的学，毕业前打电话告诉我，想要回到家乡来当护士。我初中毕业，在西海固贫困山区，也算有点文化的人了，我知道，凭闺女的好学上进和在护校表现，留在大城市医院对她的未来生活会更有帮助。但我考虑一下，没有反对孩子的想法。孩子学有所成，想报效家乡应该支持。当时闽宁村改叫闽宁镇了，卫生院虽然条件比以前好了许多，但与移民数量相比，缺医少药严重，特别是正规学校的护士更缺。我给闺女说，人的生命是最重要的，学护士，就是救死扶伤，是吧？按说在哪儿工作都是一样的，都是为人民服务。你要牢牢记住这句话，你回家乡不是为父母亲戚看病方便，不是和哪一个人争强好胜，不是和谁斗气，你是为全体人民服务。咱们这里是移民新区，基础差，条件差，发展受限。你要回来就要想好，不能三心二意，更不能回了又走。娃听了我这样说，在电话里哭了——我知道她想起了当年她弟弟的事儿。最后闺女说："放心爸爸，学校老师推荐的医院都在县城以上城市，但我不去，我想好了，也不是和谁斗气，我就是要回到最需要我的地方，我就是要回到家乡为移民乡亲做事情，一辈子不做那样的护士。"

冯母说："娃说了，就要争这口气，我回来好好当个护士，就要让那护士看看……"

"也不是那样的，这娃聪明呢，从那时就懂了一个道理，治病救人嘛，就是为人民服务。人民是啥？人民就是老百姓，就是像她弟弟一般的穷人嘛。"

冯父打断老伴的话接着说：

"说真的,娃完全可以在县里医院留下,刚毕业那年她也可以去银川,但是没有去。她和别的女娃不一样,就喜欢离父母近一点儿,离父老乡亲近一点儿。我同意她回来,我觉得娃的想法对,咱们生在西海固的大山里,要不是搬迁出来,娃也念不成书,也考不上护士。银川、永宁县大医院,护士多,不缺你冯顺变一个,可咱闽宁镇小医院,科班出身的护士缺,有些常常连乡亲的话也听不懂。要知道,西海固地区的话,这银川附近的人真听不懂,你回来给父老乡亲服务,比在大城市多挣几块钱有意义……"

六

之后的事情我在之前的走访中已经知道。

冯顺变毕业后毅然回到家乡闽宁镇,但一开始并没有到卫生院,而是被安排在原隆村卫生室。

2014年,为了提高闽宁镇医疗服务水平,永宁县推行了医疗卫生县乡一体化管理模式,在4月份把闽宁镇卫生院重组为永宁县人民医院闽宁分院。几年来,通过全面落实对口支援制度,通过传、帮、带和送到总院进修的方式,为原闽宁镇卫生院培养了一批用得上、留得住、扎下根的基层卫生业务骨干,极大地提高了医院的综合业务能力,年就诊量达到4万以上人次,比上一年同期增长了4倍以上,住院人次达到近500人。新建的住院部投入使用后,就诊人数连年翻番,目前年住院人数达1 200人次,从根本上解决了闽宁镇群众看病难、看病贵等问题。

冯顺变分配到原隆村,正是积极响应永宁县着力提升集镇医院医疗服务能力水平,加强公共卫生服务能力建设,闽宁镇在6个行政村建设了7个村卫生室,现有乡村医生、保健员近20名。

原隆村是整体搬迁过来的新移民村,几千人口。为了更好地提高全村居民的健康水平,村卫生室要来了冯顺变这个一心想着乡亲的科班护士。其实,此时的冯顺变虽然是保健员,有时候也干医生的活儿。两年不到,全村老少都认识了这个一口家乡话的好姑娘。一个瘫痪在床的郭姓大娘,打针输液不说,家里卫生冯顺变都包了。原隆村的村民告诉我,如果不是亲眼所见,没有人会信。郭大娘由于常年没有人照顾,屋子里的味道,大门外都能闻到。但自从冯顺变来了,大娘的院子干净了,屋子干净了,人也干净了。"整个原隆村老人,都把冯娃子当女儿看待。"村民马回生这样说。"这也要感谢政府,把这么好的护士派到原隆村来。"村民李喜花老婆婆这样说。

2015年某天,冯顺变被卫生院的苟院长叫到办公室。苟院长告诉冯顺变,基层锻炼时间不短了,想请她回来当正式临床护士。让苟院长想不到的是,冯顺变居然迟疑着没有同意。理由呢?理由就是"我已经熟悉了保健员这个工作,我离不开这个村,这个村也离不开我"。听了这话,当了多年领导的院长都被感动了。他不敢相信,一个"90后"女娃,竟有如此高的人生境界。苟院长说:"这样的话,在成千上万份模范事迹材料上看过一百回,但我从来没有相信过,这回,活生生的例子给我这个老党员上了一课。因为,顺变两年的苦干实干就摆在眼前,也摆在群众的心里。"苟院长说,这个回答更加坚定了调冯顺变回来的决心。这样的好苗子,不仅要放在更适合的岗位上,而且要好好培养,这是基层医疗系统难得的一粒纯金。

2020年6月3日,我在闽宁镇医院再次见到冯顺变,她比去年略胖一点儿,由于还在疫情期间,她一直没有摘下口罩。这样,她的双眼更显得明亮有神。此时她已经是分院的护理部主任了。

第六章 心大了，天就大了

一

在闽宁镇福宁村的一条主干街道上，有一家麻辣烫小馆儿，这家小馆儿虽然叫麻辣烫小馆儿，但是小店还经营米线、水饺、凉皮、盆烩等，所谓盆烩也就是麻辣烫。我曾去过那家小店吃过盆烩，很好吃，味道很纯正。这家小店给我印象最深的不仅仅是盆烩的味道好吃，还有这家店里的老板娘长得好看，并且热情。

记得那天小店里的人不多，我和漂亮的老板娘聊了很长时间。原来我以为老板娘是维吾尔族人，其实是回族姐妹。尽管只是聊了一次天，但我们像认识很久的朋友似的。

所以，今晚我又来到这家小店。

疫情期间，仍然少有顾客。有五六个孩子叽叽喳喳地吵闹着。在靠里面的一张桌子上，有一个正在吃饭的姑娘，看见她头上戴的黑色包头帽，知道她是回族媳妇。少数民族地区，民风淳朴，并没有太多禁忌，但民族文化特质明显。比方说，回族没有结婚的女孩儿是不戴包头帽的，但是结婚的女性是必须戴包头帽子的。虽说新时代对一些民族习俗要求不是特别严格，但民族传统一代代传下来，人人遵守、尊敬是应该的。我不知道该怎样称呼已婚的年轻女性，左思右想，觉得称女士好些。

正在吃饭的这位女士太年轻了，我从内心还是喜欢称呼她姑娘，在我看来，只有称呼女性为姑娘，才可以充分表达我对女性的尊重，也才可以表现出女性的美丽，或许这是我心底里潜意识的希望和心声吧。

年轻女士听见我和老板娘打招呼，她回过头。她打量我的同时，我也在打量她。女士长着一双细长的眼睛，皮肤是那种经过高原强烈的阳光浸染过的小麦色。这种肤色很性感，是欧洲人喜欢的肤色。她穿一身墨绿色的连体衣裤，虽然坐着，但能够看出她有一米六五以上的个头，从松垮的衣服可以看出，女士身体很单薄。

我点完餐后，老板娘过来聊天。她说这个女士是她老公的外甥媳妇。女士听到老板娘介绍她，就回头对我礼貌地笑笑，随后放下筷子，转过身，面向我坐着。

目光诚挚得像见到朋友和熟人。她欲言又止，脸上也蒙上一层红晕。她笑起来很好看，有些羞涩的样子。这时，一个三岁左右的小女孩跑过来，依偎在女士的腿间。这时我才知道，在一起吵闹的几个孩子里有她的三个孩子，三个孩子都是女孩儿，大女儿和二女儿是双胞胎，5岁，依偎着她的是小女儿，今年3岁。

二

女士叫荞麦花，今年26岁。我接受这个创作任务，让我对宁夏少数民族朋友的姓氏和名字长了知识，什么稀奇古怪的名字都有，姓氏也一样，当地作家朋友告诉我，回族兄弟的一些姓氏跟汉族的传承谱系不一样，很多就是一个经名，多取自《古兰经》。

我在本书中多次提到闽宁镇的年轻妈妈和成群结队的孩子。我为什么三

第六章 心大了，天就大了

番五次重复这个现象？我现在也解释不清楚，但我认为这并非重复和闲笔。在闽宁镇周边，随便到一个地方，你都会看见三五个孩童，大的抱着小的，小的追着大的，有时大大小小的孩子每人骑一辆儿童自行车飞快地骑行；他们无拘无束释放着他们这个年龄的孩子本应该有的天性。但是，每当看见这样疯跑的孩子，我会下意识看看四周，我在用眼睛寻找孩子们的父母，但大多时候都不见大人在周边。我很为孩子们的安全担心，这常常让我想到城市里像他们这么大的孩子，他们不会有这种情况，假如在马路上看见一个孩子在骑行，你一定会看到骑行的孩子旁边或者孩子后面有一个大人在骑行。我知道，那个大人就是孩子的父母或者爷爷奶奶或外公外婆，大人们绝不会放任孩子自己独自在马路上这样横冲直撞。

我儿子小的时候，我常常和儿子骑行在熙熙攘攘的街道上，我的耳朵和眼睛始终不会离开儿子半步。

然而在闽宁镇，除了成群的孩子，就是不遵守交通规则的大小车辆。这里的父母不关心自己的孩子吗？显然不是，其根本原因还是生育孩子过多的缘故，养家糊口忙于生计的父母，哪有工夫照顾孩子呢。在任何一个地方，遇到戴头巾的年轻女士，不管多么的一脸童真，只要你询问她有没有小孩，她一定会咯咯咯地笑起来，然后告诉你她是三个或者四个孩子的妈妈了。去年第一次来闽宁镇时，我对这种现象很不理解，感慨很多，今年就已经习以为常了。在闽宁镇，如果一个结了婚的女性，生孩子少了反而觉得有些不正常。

三

麦花说，她来自西吉，几年前自发移民到闽宁镇。她小学三年级毕业，17岁结婚，她和丈夫是经人介绍，三个月就结婚了，按现在的说法是闪婚。丈夫比她大6岁。用荞麦花的话说，"见面的第一天就把人家看上了"。可以想见,麦花的丈夫一定是个很帅的小伙子。

我对麦花说,你的名字很好听,你家以前种过荞麦吗?麦花笑笑说,她没有见过荞麦。这名字是爸爸起的。麦花还说,爸爸也没有文化,只是随便起了一个名字,麦花说到这儿,突然害羞地低下头,穿着拖鞋的脚来回搓着地,不知道怎样摆放自己的脚似的。

我端详着麦花。心想,麦花出生的时候,一定是荞麦花盛开的时候,也许是麦花爸爸看见盛开在自家田间大片细细碎碎白色的荞麦花给了他灵感,因此女儿的名字由此得名。可惜,荞麦这种极富营养又兼具药性的谷类粗粮,在麦花长大后这些年慢慢退出了老百姓的粮仓。

我很喜欢看麦花小女孩般羞涩的样子。是的,她如果生长在另一种环境,像她这个年龄,或许还在读书,或许刚刚工作,总之,不会是拖着三个孩子的小妈妈。

麦花说,她和丈夫虽然是别人介绍的,但麦花很爱他。但是,因为我已经知道后面的故事,所以,在我写这篇文章时,我可以肯定地说,麦花最初对丈夫的爱,多半是来自对丈夫好看帅气模样的迷恋,那是一见钟情而不是有基础的爱。

麦花说,她是一个敢爱的人,一旦爱了就会义无反顾,就像飞蛾扑火一样。婚后,麦花的目光时时投在丈夫身上,丈夫的衣食住行,举手投足,麦花时时都放在心上。按麦花的话说,"我把他当成孩子一样照顾着"。然而,麦花全心全意的爱并没有得到丈夫应该有的回应和回报。结婚不久,丈夫开始家暴。麦花说,那段时间,丈夫没有出去打工,家里的生活开支只有靠我去葡萄园里干零活挣的钱来维持。"有一次,我下班回来吃中午饭的时候,他一边吃饭一边对我说,你给我50元,我问他,你要50元干啥呢?"话音还没有落下,丈夫的巴掌已经重重打在麦花的脸上。"那时,我嘴里的一口饭还没有咽下。"我听着麦花的讲述,气愤地说,你为什么不反抗?麦花

第六章 心大了，天就大了

说，反抗他会打得更厉害。麦花说，其实我心里知道，他要钱去干什么，他拿了钱就出去打麻将。

当然，贫穷生活男人的压力也很大，打麻将就成了一些青年缓解生活压力的一种方式，但这是一种极其危险的方式。

麦花的丈夫不但打麻将，干活累了烦了的时候，常常打吵闹的孩子。麦花说，有一次丈夫打女儿的时候，都把拖鞋打折了。麦花看见丈夫那样打女儿，心疼地扑上去护着自己的女儿，丈夫却没有放下拖鞋，反而把麦花摔倒在地，按住麦花的身体，丈夫的拳头一下又一下地落在麦花的头上。当丈夫把心中的怒气撒完后，站起来就走了。麦花说，她挣扎着站起来，感觉头已经不是自己的头了。麦花说："那时头嗡嗡地天旋地转，分不清东南西北。"

麦花说："我生下第三个孩子，他嫌我生的都是女孩儿，把我骂了一顿就走了。四五天我都不见他的人影，回来后，没有问我身体怎么样，看看孩子怎么样，倒头便睡。孩子半个月的时候，他又离开家出走了，我知道他又是出去玩麻将了。别的女人坐月子，有几个人照顾，而我不但没有人照顾，还要自己做饭，我走在地上浑身冒虚汗，就像驾雾一样，腿软得像没了筋骨。我自己偷偷地哭，眼泪不知道流了多少。我撑不下去的时候，几次想走，又舍不得孩子。"

麦花说到这里不再说话，眼泪像决堤的洪水哗哗地流，她用手左擦一把，右擦一把，眼泪怎么也擦不干。此时，三个年龄尚小的女儿依然欢天喜地地在屋子里跑来跑去，她们不关心妈妈的眼泪，更不知道爸爸妈妈之间到底发生了什么。

坐在一边的老板娘说："她这是把你当成亲人了。昨天我和她说了你来闽宁镇是写有关妇女独立的事情，所以今天她早早地就来这里等你了。"

我听了老板娘的话后，才恍然明白麦花看见我时的眼神。此时，我心里似乎有一种负罪感，面对泪流满面的麦花，我不知道能为她做些什么，甚至连一句安慰的话都没说。

麦花说，这样的家暴一个月会有五六次，我说，你为什么不报警？为什么不去求妇联组织？麦花说："那样我就回不了这个家了，他会打死我的。"

坐在一边的老板娘说，是啊，这里的很多女人就是这样，就是回娘家，娘家人也会把她送回来。

麦花说，刚结婚的时候，丈夫打她，她还会用语言反抗，流泪。现在时间长了，她知道反抗和流泪是不管用的，只会让丈夫的拳头挥舞得更厉害。"想明白了，他再打我的时候，我就默默地让他打，从不出声，刚开始还会流泪，现在已经不流泪了。"

麦花说，有一次出去干活经过一条河，自己真想投到河里淹死算了。麦花说完，低下头，不再说话。麦花在讲述丈夫家暴的时候，除了讲到孩子时会让她动情流泪，而更多的时候是一种控诉的状态。

四

麦花说，丈夫今年出去外地打工了，一年回来一两次，回来的时候，还会因为一些小事让他大打出手，但毕竟大部分时间都是我一个人带着三个孩子，省去很多皮肉之苦。

"他不在家的日子，我感觉屋子里可亮了，心里也敞亮了，走路时的脚步都轻快了。"

麦花说着，脸上有了笑容。而我并没有因为看见麦花的笑容，心里变得轻松，内心的疼痛感压抑感变得更加强烈起来。

我心疼地看着麦花。我说："你不要再生孩子了，三个已经够多。"麦花忧郁地望着小店门口说，还要生呢，这地方都要有个男孩呢，没有男孩儿，人家会笑话的。

第六章 心大了，天就大了

麦花在讲述这一切的时候，时不时会从心底发出唉——唉——唉的叹气声。麦花的声声叹息，就像一把锤子，重重地捶打在我的心上，心就会一抽一抽地疼痛。麦花下意识地望着门外，仿佛门外有什么希望一样。她说："我就是太把他当人看了，我现在唯一盼望的就是他不要再打我，让我好好把孩子拉扯大，好好让她们上学，长大了不要像我一样的命运。"

"你看人家上了学的娃，都有了本事，而我没念过书，拼命想学技术，也学不成。"

我不知道怎样劝说，也不知道怎样安慰麦花，心中只有沉重和无奈。

老板娘说，最近一段时间，麦花把三个孩子锁在家里，偷偷地跑到外面去干零活，每天可以有80块钱的收入。闽宁镇周围的扶贫企业很多，只要你肯出力，每天都能拿到现钱。我听后，不无担心地问麦花，这是真的吗？麦花点点头。我说："麦花你有没有想过，你这样做，孩子有多么危险！两个大的5岁，小的才3岁，三个幼儿被锁在家，一旦出现意外怎么办？"麦花说，这也是有原因的。丈夫外出打工，把挣回的钱交给她就不管。她和三个孩子吃穿用等生活，花销很大，有时不知道钱都花到哪里，钱就没有了。"丈夫回来就会质问我钱的去向，我一时也说不上来，说不出来，他就打我，没有办法，我现在只有把花的每一分钱都记在本子上，这样他回来问起，我就会对上账了。可是，三个孩子这样小，每天看见别的孩子有好吃的，要吃呢，我看见别的孩子身上穿的花衣服好看，也想给她们买上呢，这些钱从哪里出呢！我又没有老人帮助我照看孩子。我想自己挣一点钱，不得已才会这样做，其实把三个孩子锁在家里，我在地里干活心里一点都不踏实，着急得很，唉……"

我没有因为麦花的叹息声而放弃自己的观点。我很严肃地说："麦花，你再不要偷着出去干活了，你是背着你丈夫出去的，哪一天你丈夫知道了，他不仅不会理解你的苦衷，反而会生出别的事端，他更会打你了，更重要的是，你的孩子那样小，如果孩子真的出了点事情，后悔是来不及的。要是你认为我说得有道理，你就听叔叔这句话，好好在家看孩子。而且，你不要再生孩子了，三个孩子有困难，是暂时的，等孩子大了，都上学了，你就可以出去干活了……说起打工，你知道你的婚姻问题出在哪里吗？"麦花一脸茫然地摇头。我说："你婚姻的不幸，主要是你和丈夫婚前相互不了解，没有爱的基础。婚后不懂得交流，爱得不平等，你把丈夫当孩子一样爱护，这种无条件的宠爱让他丧失了一个男人应该有的责任和爱心！另外，最重要的是，因为过多的生育，让你不能够经济独立，所以更加让你丢失自己。你不能这样坐以待毙，等你丈夫回家时，找一个合适的机会，你要和他好好交流沟通，把你的想法和感受告诉他。如果还不能改变，你也不能去寻死，没有什么比生命更重要，必要的时候，你要拿起法律的武器来捍卫自己的安全和尊严，世界很大，哪里都会有你的落脚之地。"

麦花听着，没摇头也没点头，就那样静静地坐着，一双泪汪汪的眼睛看着我。我说，我们加上微信，回家后，自己好好想想，琢磨琢磨，想通了，咱们随时可以联系。

我得离开了。麦花突然问我："老师，你在北京，是不是经常看到习大大和彭妈妈？"

我一子愣住了。我说："为什么要问这个？"

麦花笑起来说："我喜欢彭妈妈。四年前，习大大来我们闽宁镇，我好想能亲眼看到他，可我们看不到。从那年开始，我们家每年贴一张习大大和彭妈妈的合影画儿。"

是啊，闽宁镇的建设和发展，与习近平同志的关心和福建人民的帮扶分不开。从一片荒沙滩变成今天的繁荣乡镇，仅仅用了二十多年，西海固深山里的人们在这里获得了幸福感。

但是，贫穷和富有，吃饱穿暖并不是唯一的标志，贫穷落后时代那种男尊女卑等愚昧思想何时根除很关键。就像麦花，她和她的家庭，并不是闽宁镇贫困户，也不是建档立卡户，可麦花身心的伤痕何时能修复痊愈，这既需要麦花自己的觉醒，也需要她丈夫思想的觉醒，更需要全社会一起关注和努力。我猜想，麦花所喜欢的彭妈妈，并不因为她是习大大的夫人，而是每每看到他们夫唱妇随、和和美美而传递给她的某种情愫。在麦花心里，只有夫妻恩爱，这个家庭才会阳光普照，春光明媚。

五

夜幕下的闽宁镇，十分安静，我走在回宾馆的路上，内心像波涛汹涌的海水，不停地翻滚着。我心里想着麦花，那个年轻的小妈妈，想着她丈夫狰狞的面孔和罪恶的拳头。我不知道，麦花什么时候才能摆脱这种生活！

两天后，我收到麦花的微信：

"老师，您回北京了吗？谢谢您给我人生中上了这一课，那天我们见面后，听了您说的话，我回家又哭了。我现在突然感觉我什么都明白了，也懂了。结婚9年了，我为老公和孩子而活，从来没想过自己，但他没有把我当人看。以前我什么都不说，我以为终有一天他会明白我对他的好，明白我的心，太累的时候，我就想去死，但看看孩子，又放弃这种想法，我以为在我的人生中，我的天空只有这么大，就这样稀里糊涂地过一辈子，什么时候过不下去，等孩子大一些……遇到您我才知道，外面还有更大的世界，还有另外一种活法。老师您放心吧，我会尽量和他去沟通，为了孩子，为了我们的家，还有我对他的爱。"

我知道，这些话都是麦花的心里话，我很为她高兴，为她这样认真倾听、理解一个陌生长辈的话。

我立即给麦花回了信息："麦花，好好活着，心大了，天就大了！"

第七章 石竹花开

一

有塞上江南之称的宁夏六月，并不都是云淡风轻，满眼绿色。宁夏气候更像一个任性的孩子，时不时变脸。城市环境相对优越，随时刮起的大风尚且不让人有太多烦恼，而在乡下，不论是村庄和农田，即使城镇任何一个地方，打着旋的劲风四方狂走。如果你没有体会过宁夏的风，你可以找凡·高的油画来看，凡·高的天空永远是五颜六色的旋涡，更多人认为那是云，但我认为那是风，因为每个旋涡的走向是不同的。很难想象，宁夏的方寸之间，眨眼间就会平地生风，而且强劲，用"西北风""东南风"是不准确的，用"风从某某方向刮来"这样的描述，说明你从来不曾站在宁夏的大地上。

闽宁镇在福建对口扶贫的大力支持下，公路建设日新月异，黝黑的柏油路四通八达、一幢幢闽南风格的低层楼房还在成排成片的建设中。由于施工，蛰伏的沙尘在大风的作用下还会在空中飘浮着，放眼望去，小镇的远处，总是灰蒙蒙的。但为了完成采访任务，我必须早出晚归。

出行之前，我已经听说了一些马玉萍的故事，她的故事深深地吸引了我，我想看看这是一个什么样的女人让人记住、传颂。马玉萍在我的脑海里曾有无数个形象，有时沧桑，有时漂亮，有时个高，有时个矮，就这样在我脑海里形不成一个具象的马玉萍，她像个影子似的在我脑海和心中晃动着。

2020年6月6日的下午，闽宁镇又刮起了大风。我见到马玉萍时，她在闽宁镇武河村的集市上出摊儿。武河村是一个比较早的移民村，中心小学毗邻的十字路口方圆一公里左右，是人口稠密区，因此以路口为中心的路边，慢慢形成商品贸易区和每周一天的小集市。赶集永远是乡下人最幸福的事情。

马玉萍的摊位摆在武河村集市的中心位置，集市上的小商品琳琅满目，应有尽有，叫卖声此起彼伏，车流、人流、风声、汽笛声让这个集市热闹而嘈杂，用车水马龙、人声鼎沸这样的形容词是准确的。

马玉萍的摊位用两张长条桌对接起来，大约有十五六米长，上面摆满了炸好的馓子、油果子、麻花和分装好的半成品凉皮。桌子外面间隔不等地放着几个圆凳子。长桌里，是一台被改装过的家用三轮车，车厢里拉着一个木制橱柜，提前做好的凉皮、各种调料、黄瓜丝、一次性塑料餐盒和收钱的木匣放在上一层，下一层是一块干净的小菜板。没有顾客时，橱柜的门是关着的，有人买凉皮，马玉萍就回身打开橱柜门，取出一块固定分量的凉皮放到菜板上，啪啪几刀切好，用菜刀平托放入餐盒，然后依次放入至少三种调料、黄瓜丝和红油。这一过程前后不会超过两分钟。

马玉萍的长条桌和左右相邻的长条桌紧紧绑在一起。各家都竖起帆布遮阳伞。摊位大的竖两个，摊位小的竖一个，各家的遮阳伞也用绳索紧紧相连。连结在一起，才有力量抗拒不时旋起来的风。

马玉萍摊位两旁有一男一女，那个相邻的男人是一个皮肤黝黑的中年男人，他头上戴一顶回族男人戴的小白帽，他听到了我的来意，在马玉萍不注意时，轻声对我说："这个女人可真是太不容易了，就是男人也比不上她。"男人的语气透着感叹。

我来到时，只有一个年轻的妈妈领着一个七八岁左右的女儿坐在圆凳上吃凉皮。

马玉萍听说我的来意，热情地请我在圆凳上坐下。趁马玉萍打理顾客时，我打量着眼前和周边的一切可以映入眼帘的事物。

时间接近中午，由于大风伴有沙尘，来马玉萍摊位吃凉皮的人不是很多，虽然不忙，但也稀稀拉拉的不断。马玉萍一边招呼客人一边和我有一句没一句地说着话，看得出，因为不熟，她有些拘谨。

马玉萍有一米七多的个头，身材高挑丰满，穿一件红色长袖针织衫，下穿一条黑裤子，胸前围着一个带有花边粉色碎花围裙，头上包着紫色包头帽，戴着纱织口罩。马玉萍的口罩遮挡着她的面容，但她的眼睛美而亮，声音很甜，好听。马玉萍说话语速缓慢，不急不躁。

我说，在我来之前，已经听说了你的一些故事，这次来，我一定要见见你，看看你现在的生活过得怎样。马玉萍听了这话，笑笑说，我现在好着呢，我经历了这些，现在我可知足了，我现在都有孙子了，全家已经七口人了，小儿子也去兰州一个面馆儿打工。马玉萍想一口气说完她全部的生活，能听出她内心的喜悦和满足。

二

马玉萍1977年出生。她和丈夫是来自西吉的移民。1997年4月，夫妻俩、两个儿子和婆婆一家五口来到闽宁镇，被安置在木兰村。

马玉萍说，才来木兰村时，木兰村还是一片荒沙滩，只有几间不像样的土坯房，是之前来这里定居的人的房子。

马玉萍说，搬来前，她没有来看过，她丈夫来看过。回去后马玉萍问丈夫，那里好吗？丈夫说好。有水吃吗？丈夫说有。

"一听有水吃，我当时就哭了。真的，只要有水吃，再差的地方也要去。因为西吉吃水太难了,两个娃最盼的事情是把水喝个够。"马玉萍说。

然而令马玉萍失望的是,丈夫说的水,是黄河水,黄河水离木兰还有一二百里呢。刚来这里时,根本没有水吃,吃水要去很远的地方背水,这和老家西吉有啥区别吗?没有水,这一马平川不就剩下呜呜的大风和沙石了吗?

没办法,拖家带口来了,再回去让同村人耻笑,说不定像丈夫说的,这里不久的将来一定会打井出水,一定会丰衣足食。

但是,水呢?要去背。每次背水要背五十多斤,来回15里路。就这样夫妻俩背了四个多月,8月份政府给这里的居民接上了自来水,丈夫有水的承诺真的实现了。从此,马玉萍夫妇彻底地摆脱了背水的漫漫长路。

有水吃了,而且水龙头就在自己屋里。马玉萍觉得这像做梦。有一天夜里真做梦了,梦见自来水进屋了,于是马玉萍在梦里哭了。丈夫推醒马玉萍后,她赶紧下地到外屋,打开水龙头,水哗的一声响,她才真正醒了过来。

有了水,就有了活路。但一穷二白是新移民最初的景象。刚来的时候,小儿子还小,才一岁多,丈夫一人养活一家人。丈夫每天出去打工,有时去葡萄园和各种工地打工,有时也去煤矿挖煤。马玉萍说,那个时候,生活很艰苦,丈夫为了一家人的生活,什么苦活累活都干过。虽然日子艰苦,但一家人健健康康,也并没有觉得有多苦,大家不都是一样嘛!只要勤劳,在政府的帮扶下,日子一定会越来越好。

2005年政府支持养殖业。可是,就在夏季的一天,丈夫却出了事故。

马玉萍回忆着说,我们两口子都是好说话的人。邻居要盖牛圈需要帮忙。邻居第一次来找我,我丈夫有事没有去。邻居第二次又来找,我怕影响邻里的和气,就答应了,我让丈夫去给邻居帮忙。我去葡萄园干活儿,中午干活回来,家里静悄悄的,没有声音,没有丈夫的影子,我还有点生气,心想,该吃饭了,怎么没有做饭。这时有个人来叫我,说我丈夫出事了。

丈夫在帮忙建牛圈的时候,不小心从高高的墙上栽了下来,把颈椎摔折了。马玉萍赶紧跑到邻居家,当她看见躺在地上的丈夫时,一下瘫坐在地上。

马玉萍说,几分钟后,救护车赶到了,把丈夫拉到永宁县医院。但医院急诊医生没有经验,让一个护士扶起丈夫,结果当时丈夫就昏死了过去,医生也吓得够呛,认为伤太重治不了,让转院到市附属医院。

经过附属医院医生诊断后,需要马上手术。医生说,手术费要几万块。我听后急得直哭。来医院时,盖牛圈的那家邻居,不但牛圈没有盖成,就连要买牛的钱都给了我,就这样七凑八凑,去医院之前凑上一万块钱。我又回娘家,发动娘家所有的人给我借钱。我想,娘家人出去借钱,总比我借钱容易些,我对娘家人说,你们借给我的钱,不要担心,只要我还有一口气,我一定会还给他们,如果我还不上,我会让我的儿子来还,如果我儿子还不上,我会让我的孙子还,直到还上为止,虽然我是一个女人,但我说话算数,我一口吐沫一个钉,我不能干丧良心的事。娘家人了解我的秉性,就纷纷出去帮我借钱。

村里负责管收水费的人,看到我家发生这样大的事,就把收上来的全村的水费都给我送来,他说,先救命,这虽然属于公家的钱,但公家人也是人,不能见死不救,出了问题我负责。现在想想,当年我们遇上多少好人!

三

经过医院的抢救,丈夫虽然活了过来,但从此丈夫丧失了劳动能力。马玉萍说着,长长地叹了口气。她说,丈夫手术后第五天才苏醒过来。刚开始只能喂丈夫米汤,后来渐渐能喝一些鸡蛋汤什么的。我居然没有想到吃饭,每顿饭就吃丈夫剩下的那点饭。有一天突然晕倒在医院走廊。马玉萍说,不知道您能不能理解,不知道吃饭是因为不觉得饿。那是一种心理反应,一来是没钱，二来是看到瘫痪在床的丈夫，也没心思吃饭。就这样连续几天，因为劳累和营养缺乏。醒来后她才想起自己已经几天没有吃一顿饭了。

马玉萍讲到这里时，又长长地叹口气。她说，那时候，我这样大个子，瘦得只剩下90斤。

为保证丈夫后续治疗，仅有的四亩地卖了。我借遍了所有的亲戚和全村的家家户户。村里的好心人有人给20元、50元的；一两百块也有。要知道，刚上来的移民户，家家都困难，谁家有钱会成为贫困户呢？一些姐妹的私房钱也都借给了我。众人拾柴火焰高，就这样百家千人的援手，总算把丈夫救活了。住院费一共花费四万多块，可盖房的邻居只认给一万块钱，剩下的就无声无息了。

丈夫从医院回来，完全丧失了劳动能力，就那样每天躺在床上，吃喝拉撒都要我侍候。为了给丈夫营养，我尽量给丈夫做些好吃的，我家的几只鸡都杀光，都给丈夫炖了吃。每次儿子看到炖出来的鸡肉，就馋得流口水。那时，心里可不是滋味，但为了丈夫的身体，我只有硬着心肠把孩子哄到一边去。我眼泪往心里流呀！因为要照顾丈夫，我再也不能出去打工挣钱了，家里没有了经济来源，买药吃饭的钱继续从别人那里借，前几个月还能借出来，时间长了，亲戚邻居也都穷着呢，哪里会有那么多多余的钱借给我。有一天，我看着哇哇大哭的孩子，再看一眼躺在床上不能动弹的丈夫，我突然受不了，坐在地上号啕大哭。

马玉萍讲到这里时，我的老泪再也忍不住，无声无息地流进我的口罩里。但马玉萍没有眼泪，只有一声接一声的叹息。

自从丈夫回到家里，我每天给他做全身按摩，一天两到三遍，每按摩一次，我浑身都是汗。平均两个小时要帮他翻一次身，不然，就会得褥疮。这样一天下来，我腰酸背疼、头晕眼花，但为了丈夫能慢慢好起来，我必须咬牙坚持。

石竹花开
——闽宁镇的春天

一个冬天过后，丈夫的一只手有了感觉。一年后，丈夫能够抬起胳膊。看到丈夫一点一点变好，我心里别提有多高兴了。

两个孩子要上学要吃饭，没有办法，第二年夏天我就去葡萄园打工。为了多挣几个钱，我每晚去砖厂打工。砖厂都是重体力活，人家不要女工，但老板在我的再三祈求下，答应让我去砖厂打工，每晚只要干满四个小时，就给我60元。

有时我也去建筑工地打工。当小工，一天70元。我们这个地方，工地很多，但女人很少，为了这个家，我不怕累，只要能挣到钱就行。我是女人，干活时，我怕人家说我闲话下力少，我就拼命干活。我是个要强的人，我不能让人家觉得因为我是女人，就让人家瞧不起，我要让人家看看，给我的钱，我出的力流的汗是值这个钱的。干活时，汗水顺着头发往下流，衣服每天都是湿了干，干了湿。汗渍让衣服变得硬硬的，像硬牛皮一样磨着身体，很多地方都磨出了血。

我丈夫这个人更是个要强的人。没受伤前，他是出名的吃苦耐劳的人，如今每天躺在床上，心里着急，有时就发脾气，这些我都能理解。丈夫生活不能自理，每次吃饭喝水都要喂，像抱孩子一样扶起来，倚靠在我的怀里，再一口口喂水喂饭。

记得有一次，我给丈夫喂水，不小心把水洒到他脖子里，丈夫生气了，又骂又打。虽然那时候丈夫的手软弱无力，打在我脸上时，我是感觉不到疼痛的，但是丈夫的骂声和这种态度足以让我伤心失控。我没好气地把丈夫放到枕头上，哭着跑出家门。

这样的情形不止一次，等我哭过了，平静了，一想到丈夫躺在床上的伤心样子，就又赶紧回来，该咋样还咋样，日子总要过下去。

说到这儿，马玉萍突然笑起来，一双长长睫毛的眼睛弯成了月牙儿。

"我现在一想到他打我时那个样子就会笑起来。他想用力打我耳光，但却没有力量,落在我脸上的手软软的。打不疼我,他就大声骂我,你看他就这样,打不了就骂,他的嘴可利落了,骂得也狠,这样他就解恨了。"马玉萍笑着说。

就这样,丈夫在床上躺了两年多,我像侍候婴儿那样侍候了两年,其实,我伺候两个儿子都没有过这样。想起两年多的日子,心里有时还难过。特别是夏天了,天热,有时邻居的孩子都可以吃上西瓜,我家没有钱给孩子买西瓜,孩子就那样眼巴巴地看着别的孩子吃。心眼儿好的家长会给孩子一块,别人不给的,我就把孩子拽到屋里。那会儿心就像刀剜一样疼。那几年,我不知道流了多少眼泪,有时我真恨自己是个女人,女人咋就把不住自己的眼泪呢。

马玉萍看一眼集市上熙熙攘攘的人流说,不说了,太多的委屈和心酸,有时都不知道从哪里说起。

四

马玉萍的付出没有白费,也许真如马玉萍所说,是真主可怜她。渐渐地,丈夫身体有了起色,他能慢慢地扶着轮椅站起来。

"有一天,我干活从外面回来,推开大门,看见他拄着双拐,像一个刚会走路的孩子一样,一步一摇地往前迈步,听见我的开门声,他一下摔倒在地,我赶紧跑过去扶他,可他却大声喊叫,不让我动他,他要自己站起来。"

马玉萍为丈夫的顽强毅力加油。从此,丈夫每天咬牙坚持锻炼,每次锻炼都是浑身是汗,但他不放弃。终于有一天,丈夫能够连续走几步的时候,他喊叫着我的名字说,马玉萍,你看我能自己走路了!我不是瘫子了!丈夫喊完,大哭起来,我也大哭起来……我们两个一起抱头痛哭,似乎要把这两年多所有的泪水哭干。哭过之后，我俩平静下来，觉得日子又有了盼头。记得那天，我感觉心里像打开了一扇门。

2008年，邻居一个老婆婆对我说，你这样可不行，家里没有收入，娃怎么养得活呢！她说，你不如自己干点啥，这样还能赚点钱。老婆婆是蒸包子卖的，我知道，好心的婆婆看我不容易，真心想帮帮我。在老婆婆的提醒下，我用借来的50元钱开始做凉皮。做凉皮我从小有基础，但一开始不成功，我反复试验，反复摸索，总算自己满意了。

我把做好的凉皮，拿到婆婆摊位上卖。马玉萍笑着说，那时，我还不会做买卖，不好意思叫卖。想不到第一天我就赚了60元，第二天卖了一百多元。就这样，我渐渐有了收入，但总在人家的摊位卖不是办法，我就买了一辆二手三轮车，自己开始走上了辛苦的做食品买卖的道路。

马玉萍说，直到现在，我在心里都感谢当年帮助我的那个邻居婆婆，我经常去看望她老人家，我不能忘了人家当年对我的帮助呢。

从做凉皮那年算起，马玉萍做食品买卖已经15年了。每天凌晨两点多钟起床，冬天卖馓子、油果子、酱牛肉；夏天卖馓子、油果子和凉皮。

每天上午八点多钟，马玉萍的移动食品摊准时出现在集市上。马玉萍说，从凌晨两点多起来做凉皮和馓子，到晚上七八点卖完回家，每天十几个小时都在劳作里。留给她睡觉的时间不足4小时。她说，刚开始，一切活儿都是自己独自完成，后来，丈夫能拄着单拐走路了，也能帮她一点忙。但大部分还是由她来做。"我每天只睡3个小时，直到现在都是这样。"马玉萍说。

马玉萍继续说，家里有了一点钱我买了一辆二手电动三轮车。有一年冬天，那天刚好下大雪，还刮着风，在回家的路上，车子坏到半路上。那时候，还没有手机，我就那样站在路边，等待路过的人。结果等了好久都不见一个人影。我整个人都要冻僵了，手和脚好像没有了知觉，我就站在路边哭，眼泪都好像冻住了眼睛。我想走吧，再不走会冻坏的，但又舍不得车子和这些东西。就那样我一边哭一边等,后来终于有我们村子的两个人过来,才帮助我把车子拉回来。那时真难啊,啥罪都受了,马玉萍说着,深深地吸了两口气,似乎这样,她才能继续把气喘匀。

还有一次,因为太困,马玉萍骑着三轮车就睡着了,结果连车带人一头冲进地里,馓子和凉皮撒得满地。"我起身坐起来,望着眼前满地的馓子和凉皮,看看翻倒的车子,哇哇大哭。心里绝望极了。这是女人应该过的日子吗!"马玉萍就那样一边哭一边想,直到眼里不再有眼泪,收拾好撒在地里的馓子,重新上路。

十几年来,马玉萍跟着闽宁镇各村集市跑。每月逢三、六、九去武河村,逢二、五、八去周边的李俊镇,逢一、四、七去闽宁镇,只有逢十、二十、三十的日子才能在家休息。休息时,我就打扫院子,洗全家人的衣服,做饭。

马玉萍长年累月地在各个集市中奔跑,认识了好多人,也有了好多固定客户。七里八乡,马玉萍的凉皮和馓子好吃干净出了名。她的凉皮和馓子总是集市上第一个卖完的。

说起小商小贩的市场管理,马玉萍说,那时我花三百多元买了一辆旧三轮车,我每天蹬着三轮出去卖。有时城管不让我们在街边卖,每次看见我们走街串巷的路边摊儿,就轰我们。如果让他们逮着了,不是罚款,就是没收所有的东西,连车子都会推走。所以,我们这些出小摊儿的每天一边卖货,一边还得瞪着眼睛留心城管,如果发现城管来了,我们这些小商贩儿就像猫见了耗子一样,到处躲藏,一旦跑不及就会被城管抓住。有一次,我没有跑及时,让一个城管给抓了,他抓住车把要拖走,我就使劲拽住不放手,就哭着求他,我给他说我的不容易和家里的情况。那天那个城管是个好人,他听到我的哭诉后,放开了我的车把,然后悄悄对我说,那你赶快推着车子跑吧。我听后,没来得及说声谢谢,慌慌张张地逃跑,想起这些又心酸又好

113

笑，马玉萍说完，很不好意思地笑了，这是她今天第二次笑，两只眼睛又弯成了月牙儿。

"不过话说回来，"马玉萍说，"早些年移民过来，什么都是乱哄哄的，你想啊，这么一个没有人烟的荒滩，一下子来了这么多人，什么都是从零开始，如果政府不严加管理，治安一定会出事儿。总体来说，我不能忘了村、镇政府，那些年给了我们很多优惠政策和帮助，在我自主创业期间，从来不额外收取我的摊位费，连管理费也有很多照顾政策。如果我到其他村集市上，一时找不到好摊位，乡镇干部还出面帮助一下。如果不是扶贫政策好，像我这样一个女人，怎么也撑不住这个家。"

五

去年第一次来闽宁镇，闽宁镇党委书记张文在座谈时说的几句话非常有水平。他说："闽宁镇是福建政府和企业一手扶出来的。我对每一个建档立卡户都说一句同样的话：党和政府以及兄弟省福建，为我们脱贫致富和子孙后代倾尽了全力。再好的政策，再大的帮助，都不是无休止的。如果自己借力站起来、干起来、富起来和强起来，这人生还是有奔头的。"就是在这次座谈会上，李海宁主任举例说，他看了一篇文章叫《做凉皮的女人》，写的就是木兰村马玉萍，也正是这篇文章，让他这个新上任不久的扶贫办主任信心大增。

"我从骑三轮车跑集，到现在家里有了新电动车和汽车。这一切都是当年不敢想的。

"五六年前，我陆陆续续地还上所有的欠账。当初那些借给我钱的人，没有人让我打欠条，有好些人都没打算我还的，但我一家不落地都还上了。我说过，我虽然是个女人，但必须说话算数，当初人家在我走投无路的时候帮助我，我不能坑人家。"

马玉萍说，人这一辈子，真不知道会遇到什么事。世上的事有时很怪。就在日子一天天好起来的时候，2016年夏天，大儿子又出事了。

马玉萍大儿子高中毕业后，去河北保定一家皮革厂打工。儿子在上班的时候，右胳膊卷进了机器，碾折了右胳膊。马玉萍再次陷入困境，她欲哭无泪，不知道这辈子是怎么了，为什么灾难总要降临在自己的头上！

又是政府主动对她家进行救助和帮扶。镇上的干部帮助她家进行了肉牛托管。马玉萍大儿子手臂康复后，学习驾驶技术，县扶贫中心还给了补贴。更让马玉萍想不到的是，镇政府又帮助马玉萍家办理了10万元无息的扶贫小额信贷。

马玉萍和大儿子用这笔钱，增加了庭院养殖。

马玉萍说，我们家能有今天，都是因为有了国家的好政策，有了政府的精准帮扶，我家成为建档立卡户，才让我的家走出那段困境，如果不是政府的帮助和关怀，我不敢想象，我将怎样活下来。

日头西落，风刮得更大了，呼呼的大风越来越大，大风似乎要掀翻遮阳伞似的。每当一股旋风刮过来，马玉萍就伸手抓遮阳伞的横梁，其他连在一起的商贩也像马玉萍一样，人人伸手抓住自家的横梁。看到这一景象，我心想，这情景多像是一种人和人或者团队与团队之间的关系，只有团结、联合起来、相互合作才能共赢。

其实，我已经在这里坐了两个小时。我对马玉萍说，我很想见见她的丈夫。马玉萍说，她今天任务没有完成，得晚上七八点钟卖完才回，让我自己先去，她丈夫在家。这时马玉萍第一次摘下口罩，清秀的容颜瞬间让人眼前一亮，原来这个卖凉皮的女人如此漂亮，特别是她微笑时，整齐细小的白牙——我心想，过去总说西夏王朝的美女让中原霸主难以忘怀，原来竟不是一句空话；转而又想，也有民间传说，漂亮的女人命都是苦的，真是这样吗?

我告别马玉萍,打了一辆私家车去木兰村。

六

闽宁镇周边的村与村之间,最远也不出十公里,车子很快驶入木兰村,费了好多周折才找到马玉萍的家。

移民新村的特点就是如此,一模一样的平房和院落,连大门也少有两样。虽然都标着门牌,但要找第几组第几排第几号,急性子人得急死。

走进马家,马玉萍的丈夫马建明没在家,他母亲说去扫大街了。我有些反应不过来,一个受伤如此严重的人,给谁扫街去了?怎么能去扫街?这个疑问我只有问马建明了。

家里只有马玉萍的婆婆、儿媳和不到一岁的孙子。另外一个老婆婆是来马玉萍家串亲戚的姑婆,也就是马建明的姑姑。我进院时,姑婆一人坐在院子里做手工,正绣着一片片枕头的布料,布料上绣的花鲜艳亮丽,粉色的莲花,橙色的石榴,很是好看,那是姑婆给马玉萍孙子绣的枕头。

马玉萍的婆婆听说来人了,从屋里走出来。这是一个身材高大的老人,六七十岁的样子,身板挺得很直,后来才知道老人有严重的腰椎病,原来,腰椎病有致弯的,也有这样直直的,稍一弯,会痛得不行。马玉萍儿媳看上去完全是个中学生的样子。按奶奶吩咐在院子里放上一个地桌,端出一大盘馓子和麻花,还给我泡上一杯红枣桂圆茶——这是回族兄弟待客的礼仪。

落座后,马建明母亲让孙子媳妇给公公打电话,电话通了却不接听。打了一遍又一遍,就是不接。姑婆说,马建明干活时,电话总是放在电动三轮车上;再说,平时很少有人给他打电话,都是他打给别人。我说我到街上寻一下,马玉萍婆婆说不行,马建明负责的那段路,与另一个村接壤,离这儿

第七章 石竹花开

有几公里远，走着去是不行的。

我决定耐心在家等。顺便先与老人和媳妇聊聊。马玉萍的婆婆知道我的来意，很自然地夸起了儿媳。她说，这个家儿媳是第一功臣，是顶梁柱，如果没有这么好的儿媳，这个家早散了。

婆婆说，早几年她还能帮助马玉萍看看孩子，料理一下家务，现在年纪也大了，腰上出了毛病，什么都干不了，好在，两个孙子长大了，大孙子能够帮助妈妈干活了。一个多小时后，马玉萍儿媳妇的手机响了，是马建明打回来的。他听说家里来了北京的客人，说马上回来。

大约十五分钟后，门外传来马达声，还没等我反应过来，马建明驾着带斗的电动三轮车，以惊人的速度冲进院来。这是我怎么也料不到的事情。马建明熟练地把三轮车停在羊圈门边停下，这时我只看见他的背影——但是，在马建明下车时，我明显感到这不是一个健康人的速度了。

马建明从驾驶座上挪下身子——当他站定那一刻，我看到，即使受过严重伤害，这个回族汉子还是高大英俊的汉子。

马建明笑着向我走来，一摇一摆的，这种大幅度的摇摆，与严重的脑瘫后遗症患者有过之无不及。

他早早向前伸出手："对不起，手机放车上没听见，让您久等了。"

一句话就告诉我，这个不幸的汉子是读过书的人。

我上前握住他微微有点抖的手，同时注意到三轮车斗上拴着一把竹扫帚。马建明在我对面坐下来，因为凳子太矮，他的动作有几分吃力。

马建明初中毕业。年轻的时候，他的父亲在西吉县城开面馆儿。有一次，马玉萍父亲去西吉县城赶集，在马建明家的饭馆儿吃面条。马玉萍父亲在和马建明父亲聊天儿的时候，知道掌柜有一个儿子还没有成亲，马玉萍父亲感觉这个掌柜的人很实在，很投缘，心想，有这样的父亲，他儿子也不会差到哪里。就这样马玉萍父亲对掌柜的说了自己也有个女儿。掌柜的没有不

117

聪明的，上门的好事不会拒绝。就这样，马玉萍和马建明这两个年轻人在双方父亲的撮合下结了婚。

马建明告诉我，这几年他生活能自理了，还能帮妻子一些小忙。但总靠女人养全家，心里过不去。在他申请下，镇政府给他安排了一个公益岗，成为木兰村的一名保洁员。他负责一段长约两公里的乡村路的保洁，每天八小时工作，每月一千五百多块钱，这样就不觉得自己是废人，也可以为家里添补一点。

马建明说："我很珍惜这份工作，尽管扫马路需要一些体力——有时我扫着扫着就会摔倒在地，但我依然会努力做好这份工作，我知道，这是政府在帮我，要拿政府的钱不亏心，一心一意很重要。身体好一些的人虽然规定工作八小时，可能四小时就干完，我每天都用八小时，甚至十个小时。"马建明说，若不是党和政府照顾，像我这样的人，谁会给你一份工作？

七

回忆自己的遭遇，马建明说，从小到大，我遇上百分之九十九的好人，唯一一家不好的人也让我遇到了。其实也不算不好吧，但这个人总归成了我另一种人生教材。我为别人义务帮工，出了这么大的事，自己的一生就这样葬送了，直到今天，我住院抢救的医药费只给一万块钱，没钱没关系，没钱有情有义也好，可是自从出了事，我倒像毁了他家的罪人——见面都躲着走。但我对孩子说，不要记恨别人，困难都过去了，谁家盖房搭屋都想顺顺当当的，咱自己摔下来，伤了死了都给人家添了晦气。所以，我不管在哪里见到他们，都是乐呵呵地先打招呼。人嘛，都想好，没有人想坏的。

马建明这番话，给我上了一课。这是我人生中遇见的第一个如此豁达的人。

第七章　石竹花开

我把话题转到马玉萍身上。这个刚才还谈笑风生的汉子停顿了一下，叹了一口长气。他说，这些年，我媳妇为这个家，为了我付出了全部，我心里明白。当时，医生说，假如我恢复到能坐轮椅就已经是奇迹了，可我在心里始终不相信，我一辈子就躺在床上，我不甘心，所以，我拼命练习、锻炼，两年多后，我站了起来。说实在的，如果不是她的不离不弃，我可能早死了。

马建明回忆说："我不是一个脾气好的人，没伤之前，年轻气盛，干什么都要求完美。自从我摔坏躺到床上后，我脾气变得暴躁，时不时对媳妇发脾气。有时看见媳妇那样辛苦劳累，我真想一死了之。记得有一次，那时我已经能够走路了，我拿上家里仅有的一点钱，偷偷坐车去了银川。在客车站下了车，我不知道要去哪里，我也不知道将怎样活下去。那天一天我都没有吃饭，夜里我躺在汽车站广场上过了一夜。第二天，我在广场长椅上坐到快中午，渐渐下了寻死的决心。这时有一个穿着得体的中年男人从我身边走过去，然后又返回来。他似乎看出了我的心事，就坐在我旁边。我们聊了一会天儿后，他说，我饿啦，老弟能陪我一块吃个饭吗？

"就这样，我吃上了两天来的一顿饭。这位兄弟结了账，又坐回我对面对我说，你有老婆孩子，还有孤身的老妈，你还读过书，应该知道，你的命不是你一个人的，如果没有这些亲人，你能活过来吗？

"这个兄弟说完就走了，他从哪里来，到哪里去，他是干什么的，直到现在我一概不知。但在我心里，始终记得这个好人。这位兄弟走后，我打开了手机，但手机快没电了，开机不到一分钟，媳妇电话又打过来……"

马建明说，他离家出走后一个多小时，马玉萍的电话打过来，但他没有接。每隔几分钟，马玉萍的电话就打过来，他一直不接。快到傍晚，马建明关掉了手机。

马建明说到这儿，突然涨红了脸，他仿佛重新回到那一时刻，双眼立即蓄满泪水:"现在想来,真应该向她说声对不起。第二天当电话接通的那一刻,媳妇嘶哑的哭声让人心碎。她说回家来吧,求求你,要不我们一起去死……就这样,我又回到了自己的家中。"

这个西北汉子现在说起来这段往事,尽量控制自己的情绪和感情,但我能看得出,当年他和马玉萍都是怎样的柔肠百结啊。

为了调节气氛,我明知故问:"现在马玉萍是家里的顶梁柱,家里的钱谁掌管呢?"

马建明哈哈一笑说:"钱都由我管理。她每天回来都把钱如数交给我。我知道她是让我心安呢!"马建明说这话的时候,脸上露出少有的笑容。马玉萍告诉我,她不管钱,这些年一分一文她都交给丈夫。"我没文化,管不了钱。"之前,马玉萍这样平静地对我说。

八

在我和马建明谈话时,其他家里人都在远处干别的,只有马建明儿媳抱着八个月大的儿子在一旁听。马建明看了一眼白白胖胖的大孙子说,大孙子现在是这个家的全部希望。奇怪的是,孙子好像听懂了爷爷在说他,就站在妈妈怀里上下蹿动着,两只小手像燕子扇动的翅膀伸向爷爷。是啊,他才八个月大,他不知道面前的爷爷经历的苦难,但爷爷面对孙子的笑脸时,他所有的苦难都会被这婴儿的笑容驱散了。

马建明家几年前新盖起两栋平房,一栋用来住,一栋用来制作馓子、麻花和凉皮。那个油炸馓子和麻花的铁锅架就在加平房一侧的土建锅台上,很显然,马家的油炸食品是用柴烧和铸铁锅完成的,也许正是这原始的锅灶,满足了现代乡镇百姓久违的味觉。

马建明家的院落收拾得很干净,一草一木都井井有条。整个院子是标准的水泥地面,在院子的东南角种植一株苹果树,树的根部四周,用砖头垒成圆形塔台,以便给树浇水。那株苹果树已经长得很高了,青绿的小苹果像城里卖的大樱桃一般大,若隐若现,一阵阵风吹过,果树来回摇晃着,树叶发出哗啦哗啦的声音。临近傍晚,风减弱了不少。此时,那棵在风中摇晃的苹果树,多像马建明和马玉萍的家,不管是在风中还是雨中,却充满无限生机,那若隐若现的果实,预示着某种希望。

突然,一只肥硕的黑头绵羊从平房的南端走出来,在离我们几步远的地方停下,好奇地打量着我这个陌生人。马建明告诉我,平房南端是羊圈,现在栏里还养着十来只绵羊。我独自走过去察看,只见不太宽敞的羊圈整洁干爽,十来只母羊大小不等,它们或立或卧着倒嚼,个个都圆滚滚的,显得很安静。圈外这只羊不知怎么出来的,它跟着我回到圈门口,歪着头看我,眼神似乎有些忧伤。它是听到我和主人聊的故事了吗?它出来是很想参与进来,但它放弃了。它在圈门口站了一会儿,掉头走了回去。这几只绵阳是我在宁夏农户家见过的最肥美的几只羊,看得出,马玉萍夫妇饲养的用心。

马建明告诉我说,他此时担心的不是自己,而是马玉萍的身体。为了这个家,长期劳累,长期站立,马玉萍的双腿都得了严重的脉管炎,曾经住过一段时间医院,但没有完全治好。本打算今年过了年去银川大医院看看,不巧今年赶上疫情。马玉萍的腰也不好了,每天凌晨起床,常常几次起不来。

"看到她这样受苦受累,我无比难过,她这半辈子,吃的苦受的罪都不敢想。我想让她多休息,把重活累活让儿子来做,可她不这样想,在这件事上她就是不明白。她认为我看不上大儿子,认为两个儿子我袒护老二。有时我劝她,是该放手了,已经做了父亲的大儿子,每天不要起得那样晚,每天至少要和我们一起来做这些活。可是她不听,就为这,成了我们现在矛盾的焦点。

马建明说,我是父亲,我的儿子也是父亲,如果现在还不放手,让儿子亲力亲为，等有一天我和他妈妈都干不动了，他怎样支撑这个家，怎样养活老婆孩子。假如他连自己的老婆孩子都养不了，更不用说应对生活的种种不测了。

马建明说着，似乎心里又有了气，声音突然高起来，我像是一个来家里判案的法官，他在向我申诉。我频频点头，非常理解马建明，因为我也是个男人和父亲，我在教育儿子方面走了许多弯路。这时我在心里决定，离开闽宁镇时，无论如何都要再去集市上见一见马玉萍，我实心实意地想为这个多灾多难的家庭做点什么。

太阳落下了，我告别马家，临走，主动抱过马建明的孙子，和这个八个月大的男子汉合影留念。

九

第二天中午，马玉萍在闽宁镇赶集。闽宁镇老街离我所住的宾馆不算太远，我很容易就找到了马玉萍的摊位。她没想到我再来，既惊讶又热情。她说我昨天晚上应该在她家吃个便饭。她说她回去后发现马建明特别高兴，像上了一回北京一样。我说，我还没有尝过你亲手做的凉皮，就这样离开闽宁镇我会后悔。马玉萍高兴地笑起来，笑声像说话声一样很甜。此刻马玉萍没有戴口罩，弯弯的眉毛，白白的牙齿，和气、清秀的面庞红红的。

马玉萍的摊位摆在市场靠里的位置上，这次和马玉萍相邻的摊主换成了一个卖西瓜的小伙子。

我在桌旁坐下，马玉萍麻利地转过身，不到两分钟，一碗飘着辣椒油香、水灵灵的凉皮就放到我的面前。

果然好吃！我说。"好吃您多吃一碗。"马玉萍得体地说完，话锋突然一转说：您从北京来，要写一篇文章，我是不是该说点什么？但我不会说

第七章 石竹花开

感谢党和政府的话,从心里讲,真的应该感谢国家的好政策和政府的精准帮扶,不然,我不会有今天。这些话,我已经是第二次听马玉萍说了,但马玉萍似乎忘了和我说过这几句话。我趁机说道,是啊,苦日子终于熬过来,你也该歇歇了。儿子大了,有些事情应该让儿子做。听你爱人说,你的腿得了脉管炎,你可不能不放在心上,要早早去治疗。马玉萍听我这样说,马上坐到凳子上,挽起裤腿儿让我看,露在裤腿外面的整个小腿完全青紫。马玉萍笑笑说,儿子也干活,可是,虽然当了爸爸,其实他才22岁,还小呢,这个年龄正是睡不醒的年龄,每天凌晨两点起床有些困难。毫无疑问,马玉萍对儿子的疼爱,对一个做了父亲的人来说,已经过线。但我只能顺着马玉萍的话说:"我虚长你几岁,我以老大哥的身份对你说,你该放手了,孩子年轻点,但早就是成年人了,并且他已经是个父亲了,他有的是力气,他是累不坏的。如果你不早点放手,他什么时候才能真正长大呢?昨天我见到你的儿媳,没读过书,还是个孩子。她告诉我,昨天早晨八点多丈夫还不起床,她叫他两遍,他就骂了她。我想你不知道这个事,试想,这样一个父亲,为正常起床都骂媳妇,长此以往,会发生什么呢?我还听你爱人说,你们为这类事常常争吵,甚至心里有了隔阂,我是男人,我非常理解你作为母亲的心情,但我也是父亲,更同意你爱人的看法。我们要真正做个明白智慧的父母,特别是做母亲的,很容易误判儿子的长大。"

马玉萍坐在凳子上,低着头,双手来回摆弄胸前的围裙,马玉萍不说话,但我能够感觉到马玉萍听进心里去了。过了一会儿,马玉萍说,我一个人的想法毕竟有限,听听您说的,我感觉有道理。可能是我觉得,这些年欠得最多的是两个儿子。马建明受伤时,大儿子才7岁,我一心照顾他爸爸,又要挣钱养家,很少关心孩子的学习和成长,特别是老大,只念了初中就不上学了……

"这不是你的错,如果以前你儿子不懂这个道理,从现在起你要让他明

石竹花开
——闽宁镇的春天

白,父母求生活的艰辛不易,他不能永远做一个旁观者,而应该成为全家的顶梁柱。这样马家才有希望,闽宁镇才有希望,我们国家才有希望。"

马玉萍深深地点点头。

离开马玉萍的摊位已经是下午四点多了,这时我发现今天居然没有风。此时阳光灿烂而温暖。

马玉萍和马建明是一对既不幸又有幸的夫妻,不幸的是他们命运坎坷,有幸的是他们赶上了好时代,有国家和政府的帮助和关怀,有邻里的温暖。夫妻尽管生活艰辛,但却不离不弃,相互扶持和关爱。目前虽然为了儿子是否独立有些分歧,但我相信,马玉萍和马建明的儿子一定会感知到爸爸妈妈的良苦用心,他们的两个儿子会慢慢长大,终有一天会主动承担起一个儿子、丈夫和父亲的责任,让他们的家庭在自己的呵护下,如同他们家院子里的那棵苹果树一样,枝繁叶茂,果香四溢。

第八章 寻找马燕

一

徐美佳是禾美电商扶贫车间的经理。银川妇联李婕电话向我推荐她时只说了一句话:"这是一个有知识有情怀的姑娘。相信老师会明白她。"

但是,在闽宁镇的时间有限,我不准备再增加企业采访素材了。但某天在福宁村一户农家里,由于不了解真相,带着情绪给县扶贫中心段晶打电话,希望她马上过来一起了解一下这个家庭。一个多小时后,段晶赶过来,一同来的就是徐美佳,一个阳光漂亮的女孩儿,当时我以为这是段晶的同事,因为当她看到这个农户家只用一个开关坏掉的电饭锅既蒸饭又煮菜时,立即联系网上下单购买新锅——我以为这是扶贫中心的政府行为,其实完全不是。直到了解完事情到很晚,在一家小馆坐下来,我才反应过来,她就是妇联推荐的有情怀的企业经理徐美佳,当时她正和段晶在一起谈一件事情,听说我在一户农家发现一些问题,就跟着一起来了。

徐美佳是银川市人。大学毕业报考公务员,被分配到固原县组织部。2012年前后,宁夏大学生公务员入职,很多先到村委会工作锻炼,俗称包村。徐美佳包的村极其偏僻,那时全村大部分移民到闽宁镇。在包村工作中,她发现一件事情,有一些已经移民出去的农民又偷偷跑回到原籍生活。

石竹花开
——闽宁镇的春天

她十分不理解，这山高水缺的穷地方，如果适宜生存，政府何苦劳民伤财把他们迁走？她做了一些调查，村民反映，搬到川地，房子有了，水有了，但土地流转出去后，很多年老体弱的男人和拖儿带女的妇女整天没有事干，加上川区风大日晒，就觉得不如回到老家侍弄两亩薄地，收成不收成的，好歹是个营生。但是原籍乡村两级政府责任就大了，因为最大的问题是这批回乡的农民实际成了"三不管"的盲流，安全隐患是最大的隐患。经过三番五次劝返不成，只好采取半强制性地遣返移民地。为了防止他们再偷跑回来，只有拆毁他们破旧的老屋……

徐美佳说，她后来辞职经商，与几个年轻人做起了宁夏特产农副产品生意。她有四年的基层组织工作经历，对农民的疾苦十分了解。当她在闽宁镇看到有那么多年轻的女性居家带孩子，没有一份工作挣钱，还常常受到男人的轻视后，她决定在原隆村开办一家扶贫车间，而且是种、产、出一条龙服务的车间。

徐美佳说，在市妇联和当地政府的支持下，厂房建成了，当地部分农民就业也实现了，但去年算了一笔账，在原隆村建生产车间，比在银川车间，光物流费增长了一倍还多，企业是要赚钱生存的，所以其他股东都在问她："请问，你这种完全是玩情怀的玩法，还能玩多久？"

说到这儿，这位年轻的女经理有些动情，她微微控制一下说，其实，说情怀一点儿不假，如果不是我有四年的包村生活，如果我不是目睹了被迫拆毁的农户的老屋，如果我不知道每月挣一千多块钱，对一个家庭和一个母亲、几个孩子多重要，我不会把厂子建到这个地方！我每天从银川往返闽宁镇，有时半夜开车在公路上，旁边载重卡车轰隆隆地开过，一辆接着一辆，好像故意吓唬我这个小姑娘似的……

因为当天下午发生的事影响了情绪，直到与徐美佳告别，我也没有上心她扶贫车间的事儿。再想深入了解，徐美佳这个满天飞的女孩已经在另一个城市出差了。她微信告诉我，可以先到车间找马燕聊聊。

二

马燕是闽宁镇原隆村禾美电商扶贫车间的一名女工，也是扶贫车间主打农产品的一名主播，今年27岁，已经是三个孩子的妈妈了。2012年移民过来，村干部说，8年时间，马燕像换了一个人。

马燕高挑的个头，微黑的皮肤，很有磁性的声音，开朗的性格，口齿伶俐的标准普通话，穿一件雪白的长款大褂，她给我留下了干练聪慧的印象。

闵宁禾美电商扶贫车间设在闽宁原隆村，是一个集生产、加工、销售、品牌培育、就业服务、电商创业孵化、技能培训于一体的电商扶贫示范基地。

2020年6月8日下午2点，我打车来到扶贫车间。

中午一点半是工人上班准确的时间。马燕带着我顺着车间通道走过。马燕说，车间卫生条件要求很严格，她有些不好意思地对我说，没有经过消毒是不允许外人进入车间的，您只能从窗子外面看看了。然后，马燕一边给我介绍一个个加工车间一边引领我往前走。

车间里工人们有序地忙碌。分检车间里，女工们正在对枸杞、金丝菊、红枣、黄花菜等产品进行分拣把关。包装车间里，女工们把网友已经下单的商品装好打包，准备运走。马燕告诉我，"闵宁禾美"是扶贫车间的领导精心打造的一个消费扶贫品牌，主要是通过企业扶贫车间、贫困户联合起来的模式。让扶贫劳动力就地就近安置就业，使贫困家庭有稳定增收，并在一定程度上解决留守妇女和留守儿童的问题。

目前，扶贫车间共录用了原隆村员工52名，其中建档立卡户44人，稳定就业35人。这里的员工百分之九十是妇女员工，她们平均每月工资是

石竹花开
——闽宁镇的春天

2400元。

来到发货的库房，看见一排排、一堆堆码放整齐的货物，有的已经贴好了发货地址，有的还正在粘贴，马燕说，这是准备今天要发出去的货物。

整个车间转完，马燕带我到综合办公室。我在明亮的办公室坐下来。还没有等我开口，马燕就说，我能有今天的幸福生活，真要感谢国家和政府，有这么好的政策，感谢政府把我们移民到这里，感谢扶贫车间给我这个展示自己的平台，感谢这个平台给我这个机会。马燕一连说了几个感谢，看得出马燕内心的激动和兴奋。

马燕说，我和我老公都是从固原西吉移民到这里的。我小的时候，由于家里穷，没有上过几天学，因此没什么文化。马燕说起这些，叹了口气说，直到现在，每当遇到需要文化的地方，我就感到力不从心，感到很难过，也很委屈。有几次我就打电话给我妈，埋怨我妈说，为什么当初不让我上学？为什么不想想办法供我上学？现在有这么好的工作机会，我却因为没文化感到吃力。但放下电话一想，埋怨又有啥用呢，我妈当初也是因为穷没有办法，所以才不让我上学。

我们老家，山大沟深，贫困落后，没有地方挣钱，祖祖辈辈靠天吃饭。女人就是生孩子的机器，没有尊严可言。我们生活在大山深处，没有见过外面的世界，头顶上就是那么小的一片天，不知道外面还有轿车、高楼、大商场。

马燕说，自从来到原隆村，才知道外面的世界很大。"说出来都不好意思，我原来不知道衣服什么样算新，什么样算旧，没有对比。只有到了这里买了新衣服，才对比出来，新衣服颜色鲜艳，亮一些，旧衣服暗一些。我的小孩子出生在我们老家，三四岁前从没有见过什么是雪糕，来到这里看见别的孩子吃雪糕，才知道要雪糕，我刚来时，兜儿里没有钱，孩子就那样眼巴巴地看着别的孩子吃，那是我心里最难受的时候。"马燕讲到这里，突然流起眼泪来。

马燕擦完眼泪，接着说，我和孩子在大山里，就是那样迷迷茫茫的，自从走出大山，眼前就像开了两扇门，突然亮堂了。

"刚开始搬来时，我老公去外面打工，我和孩子在家，一个人打工养一家子人，生活没有什么起色。后来，原隆村建起了工厂、酒庄和我们这个扶贫车间，我们才有了工作，不用出门就可以挣到钱。我现在每天骑车三四分钟就可以到车间，中午还可以休息一个半小时，早晚可以接送孩子上下学，再也不为用钱和孩子上学发愁了。

"我只读了二年级，认不了几个字，但我不认输，我不会的就问身边有文化的人，我走到哪里，只要遇到文字，我就在心里默念，不会的我就问别人，回到家里我和孩子一起学习。孩子是我的老师。后来有人提醒我可以查字典，我买了一本《新华字典》放在包里，遇到不认识的字，我就查字典。现在能够用电脑和手机查字，也会用电脑打入库存单出库单了。看着自己亲手打出的汉字单子贴到货物上，就想象每一单货发到买货人的手里时的情况。我现在认识很多字了。"

马燕很自豪地说，我当时就想，每天认识一个字，一年下来就是三百多个字。

"没有文化太可怕了，刚出来时，我有一次去县城里，分不清男女厕所。等一个妇女出来后，我进去，发现城里的厕所比我们老家住人的屋子都干净。我有点不敢进，进去了，又不会用，不知道怎样冲水，说起来都难为情。"

马燕说，在徐经理的鼓励下，我和我的姐妹创建了我们自己的品牌，名字叫"巧媳妇"，姐妹们每天就是用手机视频把这个品牌的宁夏特产直播出去，通过网络卖到全国各地。

马燕很自信地说，"巧媳妇"现在上了"学习强国"，影响很大，我们现在有很多网友和粉丝。

说起自己当网络主播,马燕羞涩地说,我一开始面向手机镜头的时候,都不会说话,好不容易敢说了,又说了这句忘了那句,总是前言不搭后语,就为这,我在下面无数遍练习,现在我可以轻车熟路地把产品推广出去。

看着马燕那种兴奋的样子,我问,你当了厂里的女主播,最大的感受是什么?马燕很干脆地回答,最大的感受是自信了,会打扮了。感觉自己再也不是那个依附男人,只会给男人生孩子的机器了,我有了自己生存的价值,有了尊严。

马燕说,我现在每天教育我的孩子,叫他们学会感恩,让他们知道今天的日子是怎么来的,将来要为这个国家和社会做些什么,这些话我不仅告诉我的儿女,我还要告诉我的孙子孙女,一代一代延续下去。这是我们的历史,这是我们走向美好生活的源头。

听着马燕用这样准确的词语表达出自己的心声,我不敢相信,眼前这个马燕突然让我想起另一个马燕……

三

"……这回我们放了一周假,妈妈对我说:'孩子,妈妈想对你说一件事。'我就说,妈妈有什么事你就说出来吧!别憋在心里,憋在心里会难受的。妈妈说,你怕这是最后一次上学了。我就睁大眼睛望着妈妈,您怎么会说出这样的话来呢?现在没有知识是不行的。老农种田都要有知识,没有知识种下的粮食是没有收获的。妈妈接着说,你们姐弟三个上学,你爸爸一个人在外地打工,是顾不过来的啊!妈妈你这么一说,看来我是必须回家了。妈妈说是啊!那我两个弟弟呢?妈妈就说你两个弟弟还必须念书。我就问妈妈为什么男孩儿能念书,女孩儿就不能念书呢?妈妈就说你还小,不懂这些，等你长大了就会明白。今年我上不起学了，我回来种田，公（供）养弟弟上学。我一想起校园的欢笑声，就像在学校里读书一样。我多么想读书啊！可是我家没钱。我想上学。妈妈，我不想回家。我想一直待在校园里那该多好啊！"

这是上五年级的女孩子马燕的日记，时间是2000年5月2日。

马燕，回族，女，生于宁夏西海固同心县预旺乡张家树村。她是村里的第一个女初中生。从小学四年级开始，她坚持不懈地写了4本日记，整理成《马燕日记》并在法国巴黎出版，继而登上了法国畅销书排行榜，并被翻译成21国文字，畅销欧洲和日本。

作为一名贫困山区的孩子，马燕也曾被迫辍学。为求学，马燕采取各种手段抗争，同妈妈谈判、塞日记给母亲看、写信，更掀起一场教育能不能改变当地女孩子命运的争论。同村人都认为不可能，而马燕坚决地认为，上过学的女人能自立，一定可以改变嫁人、用聘礼替兄弟们找媳妇的命运。马燕的执着打动了妈妈，更感动了来采访的法国人皮埃尔。

三年级的时候，家里供不起马燕和两个弟弟上学了，按照当地重男轻女的传统，只能是马燕辍学，尽管她成绩很优秀。妈妈白菊花骗马燕说："学校没有书了，你先喂羊羔，等把羊羔喂大，把它卖了，你再去学校就有书读了。"马燕相信妈妈，每天割草、给弟弟做饭，闲下来就蹲在小羊羔前面，盼着它快快长大。一看到同学们往学校走，她就会泪眼汪汪……妈妈看不下去了，让辍学21天的马燕回到了学校。那年，她的成绩仍然是全班第一。

马燕从小学四年级起就有记日记的习惯，为了打动母亲坚硬的心，她把厚厚的4本日记塞给妈妈，又给妈妈写信，让弟弟读给她听。当听到"妈妈，如果我上不了学，我的眼泪一辈子都流不干"时，白菊花终于决定借钱让女儿上学。

就在这时，马燕的命运突然出现了转机。法国《解放报》驻中国记者皮埃尔·阿斯基一行来到了小山村。白菊花将女儿的信和4本日记交到了他们手里。回到北京后,这些日记和信被翻译成法语,皮埃尔被马燕稚嫩的文字震撼了。他立即返回到张家树村。在那里,马燕告诉他:"我因为家里穷,所以更要学习。如果我学习好,有知识,我就能找到好工作,我就能让我的父母下半辈子过得幸福……"

马燕已经九年级了,而且再也不用担心失学。当问起她的理想时,马燕说:"我现在的心愿是考上重点高中,以后争取考进北大、清华,再往后要当个记者,像皮埃尔·阿斯基叔叔这样的记者。我要像所有帮助过我的人那样,帮助更多辍学儿童,让他们通过上学改变命运。"

皮埃尔在法国《解放报》上发表了题为《我要上学》的长篇通讯,详细记录了马燕为上学而艰难奋斗的事迹。这篇文章引起了法国乃至整个欧洲的注意,这篇文章也彻底改变了马燕的命运。

巴黎市读者亚历山大说:"当我们西方社会一部分年轻人为游玩而放弃学校和学业时,面对这样一个事实怎么能不让人激动呢?我们的孩子每个月狂吃糖果和汉堡包就要花掉几百法郎,而这点钱就能让这些中国孩子重新走进学校。对此,我们怎么能无动于衷呢?"于是,亚历山大为素昧平生的马燕和她失学的伙伴们捐出了一笔来自异国的"希望之款"。

在波尔多市电影发行系统工作的普通市民卡洛琳娜,收入并不高,也没有什么重要的社会关系,但她表示"愿意为马燕母亲还债"……还有许多人表示,要出资帮助马燕完成她所希望的最终学业,高中、大学、研究生都可以。法国人、意大利人,以及读了这篇文章的其他一些欧洲人,都被马燕的故事感动了。他们寄来了捐款,写来了慰问信,甚至成立了一个"阿斯基—马燕基金会"。

这是一个成功感动了西方世界的中国故事。为了探究背后缘由,有心人认真梳理了有关这本书的书评、读后感,发现《马燕日记》获得认可最多的，除了西方读者对中国西北不发达地区生活贫苦程度的震惊，以及由此产生的同情之外，更多的是被书中主人公积极向上的力量、顽强的奋斗精神所感动。

但是，这个据说在法国读了大学的马燕现在在哪呢？当我向所有可以知道马燕线索的人询问马燕踪迹时，所有人都摇摇头。

四

我没有向眼前这个马燕提到另一个马燕，虽然她们年龄相仿，但已经是两种人生，两种境界了。

在我回到北京几天后，徐美佳发来微信说："那天咱们一起家访的那个大儿子，早上给我打电话了，他回到学校了，我也和他的辅导员通了电话，把情况和老师沟通了，我朋友是他们学校的副校长，辅导员去接孩子办理相关手续，如果有困难会再和我说，有消息我及时给您汇报，您可以放心了！其实，那家困难户的情况比较特殊，孩子的父亲母亲，不仅让政府失望，更让好心人失望，您现在应该完全了解真相了。我给他买的锅送到了，也请放心。很可惜，那天在厂里没有见到您，昨天和我们村的第一书记聊，去年原隆村的贫困户有一半在我车间工作过，今年都脱贫了，突然觉得责任压力更大了，争取努力卖货，销量好了提供更多的工作岗位。"

我把在徐美佳办公室拍下的三盆鲜花发给她，这是我在宁夏室内见到的最鲜嫩艳丽的花，我不知道名字，逆光下，美得透彻，一尘不染。当时我很想问问，你的员工马燕感动了你，也感动了我，那你知道那个在法国上了大学的马燕吗？但我没有问，我想，徐美佳和两个马燕是同龄人，她们出身各异，经历各有不同，不论别人怎么看，属于自己的故事，最好由自己来讲述。

第九章 红树莓熟了

一

2020年6月3日上午，我要去原隆村红树莓生态产业园见幺妹。因此我早早起来，在旅馆旁边吃一碗牛肉面，便从闽宁镇打车到原隆村。

在闽宁镇打车不是难事，但决打不到正规的的士。这里虽然全国闻名了，但还没有发展到正规出租车随时能打到的地步。这些天我乘坐的都是农用三轮车，四个轮子的小汽车拉黑活的也有，价钱比较贵。农用三轮车便宜，没有起步价，从镇上到某个村，一般10元以内，稍远的村单程也不过20元。

闽宁镇是有交警的，但从没有见他们拦过这样的"黑活"，这要在城里，我一定会心生不满，但在这个移民小镇，在基础经济薄弱、才脱贫不久的闽宁镇来说，我对交警的执法不严却很感动。法和情绝对不是对立的，何况，这个私活群体都是老、弱、残和妇女。这些天，只要是奶奶级的司机，我从来不还价——其实她们从来不多要，6元或8元，而且都可用微信支付，电子商务在中国真了不得。

这次我打了一辆四轮电动小车，车小得像个玩具，没有车标，也没有牌照。上车才发现开车的老人有些耳背，我说话要大声地喊出来，他才能够听

第九章　红树莓熟了

得到。

通往原隆村红树莓基地的公路宽阔笔直,在马路上一辆辆飞驰而过的大型货车载满货物轰隆隆地驶过。而老人的电动车同样开得飞快,他潇洒得像个莽撞的年轻人开豪车在路上拉风。

我一路上吓得心惊肉跳,我很担心老头儿的车技,几次大声提醒慢点,不知道他是真听不见还是故意吓我,小车毫不减速。这样的速度,很快就冲过了快到原隆村的一个岔路口。去年我曾来过基地,因此知道红树莓基地就在岔路口对面。我大声对潇洒老头儿喊:"错了错了!过了过了!"

老头儿终于听清了我的话,却很不高兴,嘴里嘟囔着什么。他可能埋怨我上车告诉他去原隆村。真正让我见识了潇洒老人连前后看都不看,稍稍减速,一把方向就地掉头,车子打正的瞬间,一辆半挂货车发出一声刺耳的刹车声。然而我们的潇洒老哥完全无视这一切,终于拐向红树莓基地。

车子停在红树莓基地的大门口,我递给老哥8元。潇洒老人白了我一眼说:"我是四轮车,10元。"我二话不说,立即给这位老哥10元。是心甘情愿给的,就这一路的潇洒也值10元。

拨通幺妹的电话,幺妹说,你停的基地大门口,离红树霉产业园营业大厅还有一段距离——她说,您走过了,出租车应该掉头往回走两公里左右……此时,潇洒老哥早已经消失在远方。幺妹听说出租车走了,就让我在原地等,她过一会儿来接我。

二

等车时,我从红树莓生态产业基地旁栅栏向里望去,满眼绿色,一眼望不到头。一排排红树莓生机盎然,一阵阵树木和绿植的芳香扑鼻而来,沁人心脾,让几天来因到处奔波而疲惫的身心得以放松。

十来分钟后,从我来的方向,一辆玫瑰色越野车快速开来,然后稳稳地停在我身边。我发现驾驶座上的司机像个孩子。幺妹原来是一个身材小巧的女子。

幺妹跳下车,礼貌地请我坐到副驾驶座位上。

幺妹今天穿着一件白色泡泡袖的七分袖上衣,下身穿一件黑色牛仔裤,梳着披肩长发,化着精致的妆容,尤其是大红色口红配在微黑的面孔上,显得极有个性。眼前的幺妹让我想到非裔和亚裔的混血美人儿。

"您一定好奇,我这么小的个子,开这样大一个车。没错,我就喜欢高一点大一点的车。"刚拐上公路的幺妹一句话把我惊住了!太厉害啦,她怎么知道我心里想什么!但我只能呵呵一笑。

"能开上这样大一辆车,十年前连做梦都不敢做。不承想,去年我们就攒下了能够拥有一辆车的钱。我老公就说,买!给你买一辆紫玫瑰色的越野车。那一刻,十几年的辛劳和委屈全变成泪水……"

话还没有说完,车已经开到她工作的停车场。她陪我跨过栅栏门,这是一个很大的温棚。里面种植的是树莓的另一个品种黑树莓。温棚里同时提供较高档次的餐饮服务。在吧台一侧,有一块大空地,供游客休闲的纯木桌椅整齐地摆成两排。

幺妹本职工作是收银员,大收银台就在通道和桌椅中间。为了不影响幺妹正常工作,我建议就在邻近的桌子旁坐下来。

幺妹显然不是第一次面对这种采访。坐下不久,她就问我,您要让我说什么呢?我说,随便你,你想说什么就说什么。要不就谈谈你老公?

幺妹笑笑说,那就说说我老公,还是从我开始出去打工说起吧。幺妹果然干脆利落、心直口快。

我出生在贵州毕节一个极为偏僻的小山村里,那里虽然山清水秀,但却

第九章　红树莓熟了

贫穷落后。我爸爸妈妈生了我们姐弟三个，我是老大，我还有两个弟弟。我小学毕业，那个时候，半个学期65元生活费都交不起，没有办法，我只有辍学回家照顾两个弟弟，顺便帮助爸爸妈妈干农活和家务。

我爸爸为了养活一家，有时会去煤窑里背炭。我小的时候，我们那里的煤窑都是个人寻找挖掘，窑洞里环境危险简陋，进出窑洞都是爬着进出。窑洞洞口很小，我爸爸进出的时候，都是爬着的，嘴上叼着一个电瓶灯，一条腿上拴着绳子，绳子系着一个装炭的筐子，这个景象深深印在我脑子里。我爸爸每次回来，我都分不清他的眉眼。全身都是黑黑的，只有牙齿是白色的。

幺妹刚讲到这里，眼泪就流了下来。……爸爸就这样，每天也换不回多少钱，很难维持我家的生活，更别提我们上学的生活费了。

我大姨家的表哥，我们从小经常在一起玩耍。表哥对我很好，也很喜欢我，但在我心中，他只是我的表哥。表哥比我大几岁，他很早就不念书了，在福建泉州一家鞋厂打工。在一次，我表哥回毕节的时候，我那时已经不念书了，我决定和表哥一起出去打工，那年我16岁。走时，因为家里没钱，我借我大姨家600元。走时，我对我爸妈说，我出去打工，帮爸妈养家，供弟弟上学，让家里的生活好起来。就这样，我第一次走出大山，和表哥去往福建泉州，开始了打工生活。

我记得到了县城，我狠狠地吃了一顿土豆饭。因为，在我的老家，土豆饭会做得花样百出，但我家里穷，不能经常吃上土豆饭。我以为，到很远的福建省，那里一定不会有这样好吃的土豆了。记得那天我吃撑了。幺妹讲到这里，很不好意思地笑起来。

我和表哥一起来到福建泉州一个鞋厂。那个厂是每天两班倒，有一次，我半夜上厕所，抬头望了一眼天空，发现福建的天空和毕节的天空不一样。福建的天空很亮，而我们毕节的天空漆黑，只看见星星一眨一眨的。幺妹说到这里再次笑笑。幺妹说，现在想来，因为城市灯多，所以夜间的灯光会让

石竹花开
——闽宁镇的春天

夜空很亮,而毕节的山村哪里会有那么多灯呢?现在想来,说山里的孩子傻,是因为见识少。

谁也不会想到,到泉州不久,我和我表哥家闹出了误会,导致我不得不离开了那个鞋厂。

有一天,我表哥突然向我表白,他将来要娶我,我借大姨家的那6000元就是彩礼钱。我听后,一下子懵了。我对表哥说,我们只是兄妹关系,我们怎么会成为夫妻呢?但表哥的态度却很坚决。我们那个厂有几个贵州老乡,老乡里有个男孩儿和我关系比较好,但也只是一般同乡朋友关系,但我表哥却威胁了那个老乡,那个老乡有些莫名其妙。

我和表哥之间的事情,很快传回我的老家。大姨去我家质问我爸爸妈妈,妈妈每天哭哭啼啼。大姨说我水性杨花,妈妈被大姨逼得没有办法,都想一死了之。在我们那个地方,如果传出谁家女儿水性杨花,那是很丢人的一件事情,爸爸妈妈认为我给家里丢了脸,就这样,我的家被我这件事搅得鸡犬不宁。没有办法,半年后,我离开了那家制鞋厂。

三

我打工的第二个厂子是一家五金厂,生产衣帽钩,按斤计价。我初到福建,由于气候和环境不适应,皮肤过敏,严重时,脸上全是疙瘩。没有办法,我就吃药。一个月的工资都用来吃药还不够,有时就借别人的钱。

别的工友休息时,都可以出去玩儿,而我一来没有钱,二来,我过敏的脸难以见人。我每天工作,吃药;吃药,工作。就这样过了两年,每当过年的时候,我独自在宿舍里哭泣。我一边哭一边回想,出来时,我曾对爸妈说,我要挣钱帮助家里,要供弟弟上学,可到现在,我挣的钱还不够吃药。我就那样越想越哭,越哭越想……那时真的很痛苦。有一段时间,我想,不

第九章 红树莓熟了

需要很多钱,我只挣够回家的路费就行了,我要回去,我再也不出来了。

两年里,我只给家里寄过500元。两年里,为了治病我欠同事2000元。这个欠款当时不是小数目。没有办法,工资发了,除了药费没办法省,我从饭上省,每天只有吃清水煮挂面,要么就是白米饭拌一点酱油。

时间长了,我发现这个厂工资太低,我就到另外一个制鞋厂打工,因为那家厂子挣钱稍微多些,在那里,我遇到了我的丈夫。

换了一个厂子,气候上开始适应,加上药物治疗,我的病渐渐好转了,钱也存下一点。为了不让我想家,妈妈让我买一部手机,这样可以和爸爸妈妈经常通话。我听从了妈妈的建议。买了一部红色的翻盖手机,很秀气,颜色和款式都是我喜欢的那种。手机上面有一个小灯,每到夜晚,小灯就会发出一闪一闪的光,很好看。

幺妹说着,神思似乎又回到了过去,回到手持翻盖儿红色手机的那个岁月。此时,她一脸幸福。也正是这部小巧的红色手机,不仅解除了她的思乡之苦,也成就了幺妹和她丈夫的一段美好的爱情。

这个工厂规模较大,是流水作业。我来时,我的老公刚好从这个厂子走。我来的第一天,我们班长大概看我还算机灵秀气,就给刚离开厂的我老公打电话说,你还是回来吧,咱们这里来了一个很好看的女孩儿,你回来,我给你介绍一下,可以给你做老婆。我不知道,我老公当时是怎么想的,反正他很快回来了。但是他回来后,是在另外一个车间,我和他没有直接接触。那时,我老公常常来我们车间找我们班长玩,一来二去就熟悉了。有时,我工作不懂的地方,他就会认真告诉我。有一天,他来到我们车间,说他也调过来了。自从我老公调过来,我的工作轻松多了。他性格好,有耐心。后来处多了,感觉我老公为人处事是那种很懂礼数的人,也是很冷静和有分寸的人。

我老公对我说,他是宁夏西海固人。西海固很好听很好记,但我没有听说过。也许我们都是外乡人,有一种格外的孤单和寂寞,所以我们成了朋友。

幺妹讲到这里,突然笑起来。她说,我的命运真的很曲折,就像演电视剧一样,自有了这样的经历,我才相信,原来,电视剧里面的情节不都是假的。

在另外一个车间,有一个女孩儿,她的宿舍就在我的宿舍对面。有一天,我下班后回到宿舍,发现我的床上有一张字条,我拿起字条看后,眼泪就掉下来了。

讲到这里,幺妹不再说话。

我说,字条上面写的什么呢?她说,很难听的骂人话。在我的再三追问下,幺妹复述了当时字条的留言。"你在外面做得好好的,为什么跑到这里来抢我的男朋友,贱货!"

幺妹说,我感觉受到了极大的欺骗和羞辱。从那天起,我上班时不再和我老公说话。我老公求班长问我怎么了,我告诉了班长。

原来,那个女孩儿只是单相思,我老公当时并不知道,当他得知那个女孩儿写给我的字条后,我老公就去找了那个女孩儿,说明了情况,告诉那个女孩,他既不爱她也没有和我谈恋爱。

这种三角恋爱风波就这样平息了。

可是,一波刚平,一波又起。同样的事情这回发生在我身上。和我一起来这个厂子的还有我另外一个老乡,那个老乡很喜欢我,但我并不喜欢他,当然,我们也没有明说过。当他看见我和我老公经常在一起说话时,他就会生气。我曾经对他解释过,但是没有用。有一次,我和我老公都休息,那时也没有太多的地方出去转,我老公就到我的宿舍来说话。刚坐下不久,那个老乡，一脚踹开门，指着我老公就骂。我老公丈二和尚摸不着头脑。我当时觉得特别伤自尊，我老公走后，我就自己在宿舍哭，哭自己怎么这样多灾多难，怎么会有这么多烦心的事情。

记得那几天，我的眼泪总是不断，情绪低落。我不想跟任何人交往，对我老公也渐渐疏远。就那样每天独来独往。有一天，我独自在厂区花坛上坐着，特别想家，我就独自流泪。谁知道，这一切都被六楼宿舍的我老公看见，他看见我哭，就跑下楼来，陪着我。他不说话，我也不说话，就那样默默地坐着，就是在那一刻，我真正对我的老公动心了，但我没想过是不是要嫁给他。

四

自从有了手机，我和我爸爸妈妈通电话的时间就多了，通话前我都会提前和妈妈约好，哪天什么时间打电话。家里当然没有电话，妈妈每次都是利用赶集时在镇上一家小卖店等我的电话。赶巧，那次赶集的头一天晚上，由于我老公要给他爸爸打电话，我就把电话借给我老公用，第二天早晨还没来得及还，我妈在镇上小卖店等电话等不及，就让看店的那个小伙子把电话打过来。可是那时候，我老公还没有起床，他接听了电话，小伙子二话没说，放下电话，就告诉我妈，说你女儿已经嫁人了，不然怎么是一个男人接电话呢？

我妈听了小伙子的话，哭着回了家。过了很多天，我妈跑到镇上给我打电话，告诉我说，你既然嫁给了他，过年时就领回来吧。不论我怎么解释，我妈都不信。这期间，我和老公两人虽然没有挑明，但我们两个心中都有了谱。

我以为，我妈真的同意我嫁给这个远在宁夏的老公。当我有了孩子后回去的时候，我妈才告诉我，她是想让我回去，准备打散我们，赶走我老公，把我扣在家里。

那部红色翻盖儿的小手机，在一次我逛街的时候被人抢了。直到很久，我都很怀念那部手机，常常做梦梦见我的手机又回来了。那部手机不仅是我所喜欢的，最重要的是我和我老公走到一起的真正红娘。

这是姻缘还是巧合，还是老天的安排，直到现在我都说不清楚。我和我老公就这样一波三折地走在了一起。我想，既然我妈同意了，最大的家庭阻力没有了，我就可以大大方方地恋爱了。2006年10月，我和我老公在泉州同居了，没有婚礼，没有结婚证。

在我们贵州山区，只要青年男女同居了，就视为结婚，那年我19岁。

我老公告诉我，要不是福建对口帮扶宁夏，他八辈子也没想到会到福建。西海固地区各级政府组织劳务输出，他刚好初中毕业。

老公4岁丧母，就一个老父亲带着一个姐姐和我老公生活，家里条件非常不好，因此初中后只好辍学。我老公勤快、聪敏、憨厚，这些都是我喜欢的品质。

同居不久，我就怀孕了。怀孕期间老公不再让我上班，怕恶劣环境对胎儿发育不利，两个人生活用一个人的工资，根本没有钱好好地补养身体……那时真是很苦，但我们却有爱情。

五

2007年7月7日，我在福建生下我的大女儿。记得生小孩子那天，我老公背着一个小书包，那里面装着生小孩子的用品，医生左看右看，上下打量说，你们两个怎么像中学生呢？也难怪人家医生那样说我们，那个年纪可不就是个孩子嘛！

第九章 红树莓熟了

三个月后，我再次怀孕。大女儿半岁时，我和老公回宁夏西海固过年。一路上坐了火车，坐汽车，下了汽车坐拖拉机，下了拖拉机走山路。

在和我老公结婚前，老公说，他家有水泥路。我当时就想，有水泥路的地方一定差不到哪里去的。当我一路跟随丈夫辗转来到这里，才知道宁夏西海固是那么遥远。记得那次回去，我抱着我的女儿，我老公背着大包小包，手里提着孩子的必需品。印象最深的是，我老公一路上要提一个暖水壶，随时给我大女儿冲奶粉。一路辛苦，我们根本不像回家的，更像是逃荒的。我以为从一个路口下了拖拉机就到了，谁知，还要走几公里山路。

西海固的山路，全是沙泥路，本来干旱少雨的宁夏南部，那天正赶上一场大雪。初冬雪存不住，我们走一步陷一步，一步一脚泥沙。我骂我老公是骗子，你的水泥路呢？他自知理亏，始终不说话。从中午走，已经是掌灯时分还没到，我开始哭。眼泪怎么也忍不住。终于，远远地看见有灯光了，但村子影影绰绰，这一点那一点灯光，像鬼火一样，一闪一闪。

一堵残破不堪的土墙总算出现在我面前，老公告诉我到家了。我走进屋里，四处一看，房子黑乎乎，房顶很低很矮。炕上一层沙子，我把女儿放到炕上。女儿那时穿的是开裆裤，她感到不舒服，哇哇大哭起来，我也哭起来。

第二天，公公给我们炖了一只鸡，特别咸，简直难以下咽。这是当时家里最肥的一只母鸡。公公看出我的不适，让我老公带我去镇上吃。环境的生疏和生活的不适应，让我又开始想家，我就偷偷地哭，我老公看在眼里，心里也不好受。他安慰我说，不要哭，我去镇上给你买新鲜蔬菜和好吃的。

公公怕我没钱花，卖了一头牛。那头牛卖了6000元，公公直接给我2000元，我当时居然收下了。直到现在我还自责，但我永远记得公公对我的好。

西海固不仅贫瘠，春节也是寒冷的，凄凉的。好不容易盼来了春天，都五月了，西海固还在下着鹅毛大雪。早晨起来一眼望去，天地间白茫茫一片。我望着这白茫茫的山窝窝，不知道这日子该怎样过下去。我陷入了比两年前更加绝望的境地。那场大雪融化后，我发现山坡上，沟沿上长出了星星点点的小草，我的心也有了绿意，慢慢地，有山花开放。那时候，我感觉心里亮堂了不少。

2008年7月中旬，我生下了二女儿。8月初，我们突然听说，乡里要清查户口，落实计划生育制度，我们还没领结婚证，所以公公劝我们先离开西海固，回到贵州毕节我妈妈家避避风头。走时怕人家告发，是在晚上离开的，比刚来时凄凉。当时我二女儿才生下18天。我老公依然背着大包小包，他一只胳膊抱着大女儿，手上另拎着回来时拿的那个热水壶，另一只手提着一个包。我抱着二女儿，紧跟在后面。那段"逃亡"路是我一生中最难忘的日子。生孩子18天，没出月子，别的女人坐月子会有亲人百般呵护，而我因为没有结婚证而"逃跑"。我每走一步，脚底板都像踩在棉花上，全身不停地冒虚汗，整个人就像是要虚脱，但我还是咬牙坚持。就这样我们连夜步行到隆德县城，从隆德坐班车到西安，从西安坐火车到贵阳，再从贵阳坐班车到毕节，从毕节再坐班车到我们镇上——还剩八公里的路程要步行才能到我妈妈家。这一路上，我吃不下任何东西，所以我没有奶水，孩子饿得嗷嗷哭，我就和我女儿一起哭，就这样哭了一路。

六

幺妹回忆起这段经历，流泪不止，泣不成声，几次克制都没有办法再讲下去。我不知道该怎样劝慰坐在我面前的这个虽然小巧单薄但却无比坚强的贵州女子。只能默默地递给幺妹一张张纸巾，让她擦拭流淌不尽的眼泪，似乎这样她会好受些。

第九章　红树莓熟了

2010年，我在毕节老家生下我的第三个孩子，是儿子。小儿子生下后不久就得了小儿疝气，需要手术，没有办法，我在妈妈家一直待了将近两年。

女儿出了嫁，妈妈家就不再是自己的家。虽然爸爸妈妈对我还是像我没出嫁时一样，但在我心里，我却总觉得没着没落。在妈妈家，我带着三个孩子，包揽了家里的全部家务，老公和爸爸妈妈一起去地里干活，一起和爸爸去小煤窑背煤。

2012年，老公对我说，福建是我们相爱的地方，那里石料厂挣钱，我们还是去福建吧。于是我和老公带着大女儿和小儿子再次来到福建泉州。

那时我就专心带孩子，我老公去了一家石料厂，不久，他在厂里学到了加工防滑大理石火烧板技术——把大理石切割成块，经过氧化后制作成成品，这种大理石火烧板用来铺设地面或者墙面。就是这种技术，养活了我们全家。

幺妹说到这里，情绪再次低落起来。她说，可是我并不快乐，因为我特别想二女儿，不知为什么，即使大女儿和小儿子一刻也没有离开我，但越是这样，我越想二女儿。当时之所以不带走，是想到三个孩子我无法照顾。我把二女儿留在家中，就像把我的心割一半留下了。

现在好了，我的三个儿女终于和我在一起了。我感到，二女儿虽然来了，但和我的感情很生疏。经过很长时间的疏导，才慢慢有所缓解，想到这些，心里就觉得愧对二女儿。

农村有很多像我女儿一样的孩子，父母远在他乡打工，孩子成为家中的留守儿童，这在农村几乎成了普遍现象。

我们在福建的时候，二女儿想妈妈想得厉害，有一天晚上，她悄悄地跪在地上，对着天上的月亮说："让我快点儿见到妈妈吧。"那时她不到三岁。在一次我和妈妈通电话时,二女儿拿过电话,在电话中对我说:"妈妈,你什么时候回来看我,我天天想你,我已经跪着求月亮了,月亮说,你很快就会回来,它说话算数。"听着二女儿童声童气的声音,我心如刀割。

这时,幺妹又一次流出眼泪,说不出话。是呀,还有什么会让父母如此动情和牵肠挂肚呢!只有儿女,也只有儿女会让父母不辞辛苦的付出,就为了给孩子一个更好的成长环境。此时,我的思绪已经游离了,我在想,不论是在西海固还是闽宁镇,年轻或年老的母亲,不管是生存多么艰难,她们为了孩子,母爱天性比任何地方都强烈。难道这是贫穷落后给予弱小生命的恩赐吗?同时也在想,这些被父母含辛茹苦养大的儿女,当他们长大成人时,应该是小康社会了,到那时,年轻的父母老了,老年父母生活不能自理了,这些儿女们会怎样对待自己的爸爸妈妈呢?

2013年,幺妹夫妇接到宁夏隆德县政府的通知,公公家那个村整体移民搬迁到闽宁镇。"听到这个消息,让我和老公兴奋不已,我们决定回家搬迁,结束这种漂泊的生活。更重要的是,闽宁镇是福建对口帮扶建成的移民区,福建就是我们全家的福。"

2014年7月,幺妹一家随移民搬迁的车队,浩浩荡荡地来到永宁县闽宁镇原隆村。

原隆村都是新盖的房子,砖瓦结构,灰墙灰瓦,每一户有独立的院子,门口都是统一的铁大门儿。

幺妹说,刚来时,看到一排排整齐划一的街道和房舍,看到村里的幼儿园和高大的教学楼,她感觉是一种梦境,感觉不是真的,但这却又是真的。她开心极了,孩子不用像她小时候那样跋山涉水去上学了,再不用为生活费着急了,他们可以像城里的孩子一样受到很好的教育。

第九章 红树莓熟了

我对我老公说，这回，我们哪里也不去了，就在这里到地老天荒。

尽管我们在福建打工多年，但并没有积蓄，一家六口都要靠我老公一人挣钱，公公年纪也大了，干不动地里的活，也打不了工。刚来闽宁镇原隆村的时候，村里主动给我们审批了建档立卡户，公公有了低保，他也有了安全感。

刚来时，村里人均六分地，如今，土地都流转出去，发挥土地的最大价值。原隆村建起了红酒基地、树莓基地、蘑菇大棚、光伏发电站、扶贫车间等扶贫项目和工厂，我们可以在家门口打工，再也不用离开自己的孩子，再也不会因为想念孩子失眠和流泪，我过够了那样的日子。

我问幺妹，你给我的感觉既像宁夏人，又像福建人，怎么看就是不像贵州人。

幺妹听了这话，打开了手机，屏幕上出现一张照片，她递给我看：这是我的毕节老家。我的老家在国家和政府的帮扶下也走出了贫困，家乡也通了水泥路，也建起了幼儿园和学校，你看，这两层小楼就是我爸妈家。

幺妹兴奋地说着，我看着手机屏幕上被郁郁葱葱的树木环绕着的两层小楼，心想，这哪里是民房，这简直是乡间别墅了。这里已经看不到幺妹哭诉中的贫困落后的老家一点儿影子，她的家乡同样走出贫困，走向富裕。

幺妹说：我起初来到红树莓产业园工作，刚开始是产业园生态餐厅的服务员，没多久，老板发现我机灵，又有一点文化，就让我学习收银，很快我就熟练了收银工作的流程，现在我独立工作。我的工资从原来的2700元涨到3000元。老公由于在福建打工期间学习到了技术，现在就专门儿做大理石的生意。家里生活有了明显改善，我们在院子里又加盖了新房和车库，老公给我买了车，让我上班和接送孩子上下学。

幺妹说，说起学车，还有一段小插曲。她说：我当初学车是偷着学的。

我说，为什么要偷着学呢？幺妹不好意思地笑着说，当时我在家看孩子，没有工作，老公挣钱辛苦，我也不好意思向老公要钱。那时我老公的表姐要学车，表姐让我和她做个伴儿，我说我没钱，表姐说，我先借给你，等你什么时候有钱了还给我，就这样我就开始和表姐一起学车。后来有一次，我们和表姐一家聚会，表姐不小心说穿帮了，我老公才知道。老公知道我学会开车，并没有埋怨我，不久就给我买了现在我开的这辆越野车。我怎么都没想到，这辈子我能学车、开车，并且还有这么好的工作平台和工作环境。所以，现在我很知足，也很珍惜我现在这份工作。

有意思的是，很多当地人都以为我是福建人，因为他们分不清南方口音，我就不说明，让他们误以为我是福建人，要知道，闽宁镇移民对福建人太好了，把他们当成亲人一样。当我回到贵州老家，他们又把我看成是宁夏人，其实宁夏话我说得非常不好，只是听得懂不同地区的方言罢了。所以我自己都一时说不清楚。说到底我比其他人有福，我既是贵州人，也是福建人，还是宁夏人。

中午到了，游客们陆陆续续来红树莓生态产业园餐厅就餐，餐厅经理喊幺妹去收银台收款。望着走进收银台忙碌的幺妹，我心想，这是一位多么坚强的母亲，这是一位多么坚贞的妻子，这是一位多么具有宽广胸怀的女人。

幺妹，这个来自贵州毕节山区的小巧女子，就像生长在这片园区的红树莓一样，适应性强，喜欢阳光，抗干旱，抗寒冷，耐贫瘠。

第十章 西邵小站

一

小镇、小站这样的词汇，不论是听起来还是写起来，总让我感觉有一丝诗意、浪漫和神秘在里面。我承认我是一个喜欢天马行空胡思乱想的人。

西邵站其实就是一个小火车站。位于中国宁夏回族自治区青铜峡市，西邵站是中国铁路兰州局集团有限公司管辖的五等站，建于1992年。

很显然，闽宁镇这个地方，原来管辖区是明确的，就是青铜峡市管辖。按建制沿革来说，青铜峡市名气并不小，但因为闽宁镇异军突起，西邵小站在我眼里就与闽宁镇紧密联系在一起。

西邵站以货车过往居多，但只有一趟绿皮客车7511次每天在这个小站停留一分钟。

来到闽宁镇后，在一次与文友马凤鸣老师聊天的时候，听说了这个西邵火车站。他给我讲了发生在西邵小站的很多故事。我心生向往。在这样一个新移民小镇边上，有一个小小的火车站，每天有一列绿皮火车准时停靠。站台上最多只有一两个工作人员，他们手持两色小旗，一声汽笛，一声哨声，上去或下来三两个旅人……这几种元素足以让我兴奋和激动。

想想昔日建在一片黄沙漫卷西风的西邵站，就会让我想到少年时看的

石竹花开
——闽宁镇的春天

美国西部警匪大片。电影里的牛仔高大、英俊、神秘、冷峻，他们普遍都戴着一顶很好看的帽子，我们常常管那顶帽子叫牛仔帽，把那个穿着蒙着灰尘高腰靴的高冷男人称为牛仔。牛仔会骑着一匹膘肥体壮的黑色或者枣红色骏马，这匹骏马和牛仔一样潇洒高冷。高冷神秘的牛仔一般都身怀绝技，他们常常游荡在荒漠和旷野上，然后入住荒漠和旷野上的一个神秘客栈……

来闽宁镇采访，尽管时间紧任务重，但我还是惦记着要看一看这个小站，单不说它的神秘吸引我，来闽宁镇的这些天里，让我感觉到有故事的不仅仅是移民，就连路旁的一草一木都是有生命的，有故事的，更何况这个诞生在西北荒凉时期的小站。

2020年6月5日上午，我还像往常一样在闽宁镇牌楼下打了一辆出租车前往西邵火车站。因为之前有了对西邵小站的无限遐想，所以像要见一个慕名已久的知心朋友，心里的激动和期待此消彼长。

车子离开闽宁镇一路向东南方向，出了镇，道路变得弯弯曲曲、狭窄破败。穿过两个村庄，不到一刻钟，在一个村头，师傅停下车，向右前方一个栅栏铁门呶呶嘴："到了，就是那个门，但你们进不去。"

西邵站真的很小，小到已经站在西邵站的大门外，却不见与火车相关的影子，周围连一个人影都没有。

我开始怀疑司机师傅拉错了地方，但出租车司机说，这里就是西邵站。要想进入西邵站，必须从这个铁大门进去。可惜，这个不足两米宽的铁栅栏大门被一把大锁锁着。我对司机师傅说，太遗憾了，看来我与西邵站无缘了。

就在这时，从路口拐来一个穿制服的男人，没错，这就是铁路工的制服。我赶紧抢先一步搭话："兄弟好，您是在这里工作吧，请问我能进去看看吗？"他没有说话，迅速上下打量了我一眼说："有事吗？"问话间并没有停下脚步，他直奔大门。这语气不冷不热，一种典型的制服味道。这是一

第十章　西邵小站

个四十岁左右的兄弟，中等身材，不胖不瘦，肤色偏黑，重色眉毛，脸上没有明显表情。我紧走几步跟上，并说明了我的来意，只是慕名想来看一眼，并不打扰车站的工作。大概是他看到我白发苍苍和这身军装的分上，他说，跟我来吧。说着话他一边拿出钥匙开锁，一边说，你今天来巧了，如果不是这个时间遇见我，你是进不去的。我连声说谢谢站长！谢谢站长！话音还没落，制服兄弟已经快速走进平房办公室。此时我坚信他一定是站长。

原来，小站没有候车室和进出站口。这个铁门就是唯一出入口。好在乘客多为铁路通勤人员和附近的村民。月台距离大门不足50米，只是隐藏在两株高大的树下的月台不正对大门。就在我一愣神的当口，另一位制服兄弟已经从办公室里出来，这是一个一脸稚气的青年人。刚进门的制服兄弟随后跟出来，此时他头上多了一顶带徽章的大檐帽。青年一手拿一支红色三角旗，一手拿一支绿色三角旗，迅速在月台中央紧靠铁轨立定。这时我隐约听见北面传来轰隆轰隆的火车声。我赶紧跑几步想上月台看由远而近的火车，却被制服兄弟严厉的手势制止："不能再上前了，请靠后。"

一辆老式敞厢式货车快速行驶过来。在车头离月台还有一两百米的地方，汽笛拉响了，呜——呜——，制服兄弟立定在青年左侧。青年啪、啪——左手红旗高举，右手绿旗平行胸前指向南方。

火车拖着十几节车厢，哐、哐、哐地通过月台。听着这久违的鸣笛声，看到这庄严的一刻，我的心脏快速地跳动起来，我忘记拍照，像制服兄弟一样，立定在月台稍后的地方，向这辆行驶而过装满货物的火车行注目礼。直到青年值班员放下旗子默默地回到办公室，那辆火车沿着明亮的铁轨，在远方消失得无影无踪。

20世纪80年代末，我和我的恋人保持着书信往来，书信传达着彼此的思念和爱意。那段日子是美好且浪漫的。1991年，军校毕业的我有了儿子。

昔日的恋人变成了儿子的妈妈。那时候，儿子和他的妈妈生活在县城租来的民房里。每到探亲假，我就会从北京西直门火车站坐上途经四合永小站的火车。四合永火车站坐落在河北省木兰围场县南边20公里的小镇上。

那时通往内蒙古和东北的列车并不多，一般都是绿皮的普快。从北京西直门火车站出发的只有两趟，一趟是下午四点多；一趟是夜间十点多。五百多公里的路程，缓慢行驶的绿皮火车走走停停，总要咣当咣当地行驶八九个小时，我就在这八九个小时的漫漫长路上，想象见到我妻儿的情景，那真是既辛苦又幸福的时光。

如今我的儿子已经成家，用手中的画笔尽情地描摹多彩的自然和生活。现在回想起来，那段两地书和坐绿皮火车归心似箭的情景恍如昨天。

二

今天来西邵站查岗的果然是站长。他叫张军。在获得张站长允许后，我在月台周围转了一圈。

小站真的很小，整个月台长不足四十米，宽两三米，比北京公共汽车的站台还小，一个平顶遮阳棚罩住整个月台。

我很想在西邵小站上坐一会儿，和这个经历了二十多年风雨的小站对对话，就像对话朋友一样，但张站长礼貌地说，火车站平时闲人免进，作为一站之长，在青年员工当值时，让我进来已经是违规了。我非常愉快地服从了。这真是一个好站长，他的冷峻严肃不仅满足了我的西部想象，也让我看到一个忠于职守的国家工作人员的严谨作风。我请求与站长合一张影，站长同意了。我和张站长并肩站在水泥铸成的站牌下用我的手机自拍。

临别西邵站，我对张站长由衷地说声谢谢。最后说："加个微信吧，我好把照片传给您。"不苟言笑的站长扫上微信，第一次露出微笑："没办法，有些规定在那儿。我不便多陪，还得赶写督查日志。"

挥手作别的一瞬间，我发现张站长像极了日本影星高仓健，特别是他的眉毛和神情。

再见了"高仓健"！可我很遗憾始终没有看清那位独自当值的青年长得什么样儿。

三

我为什么非要来看西邵火车站？除了个人喜好的原因外，更重要的是我们知道，一个地方的贫穷与富有，与交通好坏密不可分。要想富先修路多半指的是公路，但能通铁路的地方，公路还是问题吗？

二十几年前，从山大沟深中走出来的移民，来到这片荒漠上创业时，这里只有一条贯通南北的公路。有些移民由于生活贫困，没有方便出行的办法，就会冒着生命危险，在漆黑的夜晚，趁着夜色，在包兰铁路上扒火车，偷偷卸下煤块、化肥和一些生活能用得上的东西。西邵火车站是闽宁镇由穷到富的见证者。

朋友马凤鸣给我讲了这样一个故事。他说，这个故事闽宁镇的老移民差不多都知道。有一个来自西吉的移民青年，他是高中毕业。那时候闽宁镇缺少老师，就让这个人去学校当民办老师，当老师没有多长时间，学校有一次公派民办老师去西吉进修。学校考虑到这个老师平时踏实、认真、负责的品格，就派他去进修了。有一次周末休息，他从西吉要回闽宁镇，但西吉没有直接到闽宁镇的车，必须中途转车。他从西吉搭班车到石空，然后再坐车回闽宁镇。等他下了车才知道，那个时候已经没有去闽宁镇的车了。没办法，他就冒险扒上了一辆拉油罐的火车。结果，那趟火车在西邵站没有停车，火车一直开到银川。到了银川，天已经黑了，他想住店，但是摸摸兜里，身无分文，他只好再次扒上银川开往途经闽宁镇西邵站的拉煤火车。这次，他总结了上次的经验，也是为了怕火车站的工作人员抓住罚款，他就在火车还没有进西邵站的时候，提前跳车。想都可以想见，夜黑风高，跳火车非死即伤。果然，他跳下的那一瞬，头撞在一块大石头上，当场昏死过去。

到了第二天早晨，西邵站的工作人员才发现，铁轨旁躺着一个血肉模糊的男人。工作人员马上拨打了医院的电话，救护车过来把他拉走，到医院包扎抢救。当他清醒过来后，发现自己的头上缠满了纱布，眼睛肿得已经睁不开，像两个核桃。医生告诉他被摔成脑震荡，需要住院，要交押金和住院费用，但当时他手里没钱，那时候通信也不像现在这样发达，无法通知他的家人，没有办法，医院免除了他的治疗费用，又用救护车把他送回闽宁镇的家。

他媳妇看见被送回的摔成重伤的丈夫，手里同样没有一分钱的她，号啕大哭。知道医院还免费给丈夫包扎的时候，她扑通一声跪下来，咣咣的给送回丈夫的护士磕头。

为了给丈夫治伤，老师媳妇，找到闽宁镇政府，那时候镇政府已经听说了这件事，也了解老师家的困难，在逐级申请报批下，政府救济200元。教师媳妇拿着这200元给丈夫买了消炎药和一点补品，渡过了那次难关。

四

朋友马凤鸣给我讲这个故事的时候，很感慨。他说，贫困让人没有了尊严。他说，早年过来的移民，由于贫穷，有很大一部分人都有过扒火车的经历，所以这些移民名声很不好。闽宁镇周边的原住民都管这些从山里面搬迁出来的移民叫山汉或者叫山棒子，他们常常用这样的语言嘲讽这些移民。现在，在国家和中央领导对闽宁镇的精准扶贫政策的帮扶下，经过二十多年发展，闽宁镇有了翻天覆地的变化。一代代移民为闽宁镇的未来做出了很大贡献，那些生活在周边的曾经嘲讽过这些移民的原住民，也把移民的贡献看在眼里，那些对移民固有的看法也发生了转变。

闽宁镇移民已经不再是过去的移民，闽宁镇也不再是过去的闽宁镇。扎根在闽宁镇旁边的西邵站，也不再是过去的西邵站，那里不再有为了生计、不顾生死扒火车的人，也不会再出现黑夜中在火车上晃动的身影和被摔得鲜血淋淋的场景。

那条穿越闽宁镇的铁轨、站台，还有那一列列装载货物的古老绿皮火车，就像闽宁镇的老一代移民一样，同样为闽宁镇的发展做出了贡献，这个小小的西邵站亲历和见证了闽宁镇发展过程中的过往和点滴。

当我在电脑上飞快地敲击出关于西邵站的串串文字的时候，我仿佛听到来自西邵站古老绿皮火车的喘息声和呜呜呜的鸣笛声，那声声笛声，悦耳，绵长，久久地回荡在耳边，回荡在闽宁镇的上空。

我还看到，张军站长有些孤单的身影。他和他不大的团队，比如那天一言不发的青年值班员，同样是闽宁镇发展的见证者、建设者。

第十一章 写给自己的一封情书

一

段晶，宁夏永宁县一位基层扶贫女性工作者，一位两个孩子的母亲，也是协助我采访时间最长的工作人员，她的思维很活跃，感情十分细腻，在我搜集素材时给了我很多的写作灵感。她当然不知道，或者不相信我会把她作为写作对象。其实，当我第一次知道她在扶贫办已工作10年时，就已默默关注她。还记得7年前，我工作的部门招聘了5位大学毕业生，到今天，只剩下1名在岗继续工作。10年，说长不长，说短不短，能够默默无闻、兢兢业业把每一项工作完成，已经值得学习，何况，全国人民都知道，这几年扶贫部门的工作人员是多么辛苦艰难，有时甚至无助，所以我决定与段晶好好聊聊。

二

1986年秋天，瓜果飘香的季节，段晶出生在宁夏银川市兴庆区通贵乡通丰村1队。段晶很朴实，因为，她的童年是在赶鸭、稻草垛、弹弹珠、跳皮筋的追逐玩闹和插秧、背麦子、剥玉米的农忙帮活中度过的。乡土的养育和父母的言传身教，务实成为段晶性格中一个重要的特质。

上高中后，段晶开始了寄宿制生活。段晶的高中是田家炳老先生捐资建设而成，起初命名为"田家炳高级中学"，后来改为"银川市高级中学"。

田家炳先生（1919—2018），祖籍广东梅州，香港企业家、慈善家，田家炳基金会创办人，被誉为"中国百校之父"。田家炳先生早年在越南经商，后转赴印尼经营橡胶工业；1958年移居香港，创办田氏化工有限公司；历任京华银行董事、新安企业公司及华安置业建筑公司董事长、田氏塑料厂有限公司董事长、田化化工工厂有限公司总经理、田家炳基金会董事会主席；2018年7月10日上午，田家炳与世长辞，享年99岁。资料显示，截至2018年7月，田家炳在中国已累计捐助了93所大学、166所中学、41所小学、约20所专业学校及幼儿园，捐建乡村学校图书室1800余间、医院29所、桥梁及道路近130座，以及其他文娱民生项目200多宗。

说到田家炳和自己的母校，段晶很动情。

这所中学有一个文理尖子班，是那时学校的一个特色。段晶属于踏实苦学型学生，中考成绩不错，高一开学就被分到了尖子班。竞争激烈的高中三年，培育了她性格中"不服输"元素。

段晶至今记得高三一次物理模考完，看着不及格的成绩，当即在课堂上眼泪狂流，弄得帅气的男老师不知所措。

2004年，高考填志愿，听邻班语文老师说："编辑挺好，收入可高了。"简单的一句话，稀里糊涂的理解，就将段晶指引进陕西师范大学编辑出版系。于是，理科女变为一个纯正的文科生。4年大学生活，受陕师大"厚德积学励志敦行"校训的熏陶，务实成分深入骨髓。

2008年，奥林匹克运动会在北京举办，怀揣着"要看奥运会"的梦想，段晶大学毕业来到北京，成为北京某图书公司的一名少儿图书编辑。近两年的工作经历虽短，但认识了一批来自祖国各地的才子佳人。北漂相聚的理由

石竹花开
——闽宁镇的春天

千万个,大家一个共同的特点是内心都怀有一份不灭的梦想。而公司"千锤百炼、反求诸己"的企业文化,也不知不觉地影响了段晶对待工作与生活的态度。

看奥运的梦想没实现,倒是看了场残奥会,也算是了无遗憾。2010年离开图书公司回到银川万达公司,遇到银川地产商界的第一批精英。万达广场筹备期是炼狱般的生活,对人的毅力耐力体力都是相当的考验。这段经历,段晶说,培养了她良好的职业素养,提升了三观。尤其对"工作"有了重新的定义,那就是:工作,不是谋生,而是生活。

2011年4月,段晶母亲说:"考个公务员好嫁人。"段晶戏言:"对于在回族中已算大龄剩女的我来说,听老妈这么一说,就爽快地答应报了名。"本是讨母亲欢心的应付之举,她却幸运中榜,成为一名基层扶贫工作者。时间飞逝,一晃10年光景。春来秋去,人来人往,段晶经历了四任领导,多位同事。

本想再和她聊聊这么多年她在扶贫工作中经历的事和人,但是话题还没打开,她的手机铃声一个接一个响起。为了不影响段晶工作,我请她将这些年扶贫工作的感受写成文字,毕竟是科班出身,她会完成任务,某夜,我记得是凌晨2点多,微信里收到了她的文稿,题目是"写给自己的一封情书",中心思想四个词八个字。开篇她这样写道:

这是对青春的一份纪念,也是个人心灵成长的一份自述。假若有缘,你看到了,也有一丝欢喜、感动和思考,那我万分幸福。

我认真消化整理了这封特殊的"情书"。

第十一章　写给自己的一封情书

我们

情怀，不能吃也不能喝，但它却像种子一样，长在一些人心中。

1. 常学明书记和史建春主任。

常书记，是我到扶贫办见到的第一人。他瘦瘦的脸庞上戴着一副眼镜，眼镜后一双眯缝眼，说起话来很随和。他向我详细地介绍了扶贫办的工作职能，从他的介绍中，我第一次知道闽宁镇和玉海、福宁、园艺、武河、原隆、木兰六个村。说实话，当时的反应是，这些村名听着真奇怪。因为生疏，所以没有多问。

史主任那时每天都在下乡，刚开始都是电话沟通，第一次见面，是他带我去看闽宁镇武河村16组的产业——灵芝和菌菇。他话不多，一口永宁"土"话，身材魁梧。闽宁镇领导干部见到他都非常热情。我悄悄地问司机张庆龄大哥："史主任和这些乡镇干部天天见，每次都这么热情，他们也不烦吗？"张哥嘿嘿一笑，好一会慢悠悠地说："魅力大呀。"是的，在史主任和常书记这对"完美搭档"的带领下，2011年和2012年永宁县的扶贫工作在全区考核中名列前茅。

2013年人事变动，常书记和史主任都调离了扶贫岗位。

2017年，常书记因车祸不幸去世，至今想起，脑海中回放的，不是他夹着公文包匆忙下乡的身影，就是在电脑前写材料打电话核对数据的场景，还有他温暖的笑容。

现在史主任每每见我，第一句话总是："最近干得咋样？"第二句就是"你娃娃，年轻着呢，好好干！"这，就是他，实在、直爽！

后来又经历了两任领导。2019年4月，李海宁主任上任，正好赶上今年脱贫攻坚战全面收官的紧要关头，面对剩下难啃的"硬骨头"，他像个陀螺一样带着大家转起来。永宁县各个乡镇各个劳务移民点，随时都能见到他的身影。记得疫情期间跟随他走访胜利乡黄羊滩兜底户何秉英家时，了解完生活、养殖情况后，出门已经走了好远他忽然说："不行，得回去，我看他家米不多了，疫情还严重，羊也卖不掉，俩娃呢，吃饭不能成问题……小冯，把我们车后面的米和面给搬过去。"就这样，我们又折回去，当何秉英看到我们抬着米和面进了院子时，愣了半天没有反应过来，看门的大狼狗叫了两声不再叫唤。我本想拍张照片写篇宣传稿，但被李主任拦下，他说："这个不用拍，都是正常工作。"前两天，在富原劳务移民小区物业办公室，一进门，看到他一边叮嘱工作人员核查数据一边修改材料，发黑憔悴的面容，看样子，估计又是一夜没合眼。

2. 驻村第一书记刘晓磊和田鹏。

"赠人玫瑰，手有余香。"这个以前看着高大上的句子，用在刘书记帮助建档立卡户王对虎的事情上，却再贴切不过。

刘晓磊，闽宁镇武河村扶贫驻村第一书记。他说："帮助别人，可以收获到快乐，特别是在你的帮扶下能改变一个人、一个家庭的时候。"我点头，感同身受。王对虎，个子很高，有一米八左右。2013年，王对虎带着父亲（聋哑）一直在内蒙古打工，完全处于失联状态，再回到武河村时除了父亲，还带回来了一个残疾老婆（侏儒症，且精神失常）和儿子。2019年5月，在入户走访时，刘书记第一次见到王对虎，面对这个整天窝在家里酗酒、打老婆、不出去打工挣钱的七尺男儿，他深深感受到压垮一个人的，从来都不是贫穷，而是放弃。刘书记说，他懂得这种放弃的背后是一种努力后依旧无法改变现状的无奈。6年的打工生涯，并没有让王对虎积攒下什么钱，除了多了一两张嘴吃饭，生活并没有变得好起来。废弃多年破旧的房子、年事已高的父亲、6岁依旧不会说话的儿子和什么忙也帮不上的身残智也残的媳妇，全家人都依靠王对虎生存，而王对虎却没有任何依靠，生活压得这个一米八的大个子抬不起头，喘不过气。

第十一章 写给自己的一封情书

"没有看不起,更不是可怜这个比我大8岁的男人,除去我自身帮扶脱贫的责任,更有一种想法,换作是我,我也可能被压垮,也有被帮一把的需要,那时候只有一个念头,就是帮王对虎重新站起来,帮这家人改变现状,否则这个家庭就毁了。"

刘书记几次对我说,王家房子破旧,驻村工作队和村干部就帮王对虎申请危房改造翻建新房。他父亲王世西黑户20年,一直没户口,他们就帮着从老家重新办理户口并迁移到武河村办理低保。媳妇张梅没有劳动能力,也没有残疾证,他们就帮着从内蒙古临河将户口迁来,领着做残疾鉴定、办理低保。没钱给不会说话的儿子上幼儿园,他们就找幼儿园给减免保育费并发放学前教育补贴。找不到工作,他们就给王对虎申请提供公益性岗位。连居家的床、柜子、被褥、床单等一些简单的生活用品也尽量给予帮扶。王对虎酗酒打跑了媳妇,他们一次次帮着找回来,打架吵骂他们三番五次上门调解……

"一个难题一个难题地解决、倾尽全力的帮扶,换来的是王对虎眼里重新亮起的光和一家人脸上洋溢的笑容,换来的是他不再酗酒而是努力工作、重拾对生活坚定的信心,换来的是这一家人稳定的收入和生活的稳定、更换来他们对一步步实现美好未来的憧憬和向往。而在这一过程中,我也得到了一种被需要的感觉,肯定了自己的价值,获得了这家人的好感和友情,每次想到愁眉苦脸的一家人因为我的帮助而喜笑颜开,我也会受到感染,从内心深处泛起快乐和愉悦。"说到这,刘书记情不自禁地笑起来。"助人助己",这就是扶贫人最简单的一份满足。

田鹏,因为工作出色,2019年由木兰村驻村队员被任命为玉海村扶贫驻村第一书记。印象中,爱说爱笑的他人缘极好,似乎自带光芒,到哪哪亮。疫情期间,居家隔离的台账和档案整理成为闽宁镇各村学习的样本。为确保玉海村村民不信谣、不传谣、不恐慌,他和村"两委"启用村内学校、清真寺9个大喇叭,全天候滚动播放《致全镇群众的一封信》《致全县广大干部职工和居民朋友的一封疫情防控法律风险提示信》这些宣传音频,还通过微信、张贴海报宣传防疫知识。但是,基层群众可没有这么听话,一到晚上很多人就特爱从小路去其他村子乱走,更头疼的是玉海东3组还有个"闲话台",群众没事就爱在那聚集打牌聊天,疫情期间照样有人在那儿不戴口罩说闲话。为了解决这个问题,他和村书记王剑祥两人每天三次到"闲话台"进行劝返,劝返的次数多了,时间久了,群众提高了觉悟,"闲话台"真闲下来了。疫情稳定后复工复产,他把带动村民就业增收作为工作重点。

玉海村支部建设一直跟不上。从2017年以来连续3年被定为软弱涣散村党组织,干群矛盾十分突出。怎样让村部成为群众有事没事爱来转转的地方?他想了很多办法,但最有效的是他在"爱心积分超市"里引入快递业务。每天来村部取快递的群众一两百人,人来车往,好不热闹。这项举措应该说是在全区首创。村干部和群众关系慢慢缓和融洽了。

怎样在村上发展特色产业,让群众在家门口就能打工赚到钱呢?为了实现这个目标,他和村两委拧成一股绳,四下撒网,积极引路,终于建成白萝卜和辣椒种植基地,将49栋第三代日光温室通过"转租企业和鼓励农户种植"方式立即盘活,同时,扶贫车间也建成了,引进的产业和入驻的企业越来越多,玉海村一天一个样,变化越来越大。田鹏周末也很少休息,有几次我见着开玩笑问他:"你也不想家?"他憨笑着,习惯性地摸一下头,回答:"回去待家里总感觉心慌慌的,惦记村上好多事,待不住还不如到村上来。"

3. 非遗传承可爱老人刘亚明老师

"刘姥"是我对刘亚明老师的爱称。去年我申报智库课题向她咨询我的一个大胆想法,她很赞成,说"将闽宁镇原隆村打造成一个国际化非遗生态基地是完全可行的"。

第十一章　写给自己的一封情书

说起刘亚明老师，时间还要拉回到2017年的夏天。记得第一次见她，扶贫办还在永宁县城。一天，她风风火火地来扶贫办找单位领导，碰巧领导不在，我接待了她。还没等我张口，她已自顾自打开话匣介绍起来，还拿出了手工"皮皮虾"给我看。大概40分钟，除了偶尔回应，我能做的就是微笑和点头。现在想起，依旧是当时的感受：这个奔70的老太太口才恁好，超级能说！后来，在永宁县扶贫办、旅游局和妇联的支持下，原隆村第一个扶贫车间建成，刘老师成立的宁夏昱嵘文化旅游有限公司被引进，她开始开办U盘袋、壁挂制作等培训班，我与她有了正式的工作往来。一辆三轮蹦蹦车，是她刚开始的创业伙伴。每天她从永宁县城到闽宁镇来回80多公里路，就靠这个老朋友。有次她乐呵呵地对我说："小段，你知道不，我昨天还骑着我的电蹦进了趟城。明天还要进趟城，我连个驾驶证都没有，你说我的胆子大不大？"在她身上，你感受到的是激情和快乐。有时，一段时间没有联系，还会特别想念她。这个本应在校园里教学、安享晚年的老人（她是银川能源学院非遗文化老师），因为热爱非遗，选择来到闽宁镇创业，在这片适合非遗扎根的土壤上，培养一批又一批移民妇女学手工、学女红。培训班开了，有的妇女一时兴起图新鲜来学了几天就打工挣钱去了，她就一个一个上门做思想工作，动之以情晓之以理，很多学员又回到了课堂；除了手把手教制作，还要教色彩搭配讲美学等知识，学员不识字，她就从认、写自己的名字开始教；产品会做了，她就带着学员参加各种各样的活动。桃花节、文化节等，教她们怎么卖出去，怎么在网上推销。在活动现场，手工产品是非常吸引眼球的，顾客主动上来问价，有的学员害羞不敢说话，也不敢主动介绍，白白错过很多单生意，她就观察每个学员的性格特点，教销售技巧，疏通女工的心理障碍。"传、帮、带、引"的"教学互融"方式，在她这里表现得淋漓尽致。

2018年，在刘亚明老师的带领下，学员们成功研创西夏剔花石榴、手鞠球、麻贴画、皮制耳环、银首饰、绳艺青蛙、壁挂枸杞等8个类型产品，被自治区旅委选拔参加了全国旅游商品大赛，获得铜牌1个、入围奖2个。程润莲、柯义莲、穆文芳等十位妇女被培养成为县级非物质文化遗产传承人。现在，扶贫车间里经常会聚集一群妇女，围桌而坐，说说笑笑，看她们谈笑风生，实际上正在"手舞世界"，生产着各种各样的手工产品。刘老师只要在，就会和她们一起干，遇到问题就地解决。

如今的扶贫车间，已成功创建"研学游"培训班，国际友人、党政干部、家长小朋友等纷纷慕名而来，接待培训过千人，不仅成为非遗文化传播的集散地，而且真正实现了移民们居家就业。蒙小宁，原隆村建档立卡户，就是居家就业中的一位。2017年胃切除后，她无法外出打工，家里的重活也干不了，全家8口人，生活重担全落在丈夫程栓有一人身上，为了给家里增加收入，她参加了扶贫车间培训，有空就到刘老师那把"活儿"拿回家，参加订单生产。有一天我去她家，她刚好做着"鞋垫"加工的活儿，瘦弱得连走路都不太稳的她，引我进屋，从衣柜里拿出包裹严实的鞋垫，说："做好怕弄脏，全都包好给车间交。"我问一个月做"活"能赚多少，她说："都是偷空闲时间做，能赚个1500元到2000元吧。"像蒙小宁这样的，还有很多很多。

4. 创业者马丁。

我接触马丁并不多，一直都是因为工作电话或微信与他联系。马丁，80后，西海固走出来的一位创业者，2018年，他在闽宁镇园艺村7.2公顷流转土地上建立了奶瓜种植基地，至今，带动了近十位建档立卡户劳动力就业。他与我是同龄人，下巴上留了撮胡须，很文艺范。与他的创业成功相比，给我印象深刻的却是新冠肺炎疫情刚暴发、口罩难求的那个关口，他在朋友圈发文建群义务为大家对接正品货源。刚好我那时通过和君商学院募集了2700元，要为闽宁镇卫生院捐赠一些防疫物资，可惜多方求助无门，一"罩"难求。在他的帮助下，总算是解决了此事。当听到闽宁镇基层防疫物品十分紧缺时，他说："那我再多捐点。"其实，这之前，他已经捐过一批。

和马丁一样，毕业后回家乡创业的还有园艺村大学生马列。他是宁夏工商职业技术学院的一位即将毕业的学生，也是一位"雨露计划"的受益者。疫情期间看到我朋友圈的发文，他以创办的奶青果（宁夏）生物科技有限公司名义，向生养他的家乡闽宁镇捐赠消毒片2箱，表达一份乡情。他说："我是雨露计划的受益人，我感恩党的政策，吃水不忘挖井人。"

现在，从闽宁镇走出去的大中专学生越来越多，而回来反哺家乡发展的也越来越多。在"雨露计划"补贴的160多位建档立卡学生的调研中，有回乡创业意愿的占三分之一。

他们

苦难，谁都不愿意经历，但若来了，谁能逃避？贫穷的外表下，他们，有着不被世人知晓的坚强、豁达和乐观。

1. 杜玉梅，武河村已脱贫建档立卡户、2020年兜底保障对象。每每说到杜玉梅，我的眼眶都会不由自主地湿润。她是一位生活的强者，而她的孩子，完全继承了母亲的美德。

杜玉梅，患有智力二级和肢体三级残疾，生活无法自理，尤其是饮食方面。她有四个女儿，大女儿和二女儿已出嫁到县外，都有自己的小家庭，平日里很少回来。三女儿和小女儿上中专，只能周末回来给她烙下一周的饼子，偶尔邻居会过来帮忙做一两顿饭。杜玉梅日常的吃饭问题就是这样解决。她的病情开始于2003年，也就是小女儿赵稳利出生的那一年，因为超生的缘故东躲西藏，月子里不慎中风，引发杜玉梅左侧身体瘫痪，后因其他原因造成头盖骨被揭。她说那时，只能斜躺着，透着脑膜可以看到里面的脑浆。2011年，在赵稳利8岁时，她的爱人又患肝癌去世。面对这种重创，她的压力巨大,生活的重担无人挑起,以后的日子怎么过,她不知道。更难的是内心的悲伤、无助,没有人可以诉说,也没有地方可以排解。为了缓解压力,她每天晚上等三女儿赵稳娟、小女儿赵稳利睡着,就会在村子外到处乱走。10岁的赵稳娟怕母亲想不开,就每天晚上悄悄尾随看护着母亲。这样的日子竟持续了一年。

当我问及"这些年,是什么力量支撑你走到今天"时,她忍不住泪如雨下:"如果不是为了孩子,早就不想活了。幸好有邻居照顾、村领导帮着,国家给我和娃补助。"

我和杜玉梅交谈时,赵稳娟一直都坐在旁边。我很好奇,问赵稳娟:"是什么力量让你10岁时那么勇敢,大晚上出去像个大人一样保护妈妈?"小家伙很腼腆,但眼神非常坚定:"我已经没有爸爸了,我不想再失去妈妈。"赵稳娟说,"姨,我毕业后想在武河村当个老师,照顾我妈。"我说:"当然可以呀,你回来村里肯定非常欢迎的。"其实,今年兜底保障工作中,村里将通过老年饭桌送餐入户的方式,解决杜玉梅的吃饭问题,还会派公益照料员每周来家里清洗床单被罩,打扫屋内和庭院卫生。我很想告诉赵稳娟,你应该展翅高飞,不要因为妈妈的吃饭问题束缚住自己的翅膀。但我忍住了,因为这是孩子自己的心愿,我不能过多干涉,我能做的就是将这些政策宣传到位,剩下的,就是孩子自己的选择了。当然,最令我难忘的是,小女儿赵稳利脸上那率性、开朗的笑容,是那么活泼、阳光,仿佛这生活的苦难并未降临过一样。

2. 戴晓霞,武河村生态移民,建档立卡户。38岁,育有三个孩子,2017年爱人因酒驾车祸去世,留给她十多万债款。三年来,她靠经营一家小卖部还账并拉扯三个孩子,被乡邻称为女强人。她说,在爱人出车祸的时候,一直不愿接受这个现实,总觉得他会回来。后来为了孩子,强打精神,白天经营小卖部,照顾孩子,晚上睡到床上就会无助地胡思乱想。小卖部只能维持日常生活开支，其余全靠政府补助。又当妈又当爸的日子，总有一些无法解决的事情，比如压埋水管、接电线等。当问及还想不想再寻个人结婚，她说："等孩子再大一些。现在提亲说媒的人很多，但不想凑合，遇到合适顺心的人再说。"面对困境，一个女人独自顶着，成为孩子成长的一片天空。在闽宁镇，丈夫去世不急着改嫁的，太少太少。

3. 张英兰，玉海村建档立卡户，育有三个孩子。在大儿子18岁时，与丈夫离婚。婚后，因为在地皮上给自己盖房子遭到前夫的多次阻挠，匠人们不敢再给她做木工砖瓦活。为了把房盖起来，她逼着自己硬生生学会了下地基、砌墙、抹灰等各种技术活，像个男人一样盖起了属于自己的房子。为了供孩子上学，她什么活都干，凭着手艺，自己还承包工程，随着孩子成人毕业，生活渐渐走上富裕之路。现在，全家人的收入一年接近20万元。谈起过往，她很淡定，仿佛在讲其他人的故事一样。她说："受的所有苦，都是一心只为给孩子有一个家。"在女儿冯小花对家庭生活的记录里这样写道："她一个女人家，没上过学，一个大字不识，干着男人干的活，拼了命地打工挣钱。也是国家的扶贫政策好，每个月都能领几百块钱的低保，我们上大学都是助学贷款，学校里面也都有贫困生的补助，我们家也终于渡过了这一难关，现在盖了自家的房子，我和我哥也都毕业找到了还不错的工作，弟弟今年也要大学毕业，一切都在向好发展，妈妈也终于不再是愁容满面。"

4. 王富全，园艺村建档立卡户，一家四口，我是帮扶责任人。去年，妻子王女子腰椎有病住院，手术后得卧床三个月，刚好正值年后，又到了出去打工赚钱的时候。王富全会很多手艺，因为要照顾妻子，不得不留在家。我去入户看望时，他不无惋惜地说："要不是照顾她，我又能承包一个活干了。"虽然这样说，他每天贴心地照顾爱人，那种尽心和细致，让我心生感动。像他这样的男人，在闽宁镇，真的少见。现在，王女子身体恢复了一些，为了改善他们家庭状况，村里给王女子申请了一个公岗，照顾孩子同时，每月能有一个固定收入。王富全的手很巧，照顾王女子那段时间，自个儿把家做了简单的装修，原来简陋的家变得温馨多了，现在，在村、镇、县的帮助下，家里的生活越来越好，孩子的成长环境也好了很多很多。

思考

贫穷，是一个世界性的问题。贫困人口致贫原因错综复杂，并且贫困的原因也不尽相同。与很多地方一样，永宁县贫困人口普遍缺乏文化和生存技能，还有一些是因病因残因灾因学因缺劳力缺资金造成。在所有的致贫原因中，因病因残占到50%的比例。残疾人，本身就是弱势群体，但是在这个群体中，还有一类更加弱势的群体需要得到关注。那就是精神残疾病人。根据永宁县残联2020年5月数据统计：全县残疾人口7 453人，其中精神残疾人员714人，占全县残疾人口9.58%；一、二级残疾人2 799人，一、二级精神残疾人551人，占全县一、二级残疾人的19.6%，随着生存压力加大，这个比例还将会不断上升。在今年落实兜底保障工作的过程中，我走访到一些多残户深度贫困家庭，与他们的交流中，找寻到一些原因。一是因为家庭贫困，男子没有经济条件娶妻，只能找精神失常或有智力缺陷的女子为妻，通常这种女子女方家不要或者所要的彩礼非常少。比如上文提到的王对虎，据本人讲述，当时因为穷，娶不起媳妇，妻子张梅家里条件也不好，王对虎看着张梅虽然残疾，但是不影响生活生育。两人就好上了。二是因为"无知"。过去农村结婚多是父母之命，媒妁之言，见一面看上眼或者相处几天就结婚，对于对方乃至家族的身体健康状况没有做过深入的了解。而就是这种"无知"、无视，为日后生活的困苦埋下了隐患。王对虎说，刚开始相处时妻子张梅各方面都很正常，后来慢慢地发现有时候会精神失常，一个人坐那就拿着剪刀，看见布料衣服之类的就剪碎。孩子也是她主动要的，但是自孩子生下来到现在,张梅很少主动亲近孩子,孩子6岁了,很少开口说话,已经出现自闭症倾向。三是因为遗传。国内外大量精神病的遗传学研究表明:精神病的发生与遗传有关。双亲患精神病的子女终生患病率为46.3%,双亲之一患病时子女终生患病率为16.7%,精神病患者兄弟姐妹之预期危险度为10.1%。从精神病的家谱调查资料中发现:精神病患者家属的患病率比一般人的患病率高6.2倍,精神病患者与健康人婚配,所生子女中患精神病概率为16.4%,男女双方均为精神病者所生子女患精神病概率为39.2%。四是源于家庭与社会环境的压力导致。在心理学研究中,每个人体内都带有精神病患病的因子,贫困人口,所承受的精神、经济压力更大,加之缺少诉说、缓解的途径,长此以往,就会容易诱发精神病。尤其是在已有精神残疾病人的家庭。比如:闽宁镇福宁村建档立卡户牛吉庆就是这样一个案例,他本人健康,妻子患有精神一级残疾,由于长期照顾妻子,精神、经济压力过大,牛吉庆后来也成为精神二级残疾。

虽然我们现在构建了多元的社会保障体系,将贫困人口纳入医保、低保,进行技能培训、支持其子女就学,提供扶贫小额信贷、购买扶贫保险等,通过一系列的干预措施,取得了非常显著的扶贫成效,但是,面对贫困发生的动态性,在巩固现有脱贫成效的同时,如何预防新的返贫因素发生?我想,心理健康是需要给予重点关注的一个方面。一来这是以人民为中心的发展模式所追求的中心目标。心理健康是身心健康的重要内容,是人口素质的重要指标,关乎人民自身福祉与经济社会发展。二来这是社会安全稳定的基石。"健康的身体不健康的心理",犹如一颗隐形炸弹不知道何时会爆炸,酿成严重的后果。北大学生吴谢宇杀母案、宁夏301公交纵火案、贵州公交车坠水案等,都是活生生的事实。三来这是减少贫困代际传递的一种有效方式。在我负责"雨露计划"补贴工作与建档立卡家庭学生互动时发现,他们中的一些人对贫穷更多怀有的感情是憎恨,而并非我们认为的感激。很多孩子因为家庭的贫困形成了自卑、缺乏自信、沉默寡言的性格，这对于孩子融入社会、找工作、与人沟通交流都会形成一定的阻碍。甚至，有的孩子过早地承担起家庭的重担，厌学乃至有自残行为。当然，我更想说明的是，如果在心理疾病预防上采取相应的措施，那么王对虎的儿子、牛吉庆的女儿或许可以得到有效的干预和治疗，能够拥有一个健康的心灵和自我调节愈合的能力，相应地，是不是就减少了新一轮的致贫风险呢？

怎么实现心理健康的预防和心理疾病的干预和治疗呢？在全国心理专业人才匮乏的当下，仅仅依靠政府部门资源是远远不够的，需要搭建一个大的心理健康平台，整合社会资源，形成资源合力和联动机制。比如乡镇卫生院开设心理咨询门诊；高校、社会心理咨询师定期公益入户对贫困人口尤其残疾对象开展咨询服务和心理疏导；家庭教育指导师和婚姻情感咨询师定期对移民妇女开展公益讲座；就业技能培训中将心理健康教育作为必备培训内容之一；举办贫困家庭大中专学生求职规划和减压交流会等。或许，这些一点一滴的努力能够逐渐改变移民固有的思维认知，形成一道"志智相生"的生命力屏障。

独白

10年的扶贫工作经历，悲喜欢乐交织，如若说情怀能支撑我们面对一切艰辛付出，肯定是一句假话。但若没有情怀，肯定是干不了这项工作的。像我一样奋战在扶贫一线的女干部还有很多很多，我，只不过是一个缩影而已。有时，长时间的加班、远距离的路途及超负荷的工作量，会让家庭和生活陷入难以平衡的状态中，加上身体的严重透支和一些不如意，想过放弃；或者想，"算了，别这样认真，完成工作"就好，但是"良知"和"知行合一"的价值观不允许自己这样做，身处的岗位职责也不允许自己这样做，一

第十一章 写给自己的一封情书

件又一件未完成的工作也不允许自己这样做。脱贫攻坚，利国利民，关乎国家发展的大战略，今生有幸参与这份伟大的事业中，是一种幸运。就像在纪录片《决战脱贫攻坚——最后的硬骨头》里，四川省脱贫攻坚办主任降初所说："如果共和国成立100周年的时候，中华民族伟大复兴的时候，我们再搞一次成就展，脱贫攻坚战和消灭绝对贫困，肯定应该是其中的一个第一，那个时候，我八十多岁再去看一看，我就可以跟他们说，其中一个第一我参加过！"我想当我年老时，也会因这段经历而充满自豪，会因年轻时没有虚度光阴而欣慰。感谢我年幼但已懂事的孩子，能够理解妈妈每天的忙碌，忍受妈妈加班时从早到晚把你俩丢给电视机、一锅炒米饭吃一天的日子；感谢我的家人，给予我的各种理解和支持，让我有力量有能量在扶贫一线发光发热。今年，脱贫攻坚的阶段性使命就要结束，如果有机会，希望自己能够投入心理健康咨询这个领域，学有所用，用余生，在这个领域帮助到更多的人，尤其是妇女、儿童。因为我知道，贫困原因一部分源于经济，还有一部分源于"智和志"，而能解决的有效途径，是拥有一个健康的心理和对待事物积极良好的认知。希望能够实现。加油！

　　我是第一个有缘人，当我读完这封"情书"后，我想到段晶陪我到杜玉梅家，在与赵稳娟交谈时，那种母亲般慈爱的目光和传递给孩子春天般的温暖；我想到在王对虎家，王对虎的妻子，为了让我看到她的手指、脚趾不全，她甩掉一只鞋，把只有两根脚趾的脚伸到我面前时的可爱样子，而段晶对我施以抱歉的微笑，仿佛是她的姐姐在远方客人面前失了礼。当我已经离开王家几百米远时，段晶仍站在已经不怎么酗酒的王对虎跟前，仰头看着这个高大男人的脸，还在讲，还在讲，王对虎的老父亲和他的儿子一左一右站在阳光下……那天，是闽宁镇唯一没有起风的日子，王家门前那棵苹果树的叶子，在明媚的阳光下闪着一片亮光。

第十二章 都过去了

一

初见李花是在汉娜尚妃美容店。汉娜尚妃美容店是李花的店名。我当时也没有问过李花,这个汉娜尚妃既洋味十足又有古老中国元素的店名是谁起的,这会是一个连锁店吗?如果是,这个名堂就会有讲究,见李花之前,我甚至不想百度一下,因为我怕真是一家大公司连锁店,这会破坏我的遐思。我宁愿在这新兴的移民吊庄里,有李花这样一个读过中学的女人,自己起了这个名字,开了这样一家美容小店,这既是眼光,也是品位。

2020年6月5日下午两点,是我和李花约好的时间。在她的店里见面。我提前赶到,守时是我一贯的作风。

汉娜尚妃美容店在闽宁镇老街中心,那里谈不上繁华,但很热闹。这热闹来自老街是闽宁镇福宁村这条东西不足三百米长的一条商业街。街道不宽,杂货、五金、食品、小百货和水果摊全都摆在街面上。商贩们或坐或立,购物和闲逛的人在琳琅满目的商品夹缝中穿行。在汉娜尚妃店门口不足两米的地方,是一排排清真熟食摊,牛唇羊肝的味道十分诱人。

我刚走近汉娜尚妃门口,就从屋里飘出一股化妆品的味道,但这种味道在门口就被熟食的烟火味堵截了。两种味道在门口混杂,变成另一种奇怪的味道，这要看来客的目的是什么，买肉的一定闻到肉的味道，买化妆品的一定闻到醇香的味道。

走进店里，李花还没有到，只有一个女店员在店里看店。女店员还很年轻，皮肤黝黑而光洁，她似乎不爱讲话，但一说话就轻声细语。她说老板还没有来，请我稍等一下。

二

十分钟过后，从外面摇摇摆摆走进一个矮个子的孕妇，她真像一个企鹅妈妈。一开始，我还以为她是来买货的顾客，但她冲我笑，她一笑让我认出来了，原来她就是李花。

是当地作家朋友马凤鸣老师让我见一见李花的。马凤鸣老师与我同行，是闽宁中学的教师。李花是他的学生。当马老师听说我在寻找自强自立的移民女性时，立即表示赞同，同时表示愿意向我提供自己搜集的所有素材。

我曾做文学编辑工作多年，见过若干作家的头脑之大胸怀之小。至于文人相轻的故事在当今社会俯拾即是，虽然这千古遗风不伤大雅，但为同行击掌叫好的作家在相熟者之间并不多见。前一天，在闽宁中学见到马老师，大有一见如故之感。中午，马老师请我吃了闽宁镇最好的米氏籴面——我两次到闽宁镇，前前后后住了四十多天，几乎吃遍了各种小馆面，但就在旅馆对面的米氏籴面馆却一直没有进去过。非常巧的是，马老师几年前就把关注移民女性生存作为自主创作的唯一主题。饭后，马老师把这几年自己陆续发表的女性文章发给我——居然把没有发表的几篇文稿也发给了我。马老师说，他正在写长篇口述实录《我是闽宁镇的移民》，其中有一篇以自己学生为主人公的文章叫《老师，我走过的路疼得很》。我只听了一下这个标题，心一下子就热起来。同为教师，如果有一天我的学生告诉我说：老师，我走过的

石竹花开
——闽宁镇的春天

路疼得很，我一定会痛哭失声。我不敢想象是什么样的折磨让一个学生对老师讲出这样一句话。马老师说，如果有时间和精力，去见一下我的学生李花吧。我打电话给她说一下，你和她聊一聊，也是对她的鼓励和帮助。说着，马老师把李花的微信名片推给我。两个小时后，李花通过了我的微信好友。点开李花的头像，立即把我惊住了。这个戴着回民头饰的少女，阳光亮丽的笑脸哪里像一个把路走得很疼的人！我当天就调整采访计划，我急着想见李花。但我有意不让自己先读马凤鸣老师的文章，我想通过自己的眼睛认识这个学生。因此，除了李花一张美丽的头像之外，其他我一无所知。

李花在店里唯一一张美容床边坐下后，还喘着粗气。李花果然是漂亮的，皮肤细白，眼睛很大很美，虽然因妊娠满月使得脸有些胖。女人都是敏感的，见我这样打量她，李花说，实在不好意思，已经是预产期了，就这两天，这是我的第三个孩子。

我略微惊讶，李花也就二十来岁，居然是三个孩子的母亲。但转而一想，我先后两次来闽宁镇，像李花这样年轻的妈妈拖着三四个孩子甚至五六个的，一点都不奇怪。

可能料到我想什么了，李花说，头两个是女儿，但两个女儿不是一个父亲。

这让我吃了一惊，也是我没有想到的。"两个女儿不是一个父亲"这句话包含的内容太多了，作为一个年轻漂亮的女人，就这一句话，如何不是"走过的路疼得很"？我的心不由得一沉。从马老师那里，我只知道她是一个卖化妆品的老板，生意做得很成功，其他一概不知。来之前有好多问题要问，但是，看着坐在我面前的有着满月身孕的李花，我却什么也问不出口了。迟疑半晌，我决定什么也不问，就随便聊聊天，假如李花愿意说说心里话，就随便她说吧，说什么都行。

李花和我就那样默默地对坐着，我不说话，李花也不说话。气氛有点儿尴尬。偶尔，李花歪着头看着门外。门外的阳光炽热，街市摆摊儿的商贩被太阳烘烤着，时不时发出懒洋洋的吆喝声。

过了一会儿，李花像是自言自语地说：

"哎——现在都好了，都过去了。"

三

听到李花那慢悠悠的叹息声，我似乎有一种错觉，她的叹息和语气像极了一个饱经风霜的老妇，而不是出自这个年龄的少妇口中。我胡乱地想着，这时李花像是回过神来，她说，老师，您别看我年纪轻，但我的命太曲折了。我想马老师让您来，就是想听听我的故事。马老师写过一篇文章，他希望我有一天真正从过去生活里走出来。我有时想，当初要是听老师的话，今天的生活完成可能是另外一个样子。

我默默地点点头。这时，那位年轻的店员在李花耳边轻声说了句什么，然后递给我一瓶矿泉水，就知趣地走出店外。

李花开始了她的讲述。

李花说：我初中没有读完就不念书了。那一年我16岁。在我们西吉老家，女孩子找对象都比较早。我以为移民到这里，川区大了，世界也大了，这种被父母逼婚的事情不会发生在我身上。但是有一天，我妈妈对我说，有人给我介绍一个对象，家里条件很好，是川上的，媒人说婆家可以给我在闽宁镇上找到工作，并且，那个男孩儿是和我同在一个学校上学，只不过比我大两岁，他初中毕业就不念书了，当时在外地打工。其实我们不认识，我上中学那年他刚好毕业了。

当时，我并不愿意，但我们家里都赞成，尤其是我爷爷，他说，一个女娃娃念什么书，能认字就行了，找一个好人家比什么都强。我从小听爷爷的话，当时年龄也小，见家里都同意，自己也和他见过一回面，也算看上了人家，就同意了。

记得那是一个寒冷的冬天，我爸爸骑上摩托车去学校，很快把我的行李捆在摩托车上。爸爸说，既然同意了，就要按男方家的要求订婚结婚，所以不能再念书了。那天，我的几个好朋友都出来送我，当时心里很难受，我哭了。说真的，在学校我学习很好，在班里排前十名，尤其是语文，语文老师马凤鸣是我的班主任，他现在是很有名的作家了。当他知道我辍学的原因后，还去我的家里给我父母做工作，希望我回来念完初中。马老师说，以我的成绩，考上高中没问题的。上了高中，就可能考上大学。马老师还说，即使考不上高中，念完初中也行。那个时候我想，班里的同学都知道了我订婚的消息，老师也给我做工作，如果我再回去上学，同学们该怎么看我？一想到班里同学的目光，我也就没勇气再上学了。就这样，在八年级下半学期，父亲把我拉回家。

回家后，我左想右想，我又动摇了，我跟我妈说，我想反悔了。我妈说，婆家礼金都给了，怎么能不守信用出尔反尔？后悔以后，我就一个人偷偷地哭，但妈妈说，如果退婚，爸妈就丢了信誉，我也丢了名声。一想到爸妈因为我的事情没脸做人，我的心就软了。婆家感觉到我的动摇后，婆婆就经常来我家，给我买好吃的食品，买好看的衣服，一来二去，我想退婚的想法就打消了。

18岁，我结婚了。说起结婚，不怕您笑话，那时候，我和爱人还是两个孩子，都不懂什么是恋爱，更不懂什么是爱情，就那样懵懵懂懂地走在一起。结婚前几天，去商店买衣服，买完衣服，我俩走散了，再见面时，我都认不出他了。毕竟我们只见过几面，他一直在外地打工，我就在家等了两年。

说这些时，李花的眼睛一直看着门外，她似乎是对我讲述，又像是自言自语，完全沉浸在当时的情景当中。

我和我爱人结婚后，他就没有再外出打工。这时我们才开始恋爱，真的是人家常说的那种，先结婚后恋爱，我和爱人感情很好，从没有吵过架，他很疼我。说到这里，李花叹了口气，哎——都过去了。

四

我们很快有了女儿。女儿还有20天就要过一周岁生日了，这个日子，我这辈子都不会忘记。刚下过雨，上午我和爱人刚把园子里的苹果摘下来，准备下午去卖。中午吃完饭，他说和朋友约好了去钓鱼，说完他就骑上车走了。没想到，这是我和他最后的一别。他钓鱼的时候，鱼竿搭到高压线上。等我和他见面的时候，他已经躺在医院的太平间里了。当我来到医院太平间的时候，看见躺在太平间的人竟然不像我爱人。家里人都告诉我，那是我爱人。我好像做梦一样醒过来，再仔细看看，果然是我爱人。我觉得是天塌下来了，我扑在我爱人的身上，大哭起来，我觉得天旋地转，身上一点劲儿都没有。这种感觉，两年后再次发生在我身上时，我没有哭，好像已经没了眼泪。那时候，我爱人身上冰凉冰凉的，我喊他，他不说话，我摇晃他，他不睁开眼，就那样躺在那里。他的手脚都是黑的。后来，听我小叔子说，他哥哥把钓鱼钩甩在高压线上，他被电倒了，什么也没有说人就没了。

处理完后事，公家赔了六万块钱，我婆婆给了我两万，我哪能接这两万块钱！我公公婆婆儿子都没了，我还能分他们的钱吗？再说，当时，我就想，人都没有了，要钱有啥用，就是要了，我咋花这钱呢！那以后，我没有心情哄孩子，我每天不想吃饭，不想睡觉，就想那样躺在床上，不想睁开眼，孩子就那样在我胸脯上叼着我的奶头，翻过来掉过去。每天哭，吃不下东西，哪里有奶水，孩子吃不出奶水，饿了就哇哇地哭，我也和女儿一起哭，想起来那些日子，太难受了，真的，心都碎了，身体也碎了……

事情过两个月了，但我就是不能面对现实。我不想睁开眼，就想蒙骗自己，这一切都不是真的。我强烈暗示自己，一旦睁开眼，一切就都是真的了，爱人真的就消失了，就再也看不见他了……似乎只有自己闭上眼睛，还能闻到他的味道，听到他的呼吸，感觉到他的温度。

但是，现实就是这样残酷。我每天脑子里面想的就是，自己咋不死去，假如是自己死掉该多好。这种想法每时每刻都在我脑子里转，在心里转。我心想，就那样饿死算了。

五

李花讲到这儿，开始擦拭眼泪。我手足无措，开始后悔来见李花。是的，我要知道李花现在是预产期，我决不会来让她伤心落泪。但是已经来了，我更不忍心在此刻打断她，这痛苦的回忆，或许也是一种幸福的回味吧。

那段时间，家里沉闷得很。婆婆也是每天掉眼泪。就那样，三个多月，我公公看到家里的日子实在是没法过了。就想尽一切办法开导我。但我更加难过，因为我知道公公的眼泪也往肚里流呢。公公劝我说，日子总要过下去，你还小呢，你为了孩子也要振作起来，出去走走，不然娃咋活呢？听了公公的劝，我从某一天开始挣扎着走下地，走出屋门。下了地，人轻飘飘的，浑身没有力气，软得像一把棉花，但毕竟是站起来了。

爱人走了，我和女儿成了孤儿寡母，尽管婆婆公公对我特别好，我每天也和婆婆一起料理家务，但总感觉心里是空的，没依没靠。这种感觉只有经历过的人才会有深切的体会。

两年后，我再次回到娘家。但再也不是欢天喜地的一家人了。那时我还

第十二章 都过去了

不满20岁。我一直很奇怪，我女儿张口说话，最先喊的不是妈妈而是爸爸。女儿每天爸爸爸爸地喊，女儿每喊一声，我的心就揪一下，疼得很。在娘家，爸爸妈妈看我可怜，不让我干什么活，就让我好好照看孩子。那时候，我每天背着孩子，顺着大街走，我就想那样一直走下去。我不知道哪里是尽头，哪里才是我停住脚的地方。我每天像个游僧，像一具行走的尸体。那时感觉，天空白天黑夜都是灰色的，沉闷得很，有时明明是晴天，我却听见隆隆的雷声。

一年多的时间，我都走不出阴影。后来孩子也大点了，这雷声让人浑身颤抖，我似乎看到一身湿漉漉的爱人在我面前栽倒了……若不是抱着弱小的女儿，我几次都想自己了结生命。妈妈说，实在不行，你就出去干点啥吧，外出打打工，也好散散心。

我听妈妈的话。我想，我是母亲了，如果我不能坚强地活过来，女儿的未来在哪里？作为女人，不幸可以夺走我的爱情和爱人，但绝不能让不幸再次夺走女儿的母爱。我是读过书的母亲，如果连这一点也不明白，女儿就不会有希望了。

于是我去了永宁县一个造纸厂。造纸厂每天乱糟糟的，噪声也大，尤其是劳动强度太大，我身体受不了，三个月后，我离开那个厂子，走时，工资也没结完，剩下的工资我也没打算要。

离开造纸厂，我又去银川一家餐馆当服务员。我很喜欢那里的工作，虽然每天来吃饭的人很多，都是陌生人，但每天面对他人就觉得日子有了生气，再说，一起工作的服务员都是如我一般大的孩子，我有了伙伴和朋友。工作了一段时间后，我的心情渐渐好转。那时候，我挣钱了，我就回去看我婆婆公公和爷公公。每次去婆婆都会拉着我的手哭个不停，我也和她一起哭，婆婆实在想他的儿子。爷公公也曾求着我说："娃，只要我还睁着眼，你就不要嫁人。"我知道爷爷的意思，也理解爷爷的心情。他是想孙子呢，他看见我就如同看见他的孙子一样,他怕我走了再也看不见孙子了。

在我和我现在的爱人刚认识时,我爷公公去世了,老人临去的时候,我还去看望他。

我这命不好啊。我在餐馆儿刚刚打工两个多月,有一天晚上下班,在一个很大的十字路口,绿灯亮起时,我和两个伙伴正常过路口,一辆小轿车闯红灯,瞬间把我撞飞。

六

我昏死过去,后来听说,那辆车把我足足撞出二十多米远。等我醒来,妈妈对我描述,当时我的同伴也受了轻伤,我伤势最重。当时,正好一个下晚班的女记者路过那个路口,目睹了这场车祸,她报了警,打了救护车把我拉到医院。这个好心的女记者救了我一命,但我至今不知道她的姓名和单位。

我在医院重症监护室昏迷了19天。醒来之后,听我爸爸妈妈说,撞我的那个人,是一个小伙子,那天他和女朋友闹别扭,就去酒馆儿喝酒,结果酒后开车,才闯了大祸。那个小伙子的爸爸也和我爸爸一样,是开大车的,人家态度很好,说无论如何难,不管花多少钱都要把我的命救回来。我们都是穷人,家里也都没有多少钱,所以我爸爸也没让那家额外赔偿,就要求好好把我抢救过来就行了。

19天昏迷再醒过来,医生说这是奇迹。等我醒了之后,我一动都动不了,我的头上和全身都包着纱布,浑身疼痛,那时候我才知道,我的头骨、手臂、大腿、骨盆、眼眶多处骨折,最关键的是,由于头骨粉碎得厉害,怎么都无法完全补全复原。

李花说着,用手摸了一下头说,到现在,我的头骨还少一块呢。当时医院要用医用材料代替这块头骨,但我爷爷坚决不同意。他说,人终究会死,

第十二章 都过去了

按民族习俗,人的尸骨必须都是自己的骨头,就为这,我今天也没补上那块骨头。

我住院时,我的公公婆婆都来医院看我,他们看见我浑身缠满纱布,心疼得大哭。但是非常奇怪,从我醒来到知道可能终身不能完全康复,我没有哭过。我的眼泪好像完全哭还给死去的爱人了。

我又能下地了,但不能行走。全身像一把棉花,轻飘飘的像一缕风。但我没让自己再倒下去,我死死抓住门框。我看到三岁多的女儿静静地看着我,她眼睛里浸着泪水,却没有滚落下来。

出院后,我又回到我的爸爸妈妈家。我以为从此成为一个瘫子,再也不能走路了,这回我对生活真的失去信心。我妈劝我,我爷爷也劝我,我每天看到妈妈可怜的目光,看见女儿每天在我身边转,她不哭不闹,吃喝拉撒完全自理,有时还像姥姥一样给我喂饭,帮我擦洗身体,就连叫我都轻声细语。女儿的体贴和懂事让我又鼓起勇气,我每天拄着双拐练习走路。

记得那是六月天。院子里的杏都熟了,黄黄的结满了枝头。我就在院子里学走路,学着学着,我摔倒了,我妈妈跑过来扶我,我就不让妈妈扶,我说,我要自己走,妈妈看我那样摔来摔去,心疼不已,但我就是不让妈妈过来扶我。就这样摔了很多天,我终于慢慢迈开第一步,慢慢地丢了一支拐、两支拐。丢掉双拐那天,我特别高兴,觉得天好蓝呀,空气都是甜的,我抱着我妈哭,哭完了又笑。

身上的伤好了以后,我想,我也不能就这样在家待着,我怎么也得干点什么。那时我的一个朋友开店,也是卖化妆品,她给了我启示。就这样,我加盟了汉娜尚妃这个品牌的店,我去银川参加加盟店办学习培训班,学习美容和化妆品的知识。当时交了两万块钱加盟费,我回来后,我妈妈说,那是骗人的,结果我也动摇了,我妈妈带我去加盟店要钱,结果也没要回来。没有办法,我妈妈半信半疑又给我一笔钱,就在闽宁镇老街这儿租了这间房子。那时候,我爷爷又劝我妈,不用担心,即使是骗子,就算是交学费买教训吧。有主见的爷爷那时也认为,我不一定能坚持下去。爷爷说,等钱赔光了,我自然就回来了。

我去加盟店拉回五大箱子货,自己也搬不动,我就叫我的同学们来帮我的忙。从读书到经历两次生死,都是心理上的创伤,其实生活之路,我还没有找到路径。又没有开店的经验,就更谈不上经营了。第一批货卖完了,也不知道进货,就是进货也不知道进多少货,卖出的钱,都让我吃了,根本没有计划,到最后,我连进货的钱都没有,我妈就让我妹妹给我送钱,现在想来,我那时候有多么不懂事。

记得那是开店的第一个冬天,天气很冷,店里没有炉子,我自己晚上独自躺在店里这张美容床上,听着外面呜呜刮着大风,呜呜的,特别吓人。有时风大,刮得电线像狼嗥一样,直到现在,我听到这种声音还会心生恐惧,浑身起鸡皮疙瘩。有一次,我妹妹来了,摸着我冻得冰凉的手,哭着回去告诉我妈,后来我妈给我买了一个火炉子送来。想想那时,唉……都过去啦——

七

没有了丈夫,女人真就没有了依靠,就像浮萍。这些年我给娘家添了不少麻烦,总是靠娘家也不是办法,日子总要过下去,因为我有女儿啊。过日子,白天还好打发,但是一到晚上,难熬呀,每天夜里,脑子像过电影一样,想自己年纪轻轻,就经历这么多,心里太疼了,我就抱着被子半夜半夜地哭,直到把眼泪流干。冬天风大,刮得外面咣当咣当地响,我门口上面的招牌,经常会哗哗啦啦地被风刮掉,早晨起来看见别人家的招牌还好好地挂在那里,唯独我家的牌子被风吹得老远。别人家有男人,会把招牌安装得很

第十二章 都过去了

结实，我没有男人，就自己用铁丝随便一拧，不结实，风一吹就掉了。女人就是这样，男人在时，有什么事都不觉得，男人没有了，再小的事也成了大事。有时一件小事，在我的心里和眼里会无限放大，心酸呢。平日里，多亏了我的同学们，他们知道我的事情，都主动来给我帮忙，帮我搬货，帮我干些重体力活。那时，我的邻居，看我一个人，孤零零的，就让我和她一起住，这些人和事情到现在我想起来，心里都是暖的，就是这些人的关心和帮助，才有了我的今天。

开店的第一年，我几乎没挣到啥钱，我爸妈看着我着急，我爷爷又劝他们说，不要急，娃都把钱赔光了，她自然就回来了。

第二年，我好像突然长大了，我仔细研究各种化妆品的特性和使用方法，仔细研究顾客的心理，怎样接待顾客，怎样和顾客沟通，就这样，慢慢地生意就好转了。有了钱，我就买下了这家店面，生意也越来越好，回头客和固定客户很多。

现在我经常和我的大女儿说，让她经常回去看看爷爷奶奶，每到过年过节，我都会让她回去给他爸爸上坟点香，祭奠她爸爸。孩子很懂事，我和现在的丈夫已经结婚三年了，我们生了一个女儿，今年两岁。他对我的大女儿很好，就像亲生的一样，他也很疼我。唉——都过去了，我知足了。

八

不知不觉三个多小时过去，李花在给我讲她的经历的时候，很少看我，她的头总是扭向门外，目光就那样看着门口，似乎那个门口就像一块幕布。李花的思想和眼睛就像是放映机，把李花的过往都呈现在这块幕布上。也许，李花有时不愿意回忆，很想让这一切都没有发生，但一个人的经历怎么能会轻易地抹掉呢？

在聊天的过程中，李花的手机微信转账提示音不断，李花说，这些转账的，都是提前订的，只等过来取货。

李花现在的店里，货架上摆满了琳琅满目的化妆品，有多种品牌。李花说，现在已经不用自己再去拉货了，只需在网上看好，把款子打过去，快递和物流就会很快发过来，很方便的。如今的闽宁镇，非常出名，因为这是习大大最关心的地方。2016年7月，习大大来视察时，移民们像过开斋节一样喜庆。

这时，从门外进来一个小伙子，个头不高，但很壮实。李花介绍说，这是我的爱人。小伙子冲我点头笑了笑，然后转头出去，一会工夫抱了几瓶矿泉水进来，随手递给我一瓶。

一看面相就知道，这是一个憨厚的男人。说起妻子的预产期，有些不好意思地说，这几天太忙了，都有点忘了具体时间了。原来，李花和丈夫在商业老街最热闹的地方还开了一家卡拉OK烧烤店。疫情影响刚刚好转，生意很不错，每天晚上都要凌晨三四点钟结束生意，每天纯收入都会有一千元，所以对李花照顾少些，他说，李花很能干，也很坚强，对劳累和生活从来没有抱怨过。

又和小伙子聊了一会儿后，我问，知道这个是男孩儿还是女孩儿吗？年轻的爸爸说，做了B超，说是女孩儿，不管是男是女，反正我给孩子起名叫宇航，他说完，很腼腆地一笑说：我没有多少文化，也不会起名字，就觉得这个名字很好听，就起了这个名字，我说，挺好听的名字，叫起来很响亮也很上口。

我在想，这位父亲给自己未出生的孩子起名叫宇航，是冀望未出生的孩子将来像宇航员一样飞向太空，自由自在，无忧无虑地遨游吧。

我在内心深处深深地祝愿李花，尽管在她年轻的生命历程中，经历了如此坎坷和不幸，但我想，这是真主对她的考验，让她柔弱的肩膀更坚硬，让

第十二章 都过去了

她的内心变得更坚强,让她的生命变得更丰富。李花能有今天,是自己经过挣扎和奋斗拼搏得来的结果,也是党和政府,特别是马凤鸣老师和那些不知姓名的同学、好心人给予李花的无私帮助。李花是闽宁镇移民女性,她就是自强自立的代表,她的故事一定会影响她身边同样奋发向上的女性,一个又一个。

最后,不知是出于直觉还是想博取这苦命的母亲一时开心,我斩钉截铁地对李花夫妇说,你们不要信那个B超,我敢保证,这个即将出生的孩子一定是个男孩,请相信我,我从来没有看错过。

李花有些吃惊而且欣喜地看着我说:真的啊!那托您吉言了。

当我离开闽宁镇十天后,李花给我发来微信,告诉我她顺利生下一名男婴。李花说,比预产期晚生了一周多,按民间说法,晚生的孩子多半是女娃,但这个真的是一个男孩子。

感谢真主。哎——都过去了,好日子来了。

第十三章 有一个女孩曾经来过

一

有一个女孩儿,她从小就爱养丹顶鹤。在她大学毕业以后,她仍回到她养鹤的地方。可是有一天,她为了救一只受伤的丹顶鹤,滑进了沼泽地里,就再也没有上来……

走过那条小河
你可曾听说
有一位女孩
她曾经来过

走过这片芦苇坡
你可曾听说
有一位女孩
她留下一首歌
为何片片白云悄悄落泪
为何阵阵风儿轻声诉说

第十三章　有一个女孩曾经来过

还有一群丹顶鹤轻轻地轻轻地飞过

有一位女孩她再也没来过

只有片片白云为她落泪

只有阵阵风儿为她诉说

还有一群丹顶鹤

轻轻地轻轻地……

在闽宁镇，甚至在整个宁夏扶贫素材中，我一直不敢惊动一个人，她是一个女孩儿，有青春热血，有美丽容颜，更有感天动地的仁爱之心——最重要的是，她是一名自愿到宁夏支教的中学老师，她叫李丹，是福建省第八批赴宁夏支教教师之一。

1982年2月14日李丹出生在福州。2004年6月毕业于福建漳州师院物理系，同年8月进入福州第十八中学工作。2006年秋天，身为独生女的李丹瞒着父母，离开刚工作两年的福州市第十八中学，赴宁夏隆德县第二中学支教。两年来，她一边任三个班级的地理课，一边翻山越岭走访贫困学生，并自掏腰包为学生添置生活用品。在支教期满回到福建后……

从小成长在大城市的李丹，从来没有想到，西部山区竟是如此贫穷。她在日记里写道："我用一年的时间做了一件终身难忘的事，成为宁夏娃们的历史老师，告诉他们书本上的知识和大山外的世界。"（摘自2006年9月2日李丹日记）

二

王巧琳，这是西海固地区少见的有点儿洋气的名字，事实上，这个家住

石竹花开
——闽宁镇的春天

六盘山下隆德县凤岭乡于河村的农家女孩,也真如她的名字一样,灵秀、聪明、好学上进,她是隆德二中一名高一学生。

2001年,王巧琳的父亲王学忠,在山里给庄稼施肥时不慎滑进深沟,摔伤了腰椎和腿,从此卧床8年,吃喝拉撒都靠妻子协助。孩子还小,家里没劳力,贫困交加,一年四季,一家人用土豆蘸盐和白开水度日。村里人都为李霞这苦命的女人叹气,但又爱莫能助,那个年代的西海固,家家都强不到哪去。有一天,李霞因过度劳累一头栽倒在农田里。从学校赶回家的王巧琳抓着妈妈皲裂发青的手号啕大哭。她对妈妈说,不去念书了,再也不去念书了。虚弱的妈妈不同意,但王巧琳把书包锁进箱子,下午就扛起家具下田干活。

学校老师几次来家做工作。老师说,再坚持一下就高考了,以王巧琳的成绩,是有希望考上大学的。老师也答应一起想办法帮助王巧琳解决高考前的生活费用。但看着父亲王学忠在炕上长吁短叹,看着母亲李霞终日以泪洗面,王巧琳对家访的老师说:"我不是不想上学,可我见不得妈妈这样受苦,如果我再念书,弟弟妹妹的学杂费交不起。我已经念到高中,即使考上大学,家里这个样子,也读不起。而且弟弟妹妹还小,我已经快成年了,能干农活了,我应该帮助弟弟妹妹们上学。"最后,老师建议王巧琳好歹读完这个学期,这样也好争取一张高中毕业证。"这其实是老师的一个缓兵之计。"王巧琳日后回忆说。

就在王家艰难抉择的时刻,福州第十八中学支教老师李丹伸出了援手。

"当时李老师在隆德二中担任七年级3个班的历史教学任务,已经资助了一位初中学生。她从我这得知王巧琳的情况后,立即说服父亲,每月资助巧琳80元生活费。"

当年担任隆德二中德育处主任的李瞿鹭这样回忆。

第十三章 有一个女孩曾经来过

三

其实，王巧琳是高中生，李丹给初中带历史课，两人只见过两面。

王巧琳清晰地记得初次与李老师相识，是在2006年底的一次课外活动。王巧琳前面站着一个留剪发、戴方框眼镜、穿着牛仔裤的姑娘。如果不是别人介绍和听到李老师的福建话，王巧琳还以为李丹是不相熟的同级同学。

王巧琳说，现在想想，那天李丹老师是特意来找我的。因为她听说了我即将辍学的事情。

"李老师把我叫到一边。她说话柔柔的，像细绢一样有质感，人很活泼，她和我讲话，根本不像一个老师，而是一个姐妹和同学，就这样，我不知不觉把家中的困难都讲了出来。"

听了王巧琳的家庭情况，李老师对她说："从今天起，我爸爸就是你的资助人了，有什么不如意都可以找我们。对了，你以后就叫我姐姐好不好？我比你才大几岁。"

第二次见面，是2007年底。李丹老师将自己的一件毛衣、一件玫瑰红色的棉袄送给王巧琳后说："过两天，我要回福州了。"

"姐姐什么时候还来？"王巧琳紧握着李丹的手问。

"回去后再看吧。可能寒假后来，也可能再也不来了。但我们会常联系，我等着你考上大学的好消息。"李丹眯着笑眼说。

李丹回福州后，王巧琳连续给李丹写了两封信。信的开头都是"李丹姐姐见信如面"。2008年春节前，王巧琳在祝李丹新年快乐的信里夹寄了一颗西瓜味的水果糖。王巧琳说，这是宁夏生产的一种水果糖，有一种特殊的甘甜。

那时，王巧琳并不知道，李丹回到福州，很快查出了白血病。

李丹支教一年只回过一次家，节假日都用来给学生辅导功课和家访，还隔三岔五自己掏钱给困难学生买饭菜、买衣服。

四

2019年4月18日,福建省福州市李丹家里,她母亲周玉英从柜子里取出两本影集。母亲说,这两本影集在李丹走后前两年,不敢看,心痛得受不了。现在,老两口慢慢抚平了伤口,所以常常翻看。李丹父亲李圣康插话说,有时就觉着孩子没有走,她就在我们身边。

看着两位失孤的老人,任谁都不好开口询问李丹的成长经历。

李丹父亲主动回忆着女儿的点点滴滴,说到动情时,他从书柜里翻出一盒未开封的香烟,没抽几口,呛得眼泪流下来。

"李丹有爱心,像是天生的。她从小就懂得关心别人,同情心特别重。2006年8月得知学校动员教师赴宁夏支教,她报名去宁夏支教没有和家里说,如果她说了,我可能不同意她去。她了解我,所以没和我说。"李丹母亲周玉英坦言。

父亲也一样不知道。女儿支教手续都办妥了、准备出发前,李圣康才得知消息。

"我尊重李丹的意思。"在李圣康眼里,李丹独立、懂事,很少让人操心。

根据李丹日记记录,她每月都从自己工资中拿出一部分钱改善学生生活。李圣康对此印象深刻:

"李丹第一次从宁夏回福州后跟我讲,有一次她带着七八个学生去餐馆吃饭,有的孩子因为头一次下馆子拘谨得不知如何坐。这件事触动了她,她省吃俭用,攒钱给孩子补充营养。"

对于女儿的善意,母亲周玉英从来都是鼓励:"我寄给她的肉松、烤鱼片全被她分给了学生。我说你总给自己留一点吧，她说回家就能吃到妈妈的味道，还是让孩子们多尝尝。我就给她点赞。"

但是，最初女儿要李圣康资助学生，父亲不无顾虑。"女儿却说，如果我不资助王巧琳，巧琳就没书念了。我说，那你要跟人家说好，我们先资助她读完高中，再视情况决定能不能资助她上大学。"

李圣康说，因为家中并不富裕。女儿支教时，爱人周玉英已经下岗十几年，李圣康一人工作持家，他怕女儿向受助学生许诺太多，最后无力兑现。

"什么事情都要量力而行，这是我给女儿说的，但女儿不听，在资助贫困孩子这件事儿上，李丹态度特别坚决。"

李丹走后，父亲从遗物中发现了女儿的秘密。原来，2007年底女儿回福州后，马上着手联络青年志愿者，筹备为隆德贫困学生资助的项目。"如果不是因病情延误，她的项目可能会帮到更多的隆德山里娃。"李圣康吸了一口烟说。

五

刚从宁夏回榕那段日子，李圣康夫妇发现女儿特别容易疲劳，上楼气喘吁吁，还发现她身上时不时出现红点。夫妇俩以为，在宁夏生活近两年，可能刚回来水土不服，也没在意，就让女儿去皮肤科看看，女儿回来后说，没有发现异常。

一回到十八中的李丹，就忙于学校事务。又抽空到医院抽血化验，该取结果了，赶上学校一次全校大扫除，她顾不上去医院拿化验单，便让自己堂妹去取。

拿到诊断书，堂妹顺便找医生看，然后声音颤抖着给李圣康打电话。

诊断结果是急性淋巴细胞白血病。

"想不到,一生只关心别人爱别人的女儿,得病后得到了爱的回报。最让人难忘的是,女儿2008年1月住院,9月离世,整整八个月,她的男朋友一直守在医院,没离开过一步。"母亲周玉英说。

李丹的男友叫黄体民,黑龙江人。他的细心照顾感动了每个医生和病友。

更令人想不到的是,李丹病重期间,黄体民提出要和李丹结婚。

"主要想安慰李丹,想通过领结婚证的方式鼓励、守护李丹,让她病情好转。"母亲周玉英说。因为,李丹病友的遭遇让李丹看在眼里。

原来,有个姑娘和李丹同天入院,同住一个病房,而且就住在李丹旁边的病床上。她的男朋友头一天来探望,跟医生沟通了解病情后就匆匆走了,之后再也没有见到人。

李丹什么也没说。但黄体民却难过得不行。

"女儿也算有福了,她是在爱人的怀抱中离开的。"母亲周玉英对黄体民对女儿不离不弃充满感激。

由于花费巨大,家里的积蓄和黄体民存下准备结婚的钱很快花光了。"李丹刚发病的时候,每天两针就要1.1万元。后来新闻报道了李丹的事儿,闽宁两地发起捐款活动,如果不是社会各界的支持,我们家早垮了。所以我们相信世上好人多,我们也要做好人。"女儿经历的一切,让李圣康有了坚强和坚持的理由。

六

2008年2月5日,坐落在德隆县城东山坡上的德隆二中开学了。经过一个寒假的调整休养,学生们很快投入紧张的学习中。但就在这一天,八年级三个班级的学生突然得到一个不幸的消息,曾教他们历史课的福建支建老师李

第十三章　有一个女孩曾经来过

丹患了白血病。

这个消息是一个来学校采访的记者带来的。八年级的女生赵艳听了这个消息，怎么也不能相信。她不顾一切地跑到校办公室，请求借记者的手机给李老师打个电话，以便确认真假。当记者知道赵艳就是李丹最早资助的一个学生时，他替赵艳拨通了李丹的电话。但拨打两次，李丹都没有接听。记者建议赵艳给李丹发一条短信："李老师，我是赵艳。"两三分钟后，李丹回复说："我不方便接电话，卡里的钱要去查啊，好好学习噢！"赵艳眼含泪水发了第二条短信："李老师，听说你得了重病，是真的吗？我们好想听到你的声音。"一分钟后，李丹回复："我不能多说话，怕感染。你们放心，你们要坚强噢！"赵艳哭出声来。她请求记者再发一条："老师，您一定要战胜病魔。我们相信您一定会康复。相信您病好了一定会回来看我们。"赵艳不住滴落的泪水打湿了手机屏。"好的。放心吧。我想念你们可爱的笑脸。"赵艳后来说，她知道，此时躺在病床上的李丹老师，一定是哭着回复的，因为李老师最牵挂的是这大山里的学生们。

赵艳是李丹在固原资助最早的一个学生。

赵艳说，李老师在支教的近两年里，把所有的时间都用在学生身上。她的身影经常出现在学生宿舍的楼道里和自习课堂。在一条条通向深山的小道上，都留下了李丹老师的足迹。很多贫困学生家里都留下了李老师的笑声和眼泪。

一看王彤、马进花、杜亨通、辛沛四个学生生活实在困难，她一次每人资助200元。她又从全校中遴选出17名特别贫困的学生，利用星期天、节假日等空闲时间进行一一家访。

赵艳清楚地记得2006年秋天的一个下午，她和李丹老师一起踩着满山路的黄叶，欢欢笑笑地来到她家。但是，当李丹看到赵艳家的家庭现状时，不禁潸然泪下。

赵艳7岁时,父亲因车祸去世。姐弟三人与母亲相依为命。母亲靠自己耕种两亩地维持全家生活,还要供姐弟三人上学。2006年赵艳考上二中,虽然去上了,但赵艳觉得,因为太困难,随时都有可能辍学。就在这时,她的情况被支教老师李丹知道了。有一天李老师把赵艳叫过来说:"好好学习,其他的事不用操心,有我呢。"这对一个时刻担心辍学的女孩子来说,是多么大的安慰和鼓励啊!

李丹老师从到二中第一个月开始资助赵艳,每月100块钱生活费。她告诉赵艳,她会一直资助到她考上高中,只要赵艳学,她会资助赵艳完成全部学业。

赵艳说,直到李老师发病,已经资助她1300元。在李老师支教结束回到福州后,又几次寄来复习资料,每次考试后都要过问她的成绩。

七

王巧琳要晚几天,才得知李丹老师生病。"元旦前我还和李老师联系过,她勉励我认真复习,争取考上大学,怎么就一下得了这么重的病。"2月21日,已经上高三的王巧琳,得知老师李丹病倒了,她一下子泣不成声。急忙借记者手机朝有信号的山上跑去,她要给李老师的父亲李圣康打电话问个究竟。

"电话通了,但李伯伯骗我说,姐姐没有病,好着呢。没有办法,我将信将疑地给姐姐写信,信封里放上一块水果糖。我把这块糖想象成一粒神药,如果姐姐真的病了,吃了这粒神药病就会好了。"

"学校高中年级的学生,不称李丹为老师,都叫她姐姐。2007年李丹支教期满回到福州原单位执教,但她仍然惦记着隆德的山里娃。"二中李瞿鹭说,李丹回福州后,和隆德学生们的书信从未间断。

第十三章 有一个女孩曾经来过

《福建日报》2月24日刊发《一名年轻女教师的生命烛光》一文，报道了福州十八中女教师李丹，一边忍受着病痛的折磨，一边仍然牵挂着自己的工作和资助的两名宁夏学子的感人事迹，引起社会各界的强烈反响。

2月26日，福州市委、市政府在福州十八中召开学习李丹老师先进事迹座谈会，号召全市教职员工学习李丹老师爱岗敬业、无私奉献的精神。

连日来，许多群众自发前往医院看望李丹。省领导做出批示，要求全力救治李丹老师，通过资助、减免等渠道帮助解决医疗费用问题，并托人前往看望李丹，送上慰问金。

李丹老师的病情，牵动着宁夏、福建两地各界爱心人士的心，一笔笔捐款如涓涓细流汇向李丹老师。宁夏回族自治区党委教育工委、教育厅发来慰问信并送来爱心捐款；宁夏隆德县委、县政府送来慰问金1万元；福州市市属学校师生捐款24万元，其中福州十八中师生捐款14万元；省教育厅捐款5000元；福州市红十字会捐款5000元……截至2月28日，闽宁两地捐款已达28万元。

李丹已完成第二阶段化疗，精神状态良好，身体状况也有改善，正准备进行第三阶段化疗。一向乐观、开朗的李丹说，她一定能战胜病魔，不辜负大家的期望。据医生介绍，经过治疗，李丹的病情比较稳定，但要彻底根治，只有进行骨髓移植。

在准备第三期化疗期间，有人表示愿意接过李丹的接力棒，来资助王巧琳，但被李丹婉言谢绝了。她告诉父亲，帮扶贫困学生完成学业的梦不能让病魔带走，希望父亲继续资助王巧琳直到无能为力。说到这儿，李丹的父亲李圣康的眼眶红了："我们家人会尊重她的意思。"

"她就是这样，太懂事了！从小时候起，她自己的事情都是自己解决，很少让别人操心。"谈及女儿，李丹的母亲周玉英平静地说。

八

"在宁夏支教的日子里,我和李丹是家访的伙伴。每到周末,我们去家访时,看到那些孩子家庭的贫困,我们的心灵都会受到深深的触动。"王华说,李丹总是在想为这些孩子做点什么,常常把身上的钱悄悄地塞给那些学生,还常常请那些学生吃饭。

有一次,李丹请班上的贫困生王彤吃了一顿饭。"李丹给他夹了一块排骨,逼着他才肯吃。王彤后来说,那顿饭他吃得很饱,好久没有吃得这么饱了。"王华说,"虽然是一小碗饭和一块排骨,但李丹给孩子们的是无限的爱,让他们感觉到了老师的爱!"

其实,一到宁夏,这个"80后"女孩被西部山区学生家庭的贫困惊呆了。从那以后,李丹老师就隔三岔五地自己掏钱,为孩子们添置日常生活用品。家里给她寄去的肉松、烤鱼片等零食,她也全部分给了学生。

"李丹总说,很多孩子从来没吃过这些东西,看孩子们吃比自己吃更开心。"王华对来访者说。

"住院前,讲台上的李老师并未流露出病痛的丝毫迹象,她面带微笑,给大家轻松地讲解着课本中一个个知识点。记得当时,老师反复叮嘱我们要努力学习。我们谁也没想到,老师是在忍着病痛给我们上课,更没有理解老师说这句话的含义。"福州十八中高一(10)班的学生,说起李丹住院前为他们上的最后一节课,个个印象深刻。

"老师是不想让我们担心她的病情,影响学习。"高一(10)班的陈亦凡说。另一位学生陈宇婷告诉记者:"每当临近考试,为监督我们温习功课,李丹老师经常连午饭都顾不上吃。学生考试成绩不理想,李老师总是鼓励他们'人生的路是自己的,没有人会替你走完,一定要一步一个脚印地走'。"

住院后,李丹承受着化疗带来的巨大痛苦,但她依然十分坚强,对前来探望的学生,都报以灿烂的笑容,打出"V"的胜利手势。陈宇婷说,同学们第一次探望李丹老师时,老师刚刚做完化疗,同学们送上了大家亲手折的1001只千纸鹤和1001颗幸运星。同学们询问老师病情是否有所好转,李丹老师却转移了话题,叮嘱班上的同学:"年级办公室的钟坏了,马上要开学了,你们谁抽空去买一个换上。"

九

2008年9月26日,准备前往九江职业技术学院读书的王巧琳站在炕前欲言又止,最终吐出了一串字,声音很小,小得只有自己听得见。

父亲王学忠没听清,他用手肘撑着在炕上翻个身,趴在枕头上,摆手招呼女儿走近些再说一次。

"爸,资助我上学的李老师因白血病入院治疗已8个月了,我无论如何都要先去趟福州,看看她……"

女儿支吾着将看望老师的愿望重复一遍。没想到父亲答应得很干脆:"去,赶紧去,去一下对着呢,让你妈卖麦子给你凑路费。"

久病卧床的王学忠,并不知道福州在东南西北什么地方。还能下地干活时,脸朝黄土背朝天的他很少离开凤岭乡,一辈子也没踏出过隆德县。

但这个憨厚的农民知道,资助女儿上学的恩人得了重病,孩子去看望恩人的想法一定要支持。

"树活根,人活心。"王学忠说了女儿的意思,妻子李霞应了句"知道了",就开始从窖里往外搬麦子、搬土豆。这个山里的母亲同样知道,人要感恩。如果不是李丹一家资助女儿,她和丈夫只能眼睁睁看着女儿辍学成为事实。

王巧琳说，2008年9月29日傍晚，大雨倾盆，电闪雷鸣。

王巧琳收拾好行李，担心地望着窗外，希望翻越六盘山的要道不要封路。

前往福州的车票买好了，跟爸妈与李丹家人也说好了。打着伞冲进雨中的IC电话亭，王巧琳拨通了李瞿鹭老师的电话，她告诉李瞿鹭，明天会坐火车去看李丹。

电话那头默不作声，王巧琳"喂"了两声，依然没人回答。

十来秒后，听筒那端传来李瞿鹭老师的声音："你不知道吗？李丹已经走了。"

"走了？"王巧琳不敢相信自己的耳朵，她不愿意将"走了"和另外一个冷酷的词语联系在一起，于是大声追问："您说'走了'是什么意思？老师不是在接受治疗吗？"

"李丹不行了，去世了……"

像是被人从身后猛地推了一把，王巧琳感觉喘不过气来，趔趄着要跌倒。

"李圣康老师怕你和另外一个被资助学生无法安心上学，在李丹的授意下隐瞒了实情。我们也是去看李丹时才明白状况……"李瞿鹭声音哽咽。

憋了一口气的王巧琳终于哭了出来。哭声穿透"沙沙"雨声，隐没在一阵紧过一阵的沉闷雷声中。

回宿舍的路上，王巧琳没有打伞，她想让雨水把愚钝的自己浇醒。

当初在高考志愿栏，她填报了九江职业技术学院，一个原因是九江离福州相对较近，可以常常去看望李丹一家人。没想到……冷静一下，回想过去，她自责没有听明白善意的"谎言"。

王巧琳终于确定李丹病了，是在新闻广播中听到的。之后她只与亲爱的李丹老师通过一次电话，即使这一次，李丹还是勉励她努力复读，争取考上

第十三章　有一个女孩曾经来过

更好的学校。以后再通话，都是李圣康和李丹男朋友黄体民接电话，说是为李丹身体考虑，说化疗进展顺利、康复进展顺利。

"我怎么就能信以为真了呢？我太对不起姐姐了，我太笨了……"

那一夜，王巧琳一分钟都没有睡，初次相遇时李丹的温暖笑容不时浮现在她眼前。

当然，她也想起李老师与她告别时说的"可能再也不回来了"这句话，难道，李丹姐姐那时就知道自己得病了？这样想着，泪水像决堤的河水，怎么也控制不住。

十

李丹在离开宁夏前，一语成谶，真的再也不回来了。

王巧琳手里握着火车票，一时无法决断。姐姐走了，去还是不去？去，如何面对姐姐去世的现实？不去，票已买好，姐姐一家人都在等她。

王巧琳最终决定去福州。一路上，王巧琳想象了无数种见到李丹的画面。可当她赶到福州时，李丹已经火化了，在她面前的只有一个方方正正的骨灰盒。她怎么也无法将自己美丽的姐姐和面前这个没有温度的盒子联系起来。

李丹男友黄体民在打理李丹生前的卧室。遗物里，有个盒子专门装着学生们发来的信件。王巧琳流着泪翻看，发现自己寄去的水果糖安静地躺在盒子里。

"她一直说你乖，说这糖她舍不得吃。"黄体民安慰着不停哭泣的王巧琳。

但王巧琳却想，姐姐，如果你吃了妹妹这颗糖，说不定你就战胜了病魔，因为这颗糖是一粒神药啊……

石竹花开
——闽宁镇的春天

2008年10月2日,李家人带着王巧琳前往福州市闽侯县竹岐镇一处公墓,安葬李丹的骨灰。李丹沉睡的地方绿树环抱。李丹的墓碑上刻着"爱妻李丹之墓夫黄体民立"。

王巧琳哭倒在墓碑下。两年后,王巧琳与周玉英开始以母女相称。但称呼李圣康时,她只敢叫老师:"他看起来坚强,却没迈过心里的坎儿。我怕叫爸爸,会让他难受。"王巧琳果然善解人意。

王巧琳上大学,李圣康履行爱女的承诺,继续资助王巧琳3年,直到她毕业。

毕业后,王巧琳多次前往福州看望李圣康夫妇。

王巧琳准备嫁往山东烟台。2014年结婚前,王巧琳带着未婚夫庞涛来到李家。老两口听说巧琳大喜的日子将近,早早准备了一枚黄金戒指,一个鳄鱼皮箱。按福州习俗,闺女出嫁时,都这么备置。

王巧琳很幸福:"福州妈妈已经把我当作自己的孩子了。"

怀孕时,王巧琳去看望老两口。李圣康递给巧琳一个600元的红包。周玉英则拿出准备好的婴儿衣物,大包小包铺了一床。她搂着王巧琳,摸着她的肚子向胎儿叮嘱:"你妈妈可是不容易呢,你照顾好自己,就是照顾好了妈妈。"

2015年,王巧琳带着母亲李霞、丈夫庞涛和女儿再次来福州看望李圣康夫妇。返程前一天,老两口非要塞给王巧琳1000元。拗不过老人,王巧琳就收下了。

机场送别时,李圣康抱了抱王巧琳:"好孩子,我算是没白疼你。"一句话,让王巧琳心中五味杂陈,其他人的鼻子也酸酸的。

飞机一落山东,王巧琳就给李圣康打电话:"您疼我的心意我明白,但钱不能再从您这拿了,我会多多孝顺您和妈妈的。"

放下电话的李圣康,按照王巧琳的提示,找到了电视机下老两口塞给巧琳的钱。

李霞回家后,把王巧琳的懂事说给仍然卧床的王学忠听,王学忠非常高兴。他总叮咛巧琳,要多孝顺福建的爸妈,哪怕过年的时候少回宁夏一次,多去福建一次,也是应该的。

2017年,周玉英因为静脉曲张再次手术。王巧琳知道时,手术已经做完了。她想去探望,周玉英不让:"年轻人在外工作不容易,好好打拼别分心。"

周玉英知道,王巧琳和丈夫打拼5年才贷款买了房子,她想给孩子省下每一分钱。

"每次老师和妈妈都是报喜不报忧,为我们考虑。"提起无法在福州陪伴老人的无奈,王巧琳红着眼许下心愿:"我和老公努力工作就为打下基础,以后能常常陪伴在他们左右。"

十一

这些年,王巧琳不但成了李丹母亲的干女儿,李丹丈夫黄体民的干妹妹。毫无血缘联系的三个家庭,因为李丹的无私奉献被紧密联系在一起。

遗憾的是,黄体民从未牵着李丹的手步入新婚殿堂。

2008年5月,李丹接受来自河北的骨髓干细胞移植,病情有所好转。7月,黄体民跟李圣康商量,希望可以借用李家户口本和李丹的身份证。

李圣康问他要这些做什么,黄体民开始支支吾吾,后来道出实情。他想在2008年8月8日那天和李丹领结婚证。

领结婚证必须本人到场,而李丹正躺在重症监护室的病床上。黄体民向妇联、民政等部门的工作人员说明情况,工作人员同意特事特办,但证件和申请资料不能少。

"别人知道这类事情,跑都来不及。你知道李丹的实情,还要领结婚证。"感动之余,李圣康劝黄体民三思后行:"医生说李丹希望不大,你也听到了。如果刚刚结婚,就变丧偶,你怎么办?"

黄体民的回答坚定直接:"李丹就是明天走了,今天我们也要把结婚证领了。"

李丹支教期间,黄体民在福州一家公司搞建筑预算,存的钱本来准备结婚,最终都花在了给李丹治疗上。

2008年8月13日起,李丹病情突然陡转直下,排斥反应日趋强烈。9月不幸去世。

刻骨铭心的爱情骤然停滞,生死之间竟如一张透明的幕布。

黄体民是黑龙江人,李丹去世后,他为了照顾李丹的父母留在了福州,三年没找女朋友。

李圣康说:"有一次他来看望我们,接电话时急匆匆走进另一间屋子,听动静应该是他哥哥或姐姐打来的。他让对方多操心东北老家,说自己要照顾福州这边的爸妈。"

2011年,王巧琳前往福州看望李圣康夫妇,老人让王巧琳劝黄体民再找个伴侣。王巧琳和黄体民吃了两顿饭后发现,黄体民三句话不离李丹的父母。

到了李圣康家,王巧琳宽慰老两口:"现在劝黄体民没用,随着时间推移,他自己会想通的。"

自那次后,王巧琳开始把黄体民唤作姐夫。

黄体民和牙科医生王君恋爱后,如实将自己与李丹的故事说了出来,还带王君去李丹墓前祭奠。

两人结婚后,王君和黄体民一起照顾李丹父母。如今,他们每周六都带着孩子看望老两口、操持家务。

"第一次见到王君,她就很关照我们。她说,以后她和黄体民就是我们的子女。她也是这么做的。"李圣康说。

2014年,王巧琳和黄体民夫妇一起到福州附近的景点旅游。王巧琳问黄体民,以后有什么打算?

黄体民说,他和王君曾想回东北老家发展,但为了照顾李丹父母,他们放弃了这一想法。

滔滔闽江水,巍巍六盘山。任由时间以日月为刻度铺陈向前,闽宁协作血浓于水的真情永远不会被遗忘。

李丹,这个闽宁两省区的好女儿,她就是《一个真实故事》里丹顶鹤和女孩儿的化身。

如果每个故事可以点亮一盏心灯,八闽同胞驰援宁夏亲人的事迹多如星斗,灿若银河。

第十四章 微笑的日子

一

当地驻军空军某部，是二十多年前就进驻宁夏的部队。闽宁吊庄移民的历史，也是拥军爱民的历史。

2019年10月，为了实地了解驻军帮扶当地百姓如何种植甜瓜瓜，如何一对一帮扶建档立卡贫困户，我和段晶老师召集园艺村10个村民开座谈会。

那天来开会的，除了一个身体残疾的中年男士，其他都是女性。丁秀丹那天怀里抱着一岁多的小儿子，手里牵着五六岁的大儿子。

她是座谈中最年轻的母亲，她眉清目秀，皮肤红润，特别是她满脸的笑容让人怀疑，这是一个特殊困难家庭的主妇吗？

村干部告诉我，丁秀丹的丈夫患有精神疾病。早几年家庭困难，是政府重点帮扶的对象。座谈会开了两三个小时，村民七嘴八舌地介绍部队如何帮助种、收、卖甜瓜瓜，唯独丁秀丹说话不多。她一直笑着听邻居说，为了证实邻居所说不虚，她频频向我点头表示，解放军好着呢！解放军帮了村民大忙了。

那天我很想去丁秀丹家看看她丈夫，可惜时间来不及。离开园艺村时，段晶也说，她家的情况，扶贫办都掌握，可惜一直没有见到丁秀丹的丈夫，因为丁秀丹说，丈夫过于敏感，弄不好怕再受刺激。我说，那就等下次来，一定想办法见一见。

二

2020年6月2日下午一点多，段晶亲自开车拉我到园艺村丁秀丹家。丁秀丹之前在电话里告诉段晶，已经做通丈夫工作，就打听园艺村8组88号刘军家就行。我们一路打听刘军家，丁秀丹早已等候在胡同口。

第一眼见到丁秀丹，和去年没啥两样，只是今天有所准备，换了一件大红色立领衬衫，领口下点缀着几颗白色人造珍珠，这给丁秀丹增加了几分时尚元素。从相见那一刻，丁秀丹就是一张笑脸。

三间瓦房，院落不大，水泥地面。走进东屋客厅，整洁明亮。屋里沙发上，只有丁秀丹的大儿子在看电视，不见她丈夫刘军。

我问，刘军不在家吗？

丁秀丹说在，因为是中午，丈夫在西屋哄小儿子睡觉。因为刚吃过药，可能也睡着了。

因为这次来主要想见一下刘军，所以，在段晶与丁秀丹说话间，我独自出来，轻轻推开西屋门。

西屋一张大床上，刘军侧身睡着，他一只手搭在小儿子大腿上，这爷俩睡得很香。

我在门口犹豫了一下，心想，如果不唤醒刘军，这一次又会是遗憾。于是我故意咳嗽两声。果然，刘军醒了，当他看见我时，迅速起来，他揉揉眼睛，向我微笑一下，随后轻手轻脚下床，和我一起退到门外——这微笑和怕惊醒孩子的举动，难道是精神有病的样子吗？

刘军中等身材，一件蓝白相间T恤，黑色短裤，趿着拖鞋。他第一句话就称我老师,这与其他村民不同,重要的是他的微笑与妻子丁秀丹很像,但他笑起来比妻子更有几分羞涩,还比妻子多两个酒窝。

刘军和我一同走进东屋,坐在沙发上的段晶好奇地打量着刘军。我当然知道此时她心里想什么。刘军向段晶礼貌地打招呼,称她为老师,说对不起,本来是哄孩子睡午觉的,自己却睡着了。说着,刘军扫了一眼茶几上刚刚切好的一盘西瓜、一盘葵瓜子和一盘麻花馓子——不大的茶几上几乎摆满了。他先递给段晶一块西瓜,又递给我一块,但我和段晶还没有心思吃瓜,接过后又都放下了。刘军见状,热情地说:"吃吧,是新买的,很干净,你们是不喜欢吃西瓜吗?"说着,从厨房里又拿出一个西兰瓜,利索地切好放到另一个瓷盘里。刘军把两盘水果尽可能地推到我和段晶面前,然后拉过一只小板凳在我们对面坐下来。

坐下来的刘军显出几分拘谨。他的眼睛一直在两盘水果和一盘葵瓜子上徘徊。见我们不吃,刘军站起来,从旁边的橱柜里拿出一把筒柱形瓷茶壶和两个配套茶杯,走进厨房哗啦哗啦地洗好杯子,沏了一壶有几颗枣子的茶。两三分钟后,一股特殊的茶香在阳光透射的屋子里弥漫开来。这时刘军又从厨房端出一个罐子,用汤匙挖两匙红糖放入茶水里,顿时,茶香中多了一丝丝枣子和红糖的甜味儿。

这把茶壶我在几户农家都见过,是宁夏回族自治区成立60周年的特制壶,按传统治壶工艺说,是描金青绿山水纹玉壶春形壶,器形美观,胎土细腻洁白。茶壶底部环印青绿山水,中部印贺兰山和黄河组合图形,图形下方黑体金字:"1958—2018宁夏回族自治区成立60周年";另一侧中部印黑体金字:"中央代表团赠,二〇一八年"。这把壶不论是造型、图案、胎土、制作,都很讲究。我没有问这把壶如何得来,但我知道,最尊贵的客人才能使用这样的壶,喝这样的茶。

刘军告诉我们,这是他家自制的八宝茶,也是宁夏南部山区传统饮品。

"放心喝吧,很干净,这是消暑茶。"至此不多的几句话,暴露了他肚子里的墨水。他的神情和举动都透着无法比拟的真诚。在刘军忙活的这几分钟里,妻子丁秀丹一直坐在沙发上不说话,微笑着看刘军表达主人的热情。

这一切,没有让我感觉到丝毫贫穷和悲苦,但是,几年前,这还是典型的疾病致贫的家庭。

三

刘军还在少年时就被诊断出精神病三级,长期服药。他家虽然和全村一起摘掉了贫困的帽子,但政府的实际帮扶行动并没有停止。

我和段晶连连夸赞好茶。刘军放松下来。我说,去年段晶老师和我就想来看看你,因为时间赶不开,就没有来。这次直接打听着来,问邻村人,都说不认识丁秀丹,一问刘军家,知道的人很多。

刘军听了这话,微笑着看了一眼旁边的妻子,一句话把大家都说乐了。他说:"没人知道她,因为她没病,我有精神病了,所以出了名。"

我说,我看你根本不像有病啊,比我还健康。听我这样说,刘军随手从茶几下面拿出一个塑料袋,这是他每天服用的药。我拿过看了一下,都是治疗精神疾病的,有西药,也有中药。

刘军认真地说,每天都会服用这几种药,一样也不能少。我问他,这些药需要多少钱,刘军说,每月吃药需要一千多块钱。

"这些都是免费的,如果不是政府给负担了,这日子就不好过了。"刘军双手交叉在左膝上,下意识地抬一下左腿说。丁秀丹微笑着听丈夫说。

刘军说,初中毕业后,他在18岁时去新疆姑姑家那里一个饭馆后厨打工,每天凌晨三点起床,一直干到当天下午五六点钟,没有休息日,由于工作累,自己又想干好早一点学上厨师,思想压力大,才导致精神崩溃。

石竹花开
——闽宁镇的春天

没有办法，刘军只能离开新疆，回到家中。

刘军说："家里太穷了，父母又封建迷信，我的病没有得到及时治疗，病情加重。等我去医院检查看病时，医生说我得的是精神分裂症，医生给我开了许多药，让我回家服用，病情才有所好转，但错过了最佳治疗期，我落下了病根儿，就这样时好时坏。"

我说，科学证明，精神疾病都是聪明人才得，一般智商的人得不了这个病。

刘军一听乐了，他说："对着呢，我们家里人也这样说，说我从小聪明着呢。"刘军扫了一眼微笑的妻子说，"我不这样看，要是我真聪明，咋没考上高中，没上大学。"

丁秀丹坐在一边，静静地听着，从不插话，但脸上一直微笑着。对于刘军的病情，我不敢有更深入的话题。因为，从刘军看似一切正常的言行里，始终有一根细微得看不见摸不着的线，在牵动着刘军的敏感神经。而且，在这短短的十几分钟里，刘军已经打了两三个深深的哈欠——这样的哈欠是我最熟悉的，因为，二十多年前，我最亲最爱的人，不幸得了这种精神疾病，我们一起与疾病斗争了多年。每当病人服下药后一两个小时，困倦无法控制，不论意念如何坚强，哈欠，深深的哈欠总让亲人悲观神伤……为了让刘军休息又不刺激他，我说，你干了一上午活了，你去休息一下吧。刘军笑笑说："不用不用，我不累。"说着，他又打了一个长长的哈欠，刘军泪眼蒙眬冲我不好意思地笑，两个酒窝有点俏皮。我说，你去休息一会吧，我想和你媳妇单独聊聊。刘军迟疑了一下，似乎明白了什么："哦，是这样……那好吧。"

刘军站起来，又给我和段晶茶杯里续上水，然后走出去。在他转身走出房间的那一刻，我心疼了一下，立刻后悔了，我不知道，我这样让他离开，会不会给他造成新的伤害。

第十四章 微笑的日子

刘军走后,我问丁秀丹,你们是怎样走到一起的?

丁秀丹笑着说:

"我和刘军是他弟弟介绍的。那时候,他弟弟在附近各村打零工,经常来我家,他和我爸爸认识,就这样我们就熟悉起来。认识我之后,说要把他哥哥介绍给我。他弟弟说他的哥哥是初中毕业。我没有上过学,我们家共计七个孩子,孩子多,家里穷,我的哥哥姐姐和我都没有上过学,只有弟弟妹妹上学了。我一点文化也没有。我长这么大,知道没有文化的难处,心想,找一个有文化的男人就行了,家穷点,没啥,只要有文化,男人就不会打老婆,也能打工挣钱养家。就这样,我和刘军就见了第一面。我根本不知道刘军有这种病,只是觉得他长得也可以,看起来也老实本分,就同意了,他父亲和弟弟张罗着,我们就结婚了。

"刘军家是二十多年前从西吉移民到园艺村的,我家是十几年前自发移民来这里的。两家都属于最穷的家庭。

"想不到,结婚后四十多天的一天,他突然发病了。当时我吓坏了。

"就在我结婚不长时间,我的小叔子也结婚了,他娶的是一个老师,他们自己谈的,要了很多彩礼。结婚后,弟媳总嫌家里穷,总是和公公婆婆闹意见。我老公看不过去,就生闷气,所以就犯病了。当他那天晚上发病后,我吓了一跳,人整个都傻了。他弟弟告诉我,这个病好几年了,要我不要怕,吃上药就好了。

"我知道后,心里很难受,感觉自己命不好,但在我们这里,老一辈人都说,嫁鸡随鸡,嫁狗随狗,如果闹离婚,会被村里人笑话的。"

丁秀丹说着,眼帘低垂,笑容第一次从脸上消失,但只是一瞬间,微笑又回来了,即使是说苦日子,微笑也让人心醉。

"后来,为了刘军少在大家庭里生气,我和刘军分家另过。自从分家后,刘军不再为弟媳生气,他的病慢慢有了好转。结婚后一年,我们有了大

石竹花开
——闽宁镇的春天

儿子,为了过日子,我和刘军没日没夜地干活,农村的活就是这样,哪有轻松的活。都是苦活累活,整天泥一把水一把。但是,我很快知道,这种病怕累,一累就犯病。为了少犯病,我干活时就多干些,尽量让他休息,还有,也不让他生气,直到现在也是这样,他想干就干,不干就随他。

"刚开始,家里挣的钱,大部分都给刘军买药吃了,后来又有了儿子,生活很难维持。政府精准扶贫,我们家被立为建档立卡户。其他补贴不说,这每个月的免费药就把我家救下了。"

我问丁秀丹,如果你当初知道刘军有病,还会嫁给他吗?丁秀丹笑着说,那不会的。

一旁听得入神的段晶问,那你现在不觉得委屈吗?

丁秀丹立即回答:

"不觉得,我不会想那么多,这是缘分,也是命。我只是想着把今天的事情做好,明天的事情不去想。村里还有比我更困难的家庭,很多是有病卧床的老人。人家都不怕,我们这年轻,更不怕。

"有了大儿子后,就什么都不想了,现在又有了二儿子……"

这时,听到从西屋里传来孩子哭着喊妈妈的声音。丁秀丹听到哭声,赶紧站起来跑出去,在门口抱起两岁多的小儿子笑着走进来。丁秀丹的小儿子长得虎头虎脑,头顶的头发剪成桃心状,像年画里的娃娃。

两岁多的小儿子认生,偎在妈妈怀里观察我们。

丁秀丹接着说,家里这种情况,本来想要一个孩子就行了,但老二又来了,这个孩子是个意外,既然来了,我也就生下来了,也好和哥哥有个伴儿。丁秀丹说着,亲了亲怀里小儿子的脸,又用手抚摸着孩子的头,此时的丁秀丹,满眼的慈爱。

"那你还生三胎吗?"

"不生了,再生还是男孩儿。"

第十四章 微笑的日子

"你怎么这么认定是男孩儿。"

丁秀丹朗声笑着说,她姊妹几个都是生三个男孩后才生女孩的。

我和段晶听后,都哈哈哈大笑起来。丁秀丹就是这样一个单纯、简单、善良、纯朴的西北母亲。

段晶说,丁秀丹目前给附近一家养牛专业户做饭,一个月2600多块钱。她每天早晨走时,给刘军和两个儿子做好中午饭才走。刘军在附近打工,回来后把饭热热,爷仨就吃饭。晚上给养牛场的工人做好饭,等工人吃完饭,收拾利落后,再回家给一家人做晚饭。这样算下来,丁秀丹每天要做五顿饭。

我问丁秀丹,你一天做这么多顿饭,不累不烦吗?丁秀丹笑着说:"那烦啥嘛。"简单的回答,让我内心肃然起敬。是啊,就是这朴素简单的回答,让生活的艰辛不再艰辛,让恼人的烦累,变得轻松。

丁秀丹说,刘军平时也在附近的葡萄园和工地打零工,只要别太累就行。今年疫情,大儿子不去学校,我们出去干活,就让10岁的大儿子在家看着弟弟。段晶有些担心地说,这么小的两个孩子,你们放心吗?丁秀丹笑笑说,能行,不行咋办呢?话音未落,丁秀丹的大儿子领着四五个小孩子气喘吁吁跑进屋来。打开冰箱,刺啦一下,拉出抽屉,拿出冷冻的雪糕,分给每个孩子一根。

我问丁秀丹,你的孩子每天都有雪糕吃吗?丁秀丹说,没有,今天太热了,我在路口等你们的时候买的,平时是不给他们吃的。

进来的几个孩子里面有一个四五岁的女孩儿,头上梳着两个朝天辫,穿一件红色的半袖圆领衫,这发型让我想到了哪吒。自从进屋,女孩的神情一直是怯怯的。

丁秀丹说,这个女孩儿是小叔子的孩子,弟媳和小叔子三年前已经离婚——弟媳嫌小叔子不能挣大钱,又嫌小叔子没时间陪她。任性的弟媳辞了老师工作，丢下孩子独自去外地打工了。小叔子很苦闷，在家里没法待，也去外地打工了，这个孩子就由公公婆婆带着。丁秀丹一边说一边拉过这个女孩站在腿边。女孩依偎着大妈，一边一点一点舔着雪糕，一边怯生生地看着我们。

我和段晶一时不知道该说什么。是啊，孩子是无法选择自己的父母的，但作为人父人母，最起码应该肩负起养育和教育子女的责任。我不想指责丁秀丹的弟媳，因为婚姻的失败有各种原因，谁都有追求幸福的权利，但我想，追求幸福不能忘了自己的本分和责任，更不能把幸福建立在别人的痛苦之上。更何况，还是一个教书育人的老师。看到丁秀丹对女孩爱抚的目光，我想，一个人的善良，一个人的胸怀，一个人的品格也许和文化没有多大关系。

我问丁秀丹，你担起了这个家庭的重担，你就是家里的顶梁柱了。

丁秀丹向门外看了一眼说："我是包揽了家里大部分活儿，但这个家里，刘军才是顶梁柱。"丁秀丹笑着说，"他是天。男人嘛，才是天。"

我相信丁秀丹的每一句话。这不是说出来的，而是十多年这么做出来的。对生活没有豪言壮语，对感情没有海誓山盟，更没有漂亮女人的矫情，有的只是善良的意愿，简单的理解。正是她的这种乐观处世的心态，才让她脸上时时有光彩和笑容，微笑的日子，就是幸福的日子。

这时我才仔细环视丁秀丹的小屋。一张双人床，床上的床单平整没有褶皱，两床被子叠成方形，形似豆腐块，豆腐块儿上面各蒙上一块盖布，一块盖布绣着两只小鹿在花丛中跳跃；另一块儿绣着一枝鲜艳的梅花，枝头两只喜鹊，好似在喳喳地叫。床头的墙上悬挂着丁秀丹和刘军结婚时的照片，刘军穿着一套天蓝色和白色相间的中式礼服，丁秀丹穿一件天蓝色的婚纱礼服，两个人相拥着，两只手握在一起，刘军抿着嘴，深深的酒窝，有些腼腆，丁秀丹幸福地微笑着。这张婚纱照挂了十多年，却一尘不染。

第十四章 微笑的日子

在床的对面墙上，贴着两张孩子的奖状。我走到奖状前认真看，一张写着：刘万银同学在2019年度二学期中，被评为全勤好孩子，特发此状，以资鼓励。另外一张写着：刘万银同学在期中考试中成绩优秀，被评为进步学生，以资奖励。落款是铁东小学，2019年11月11日。段晶和丁秀丹看我久久地站在奖状面前，也走过来。丁秀丹说："我大儿子很懂事，也很听话，学习也好，有七八张奖状，墙面返潮，掉下来五六张，我都给收起来了……我现在什么都不想，就想好好挣点儿钱，供孩子上学。现在国家政策这么好，环境这么好，再也不能让孩子像我一样，没有文化。"

此刻，丁秀丹眼里有光一闪一闪的。段晶指着刘万银的名字问，这是谁起的名字？丁秀丹说，这是他爸爸起得。为什么叫刘万银？丁秀丹笑着说，他穷怕了，希望孩子将来有花不完的钱。我和段晶听着眼前这个乐观的母亲这样说，也开心地笑起来。

丁秀丹家的三间房是当年政府统一给移民盖的，小院子收拾得很干净。丁秀丹说，分家时，房子很破旧，后来都是一点一点地修补，才变成这样。

这时刘军走进屋来。我知道，离开屋子这段时间，他一直没有到西屋睡觉。他很想和睡醒的小儿子一起回到我们的谈话中，但碍于我的要求，他没有随小儿子进来，但我看到了他在门口的影子。他一直蹲在门口，尽管药力令他困倦，但他不想被排除在交谈之外。我们屋里的谈话，他听得一定更仔细。

大家重新围着茶几坐下来，刘军给我和段晶续上新水，又拿起自己油炸的馓子，硬塞在我们手里。

我说是不是小睡一会好多了？刘军没有正面回答。他说，吃了药就犯困，脑子不好使，发木。不吃药，身上没劲儿，心里烦躁，睡不着觉，想出去走。

我说，那好，我正想到院子里看看，段老师在屋里聊，你陪我转转。

石竹花开
——闽宁镇的春天

午后阳光很足。我注意到刘军家的院墙只砌了一圈地基，我问为什么一直没有垒起来？刘军说，主要还是缺钱。这一圈地基也不是一次垒成的，经过了两三年。石块、沙子和水泥都要买，一时攒不够，就啥时宽裕一点儿就加高一点儿。说到这儿刘军低下头说，就是自己这个病，拖累着全家。我看了看周围人家，也有不建院墙的。就安慰说，这不算什么，别人家也有没有院墙的。刘军说，是有，但那是人家不常住的，他们在城里都有了楼房，有的在外地安家不准备回来了。刘军指指墙根一台小型水泥搅拌机说，计划今年春天把院墙垒起来，工具都借好了，又闹起疫情。

院子里有一棵苹果树，花期刚过，鸽子蛋大小的苹果挂满枝头。

院子太热了。我和刘军单独走进西屋。我注意看了一眼屋角一个酱釉画花矮罐儿。刘军立即说，老师您喜欢古董？这个罐子值多少钱？我听后一愣，如此敏锐的观察力实属少见。我笑着说，这要看新老，如果够二三十年，能值一二百元呢。刘军又问我，老师平时炒股吗？我说，不会炒股。炒股需要聪明和定力，虽然你很聪明，但我不建议你玩这个。

刘军说："医生也这样说，说我聪明。说我聪明才会得这样的病。"他把之前的话重复一遍，还把"家里人"改成了"医生"。我说，是的，就是因为你太聪明才会有这样的病，你想得太多，思想太复杂，你要学你爱人，简单想问题。刘军说："我聪明怎么没能考上大学呢？"说完，憨憨地笑。我理解他这话背后的含义，因为，刘军的精神状况虽然在稳定期，但机警和敏感正是精神异常的表现。

这时刘军把门关好，门后一个小方凳上端放着一个陶泥小花盆。一株叫不上名字的草本绿植生机勃勃地伸展着长长的叶子。刘军蹲下身，一边端详着一边说，老师认识这个花吗？是兰花的一种，野生的。秀丹最喜欢，以前养不活，我连养三四年，终于养活了三盆，秀丹送给朋友两盆，我有些舍不得，但她愿意送就送了吧。我是在网上查了资料知道怎么养的，开一种蓝色的小花，很好看，秀丹特别喜欢。

我没有插话，刘军仿佛忘了我在场，他有些自言自语。我突然很感动，这对乡下夫妻是有爱情的。

回闽宁镇的路上，我和段晶谈到农村因病致贫、返贫话题，段晶说，她会在未来几年内，专门就精神疾病做一份详尽的社会调查。

回到北京很多天了，但丁秀丹和刘军的形象时常会出现在我的脑海。刘军的憨厚腼腆，丁秀丹的笑。尽管丈夫有病，孩子还小，生活困难，但在丁秀丹的脸上，看不到愁苦，听不到抱怨，只有简单的想法，平静、真诚的笑容像和煦的春风温暖着生活和希望。

第十五章　吼一声秦腔

一

一个成功的男人背后一定站着一个优秀的女人,这句话已经被无数人引用过,如今,这句话已经成为俗套的标志之一,但我却不这样认为,能够被人们口口相传的人和事,能够流传至今的物件,一定有它必然的道理,经典就是常理。

伏是闽宁镇福宁村农民企业家赵鸿的妻子。赵鸿近些年在闽宁镇是一个有头有脸的人物,但也有人说,其实他默默无闻的妻子才有故事。我很想见见伏。经过打听,我在一家诊所里见到了伏。

走进闽宁镇临街的一家诊所二楼,伏正坐在一张床边的椅子上陪护老人。一张单人床上躺着一个老太太。伏看见我进来,很礼貌地站起来,我自我介绍,说赵总同意我找她聊聊。伏笑笑说,没啥可说的,我也不会说话。伏有些不好意思,伏的目光转到老人身上。

伏身材小巧,看起来很单薄,皮肤是那种黝黑色。穿着打扮朴素得体。伏确实不善言谈,这不像一个企业家的夫人,也不像一个有故事的人。

有几分钟尴尬。我只好把话题转移到在床上输液的奶婆婆身上。奶奶80岁了,却没有乡下80岁老太太的苍老和邋遢。老人躺在床上扫了我几眼,目光是凌厉和霸气的。尽管生病，依然不能减损骨子里的精气神。老人的目光是那种经过生活的磨炼、能穿透岁月的目光。

我凑近老人，几句问候，老人先聊起来。

奶婆婆说，我是有福之人，孙子、孙媳妇还有重孙子重孙女都好着呢，都很孝顺。我每年一到换季时就会犯老毛病，每次生病都是我这个孙媳妇伺候我。镇上医院没有好药，孙子就托朋友在大城市医院给我买药，捎过来，然后来这家门诊输上液，我这一季就好过了。

这时，坐在旁边的伏接话说，奶奶为了我们一家付出很多，我的三个孩子都是奶奶帮助带大的，现在奶奶老了，我们必须善待奶奶。

四代同堂的家庭是有故事的，能看得出这是一对相处融洽的隔代婆媳，是一个不一样的和谐幸福的大家庭。奶奶的液体很快就输完了，上大学的重孙子，准时开车来门诊接走妈妈、太奶。我和他们一起回到闽宁镇主街道开的四层楼宾馆，这是赵鸿家的私人宾馆，老人治疗后要先到宾馆休息一下再回家。

伏的奶奶从楼上下来，我看见奶奶的腰椎是弯曲的，弯得很厉害，身体前倾，因此奶奶走起路来很快，如果不是手里拄着一根手杖，随时有跌倒的危险。我担心地说，奶奶，你慢点走路，不然会摔着。奶奶看看我笑着说，我如果不这样快走，才会摔倒。

伏的儿子今年20岁，上大学二年级，虽说有一米八多的个头，但脸上依然没有蜕去孩子的稚气。他很阳光，没有富家子弟的骄横之气，他说话温文尔雅，一看就知道是一个善良有教养的孩子。

伏安顿好奶婆婆。把我领到宾馆的二楼一间会客室里。

石竹花开
——闽宁镇的春天

二

会客室有四五十平方米，靠墙摆放着大大的老板桌和老板转椅。这是赵鸿夫妇平时办公的地方，屋子中间摆放着茶桌茶椅，茶桌上摆放着大茶海和各种茶叶。

伏娴熟地烧水泡茶。我们开始喝工夫茶，片片翠绿的绿茶在热水的冲泡下，都舒展开了，悬浮在茶汤里，茶香四溢，茶水还没有喝到嘴里，人就有一种清爽凉快的感觉。多少天马不停蹄地走访，我已经感到些许疲惫。这茶水、茶香和舒适的环境，让我放松下来。

不论男人，还是女人，不管是性格内向的，还是外向的，不管是忧郁的，还是乐观的，存在这个世界上，经历了生活的风雨，经历了各种情感，就会有往事在心头。如果遇到合适的人，合适的环境和氛围，往事就会不自觉地从心间往外流淌。此时，伏和我几泡茶水过后，两人都放松下来，伏也敞开了心扉，说起了往事。

赵家是个大家族，赵鸿的父亲三岁时，妈妈就去世了，扔下了几个孩子，大的大小的小。为了孩子，赵鸿的爷爷又找了现在的这个奶奶。

伏说：

我嫁到赵家才听赵鸿说，这个小奶奶是大家闺秀。从我来赵家这么多年和奶奶相处，也时时能感觉到奶奶出自大家的胸怀和大气。奶奶没有生自己的孩子，把爷爷膝下的四个孩子当成自己亲生的一样。奶奶不仅带大四个儿女，还帮助把几个孙子都带大。奶奶尤其喜欢大孙子赵鸿。听奶奶说，赵鸿从小就懂事，学习好，所以赵鸿在西吉老家那么穷的情况下还能读完高中。奶奶是个任劳任怨的女人，她把自己的一生都贡献给了赵家。奶奶在农田里操劳一辈子，赵鸿说，奶奶的腰是累弯的。

第十五章 吼一声秦腔

我的三个孩子也是奶奶帮我带大的，如果不是奶奶，我不知道怎么度过刚来闽宁镇时的苦日子。现在她老了，我们一家都拿老太太当成宝贝。我大女儿大学毕业在闽宁镇上班，女儿骑车子上班，每天女儿走时，奶奶都要送女儿到路口。女儿每天晚上下班时，奶奶也会走到路口转弯处，坐在小花坛上等候重孙女下班。我女儿习惯了老太每天的等候，每天骑车回来，早早地伸着脖子找老太。我的三个孩子和太奶的感情都好着呢。

伏说话声音低低的，不急不慌，脸上的表情很平静，但我能感觉到她对奶婆婆的感情。

伏谈到了她和赵鸿的恋爱。伏说，我和赵鸿是自由恋爱，在我们那个穷乡僻壤，七八十年代，自由恋爱的人很少，女孩一般都是父母做主就随便嫁了。

我比赵鸿小两岁。我读初中的时候，赵鸿上高中。但我们都认识，虽然没有说过话，但都知道彼此的名字。我读九年级的时候，有一天，赵鸿让一个女同学给我一封信，向我表达了好感。我接到这封信的时候，心里既害怕又害羞，那时候男女生是不说话的，更不用说谈恋爱了。我没有回信，赵鸿并没有因为我不给他回信而放弃，他接二连三地又给我好几封信，那时我才在心中认真回忆一下赵鸿的过往，这才感觉到他和其他的男孩子不一样，具体不一样在哪里，我也说不清楚。在赵鸿死缠烂打猛追后，我答应了。我回家和我妈说了这件事，我爸爸妈妈都不同意，那时我家里的条件比较好，我的哥哥已经在城里工作了，我妈妈想让我将来在城里找一个对象。但我觉得，答应人家的事情要说话算数呢。

我结婚的时候，现在想起来心酸呢。赵鸿家里太穷了，结婚时，新房里都没有一块红单呢。听到这里，伏感觉我没有听明白，就给我解释，红单就是结婚时铺的红色的床单。伏说，至今想起来心里还不好受，一个女人一辈子就结这一次婚，我都没有风风光光地办喜宴，就别提买好看的衣服和首饰了。我娘家人都很不高兴，但是对象是自己找的，一切好坏都要自己承担。结婚没多久，我就怀孕了，家里的日子苦呢，那时我就想，我不能就这样生活在这穷山沟里，为了孩子，我也要走出去，我想到了做买卖，赵鸿也同意我的想法。

赵鸿在1989年高考落榜后，就一直在银川打工。他给人家管理过果园，也在建筑工地干，能干的活都干了。但十年的打工生活，并没有积累下什么财富。

三

1999年，春节还没有过完，我和赵鸿抱着三个月大的大女儿就自主移民到闽宁镇。走时，奶奶说要和我们一起走，就这样我们一家老小来到闽宁镇。

来到闽宁镇后，我们买下一块房基地。那时候闽宁镇的房基地不像现在这样整齐，就是一片荒地，到处是沙子。由于赵鸿看错了房基地的图纸，我们两口子白白给人家修了一块房子的地基。

伏讲到这里，很不好意思地笑了。她说，那时候岁数也小，傻着呢。当时，我奶奶在家给我带孩子，我和赵鸿每天从家里拿上馍和一壶开水，扛上修地基的工具，就那样自己拉石头，自己拉水，一锹一铲地修房基地。那些年闽宁镇的风沙特别大，刮起风来，满头满脸都是沙子，阳光又足，晒得人像要晕过去。吃饭时，我和赵鸿就干吃馍，喝白开水。风大起来，灌得满嘴都是沙子，一嚼嘴里牙都合不拢。就这样我们两口子没日没夜地干了一个月，几间房子的地基都要垒起来了。这时来了一个人，告诉我们说，地基修错了，那是他家的房基地。我和赵鸿当时就蒙了，心想，怎么会呢？我们重新展开图纸，仔细看过图纸，才知道确实是我们修错了，那一刻，真是欲哭

第十五章　吼一声秦腔

无泪，身上原有的那点干劲儿就像泄了气的皮球一样，我和赵鸿瘫坐在地基上，好久好久才站起来。

没有办法，我们只能在自己的地基上重新开始。那时修房子，不像是现在条件这样好，可以雇人，可以用机械。我们建房子的时候，全是自己出苦力。当时我正怀我们的二女儿，我大女儿和二女儿只相差一岁。那时候的房子主体墙都是泥的，哪里有砖。我就和赵鸿自己拉土和泥，打坯子，土坯子干了，我给赵鸿搬土坯，赵鸿自己垒。用了三个多月，三间土坯房总算建好了。我在搬土坯的时候，土坯就顶在我凸起的肚子上，到最后，我肚皮都磨破了。回到家里，赵鸿给我肚皮上擦点儿白酒，说是消毒。我疼得嗷嗷叫。那时年轻无知，这样强度的劳动，我的二女儿竟然完好无损降生下来。我现在都后怕，如果因为我的无知造成女儿缺胳膊少腿的，我不知道该怎么办。

我和伏都笑起来。借助凸起的肚子搬土坯，应该是一个创举，我们笑那时的无知，笑那时的年轻莽撞，也笑那时候一切向前冲的勇气，但这个笑里也有一丝苦味。

闽宁镇有了遮风挡雨的家，伏安心下来。赵鸿就开始为这个家奔波。他去内蒙古包工程搞建筑，结果工程完了，人家不给钱。我就抱着大女儿和赵鸿去要钱，人家不但不给钱，还找来人把赵鸿暴打一顿。

赵鸿的头被打坏，我们一家三口势单力薄，我看着躺倒在地的赵鸿，他满脸满头满身上都是血，那些人打完人都跑了，我找了一辆车把赵鸿拉回银川一家医院做了包扎。我二姐借钱给赵鸿治病，出院后，二姐把我们接到家里，就这样我们一家三口住到二姐家。赵鸿流血过多，需要营养，可是那时家里都穷，没有钱买滋养品。二姐家当时刚好有几只鸡，正是下蛋的季节，我每天盯着那几只鸡看，听到鸡叫声，马上跑过去捡起鸡蛋来，然后把鸡蛋煮熟给赵鸿吃。就这样，一直在我二姐家住了一个多月，我实在不想再给二姐一家添麻烦，我们一家三口就回到了家里，其时，赵鸿还没有好利索。

四

闽宁镇是福建对宁夏的对口扶贫对象,原来的闽宁村升级成镇后,先后引进了大棚种植、牛羊养殖、葡萄种植。特别是大面积种植葡萄,让赵鸿看准了商机,提前购买了制作生产水泥桩的设备,开始在自家的院子里生产架葡萄用的水泥桩。幸好当年土地没有开发,赵鸿和我用不太多的钱购置了面积不小的一块地。不久,村里人看见一堆堆的水泥桩子堆成小山,都说赵鸿疯了。这时,也有人说我是傻子,栽葡萄项目还在政府文件的纸面上,再说即使大面积种植了,人家要不要你的葡萄桩子还没有准儿,老公那样蛮干也不阻止他。可我了解赵鸿,他有头脑,身上有一股韧劲儿,他想干的事情,谁说也没用,反正他是为了这个家,咋着也得支持他。

那时候,我们和镇上的领导根本不认识,连村干部也没有私交。你想吧,前些年赵鸿一直在外面打工,他可能也没太把闽宁镇当成永远居住的家。他说过,人要走出去,说不定落在哪里,这要看时运。

当时镇上的老书记冯金福听说了水泥桩这个事儿。有一天带着几个人,特意来我们家看看。他以为赵鸿是长着三头六臂的神人。

我还记得那是一个夏天的晚上。我和赵鸿还在忙,冯书记带着三个人走进院子,也没有村上的干部陪着。我们不认识老书记,只听过书记名字,也没见过人。但感觉老书记像个当官儿的。赵鸿让我把地桌搬到房门前,沏了茶请他们坐下。聊了一会儿,老书记问赵鸿,你做这个有人投资吗?赵鸿说没有,就把这些年自己攒的点儿钱拿上,又借了几万元。冯书记又问,那你是找好了销路才做的吧?赵鸿说没有。我听说闽宁镇政府在福建省的帮助下,要在这里大面积种植葡萄,还要在这里引进酿酒项目。赵鸿说,我还听说将来整个宁夏的红酒产业都要在这里建设,这是一个有长远规划的,所以我不愁葡萄架桩子没有用武之地……冯书记听到这儿笑着问赵鸿,你的这些

第十五章 吼一声秦腔

想法,你和村和镇上沟通过吗?你敢说如果在这里种葡萄,人家就一定买你的水泥桩子吗?赵鸿说没有沟通过,但他有三个观点。老书记说你说我听听,哪三点?赵鸿说,第一点,党、国家和各级政府以及福建企业,在我们这里投资办厂、种葡萄酿酒的第一个目标,是帮助我们闽宁镇移民脱贫致富走上富裕路;第二点,来这里投资的企业基本没有国有企业,也就是说,不论是宁夏本地还是福建北上的民营企业,他们来这里投资的目的是借扶贫政策的力,一方面帮助当地人成就务工就业,解决移民生活困难,一方面实现企业投资利益最大化,如果我生产的水泥桩合乎标准,质量优良,价钱又低,企业不会舍近求远多花运费从吴忠和内蒙古去买水泥桩子;第三点,我相信村镇政府和党的干部,如果我去找他们,如实陈述我的理由,当他们知道我在这样困难的情况下,不给政府找一点儿困难,还能解决几个打桩农民的工资,他们一定会建议企业买我的桩子。老辈的人说了,在自己的土地了,别人富不算富,自己富了才叫富。我早就想了,等我富了,我会带着大家一起致富。

老书记听了这话,不住地点头说,赵鸿啊,你果然有头脑啊,你做这个事虽然有点二傻子劲儿,但也不像镇上传的那样是个疯子傻子。冯书记这时才告诉我们他的名字。

伏说到这自己突然笑起来。在我纳闷的时候,伏对我说,你没听出来吗?我们家赵鸿是个结巴。平时还行,那天晚上一听名字是镇上的冯书记,一下子结巴得说不成话了。缓了半天也没说成一句话。老书记为了让他放松下来,就和我们一起去看生产好的水泥桩子。冯书记对我们的桩子非常满意,问了总数量,问了材料成本,问雇请了几个人,最后,说水泥标号和沙子都是好的,制作精良。打算卖多少钱一根,好好计算一下,既不能暴利,也不能少赚。你的情况我们回去研究一下,到时候请人联络你……赵鸿立即说,不用再计算,早算过了,就这价格一根,刨除一切成本,每根能赚一点。看到赵鸿放松下来，冯书记又回来门前坐下来继续喝茶，整个晚上都在和赵鸿聊天儿，但跟着来的两个人却很少说话。

送走老书记，赵鸿说，早就听说冯书记心系百姓，这回真见识了。赵鸿说，他预感到好运气来了。

几天后，村主任找到赵鸿说，行啊赵鸿，不声不响地和镇委书记单线联系啊……后来才听说，老书记来的那天上午，参加了闽宁镇葡萄园开发协调会，其中一项是购买哪家葡萄架桩子。来自银川、吴忠和内蒙古三家供货商都报了价，县发改委一位领导建议用内蒙古生产的水泥桩。但老书记表态说不急，听说我们本地就有人也生产桩子。当天晚上，老书记就带着两个相关干部来到赵鸿家，结果赵鸿做的水泥桩子，质量好，价钱比三家竞争企业中的报价还便宜两元。

伏说，想不到闽宁镇第一代葡萄园都用了我家的水泥桩子。那是我们家赚到的第一桶金。

赚到钱以后，赵鸿开始买地，盖房子。记得盖房子的时候，因为拉沙子与人发生争执。有一天，我和赵鸿在酒馆请盖房子的师傅们吃饭，正好那些人也到酒馆里喝酒。因为都喝了酒，借着酒劲儿，说出的话就不好听。那些人先拿起了身边称手的东西，赵鸿一看他们人多，跑进后厨拿出菜刀。我了解赵鸿，不到万不得已，他不会这样，一旦他举刀，伤亡不可避免。我一看事情不好，拼命迎面抱住赵鸿，把他推进了一个没人的包间，我拼死倚住房门，等酒馆经理和服务员进来帮我把菜刀夺下。可那帮人在门外不散。最后在我的劝说和调节下，那些人也放下了手里的武器。

就是从那件事后，他们就主动和赵鸿和好了，现在已经成为好朋友，赵鸿经常对朋友说，我这一生，摊上一个好媳妇，如果当初不是我媳妇，我现在可能就在班房里。

做生意的这些年，真是不容易，每天担惊受怕，怕他冻着，怕他渴着，怕他饿着,怕他累着。

古话说得好,家有贤妻,男人不出祸事。伏就是这样的妻子,她用女性的隐忍和智慧化解了男人之间的矛盾,避免了一场流血事件。

伏说,赵鸿是个重情的人。他热爱文艺,特别喜欢秦腔。家里有了钱,日子好过了,一看戏曲节目就难过。你想啊,传统戏曲都是一些生离死别的内容,他触景生情,开始惦记老家的父母和兄弟姐妹。我们先把父母接过来,然后把兄弟姐妹也都移民过来,还把从小就送给他姑姑的那个弟弟一家也接过来,现在,这个弟弟一家过得也好着呢。

赵鸿这个从小送人的弟弟很有意思,后来赵鸿创作了个眉户小戏,就是讲这个弟弟的故事。

五

赵鸿兄弟四人,赵鸿是家中老大,最小的弟弟出生后,由于家里实在太穷了,父母就把刚生下来不久的弟弟送给了姑姑。姑姑家那时比赵鸿家生活条件好,姑姑也不是外人,就这样,弟弟生下就被姑姑抱走了。为这,赵鸿说,婆婆每天都哭。说到这儿,伏说,我给你发一个视频吧,这个视频就是赵鸿以这个真实的故事改编的,是我们的地方小戏眉户剧,已经在剧院演出过了。我一听,来了精神,我渴望了解这个故事,渴望看这段视频。伏看出我的急迫,伏说,现在看不了,三十分钟呢,你晚上空闲时再看吧,是地方小戏,别见笑。

我两个孩子到了上学的年龄,为了照顾孩子,我在闽宁镇中学旁边租了一个门脸儿,开了一家书店,店名叫万唯书屋。为什么叫万唯书屋,我到今天也没有问过他,反正就是一个以中小学教材为主、还有一些童书和少量文学作品的小书店。

石竹花开
——闽宁镇的春天

我是第一家在闽宁镇开书店的人。这是赵鸿的主意。他没上过大学，但喜欢读书唱戏。创业打拼时没有时间读书，他常常说，将来有条件就开一家书店，他说到做到。

说实话，虽然这是第一家书店，但赚不了什么钱，每天早起晚归，辛苦极了，但慢慢也习惯了。因为我自己的孩子每天放学也会来书店，闻着书香写完作业。没事的时候，就会翻开架子上面的书。他们多多少少比其他学生多懂了点什么，有的时候，孩子还会带着同学来我的书店看书。

学校的老师和家长都说我这个书店开得好。这个书店不赚钱，是因为很多家里没钱的学生，是把书和本子赊给他们的，他们有钱了再给我，没有钱就算了。有的学生赊了文学书，看完送回来，说没有钱买，我就送他了。我读过书，知道爱书的孩子将来一定有出息。有些家长来给孩子买练习册，我看家里不富裕的家长，就不加利卖给他们，开书店六七年的时间，我不但不挣钱，有时还赔钱。但我和赵鸿却落下了好口碑，我心里也高兴，我的三个孩子都上了大学，镇上的许多孩子也考上了大学，有些在外省参加工作的孩子，有时还会回来看我，说非常怀念我当年开的书店。

很可惜，我的三个孩子考上大学后，由于奶婆婆年纪大了，身体不好了，我就把书店转租出去了，专心回家伺候奶婆婆，顺便帮助赵鸿打理宾馆的事情。

听着伏的讲述，我的心早已飞到那个小小书店里。我干编辑出版工作多年，对书籍情有独钟。其实我一直有个心愿，将来退休了，也回到家乡开一家书店，免费给孩子讲有关文学的课，哪怕有一个孩子因为我的引导能够走到外面的世界，有一个不一样的人生也是好的。我期待着看到伏当年开的书店，伏说，书店的招牌还在，承租人依然用当年书店的名字。因为感情太深，我有时抽空也会回去看看那个书店，坐上一会儿。

万唯书屋，闽宁镇最初的一块文化绿洲！这绿色早几年给这里的孩子们带来春意。赵鸿这个头脑活的新移民，比我这种空想的人不知务实多少！他知道，知识和文化是移民新区奇的缺资源，一家书店，就像星星之火终可燎原。

六

伏说，二十多年来，在移民中比赵鸿有头脑的人不止他一个，靠头脑和双手致富的人不止他一个，但很多人现在倾家荡产、妻离子散，为什么？伏自问自答：最根本的原因，一是因为男人都有天生缺陷；二是男人没有娶到一个好女人。

赵鸿并非十全十美。他和我经过多年的奋斗，家里不仅解决了温饱，也可以说提前奔小康了。这时的赵鸿有了满足感，从小在外面耳濡目染的坏习气渐渐显现出来，他开始和镇里的所谓朋友玩牌耍赌。刚开始，听说他玩牌，我并没太在意，觉得日子轻松了，男人们都贪玩，玩一次两次没什么。后来发展到整天整夜玩儿。其实谁都知道，赌的恶习就像黄毒一样，如果不及时控制住，金子建的大厦也会倒，更别提一个家会不会散了。一想起这些，我就在家坐不住躺不住。有一天晚上，我独自找到赵鸿玩牌的地方。我一走进屋，满屋子乌烟瘴气的，呛得我眼睛火辣辣的，我看见赵鸿在烟雾中得意忘形的样子，既气愤又伤心。这就是那个和我一起当牛做马成家立业的丈夫吗？考虑到男人的尊严，我强忍着怒气，假装平静地说，赵鸿别玩了，回家吧。说第一遍他没动。我说了第二遍时提高了声音。赵鸿打完那把牌后，离开牌桌。在回家的路上，赵鸿大发脾气，我们两个就在大街上吵了起来。夜深人静的闽宁镇只有大风刮着。我们两个就在大街上厮打在一起，赵鸿毕竟是男人，我打不过他，我被赵鸿打得鼻青脸肿，浑身是伤。

回到家里，我的三个孩子已经睡下了，我躺在孩子们的身边，一直哭到

石竹花开
——闽宁镇的春天

天亮，我绝望极了。一整夜我的脑子里就像演电影一样，回忆我和赵鸿走过的每一天，每一年，每一件事，再想到赵鸿近来的恶习和他对我拳脚相加，我知道，我们的婚姻已经走到尽头。我看多了左邻右舍的女人被丈夫打骂的场景，看多了夫妻男女的不平等。结婚时，我以为我和她们的命运是不同的，多少次，我都在心里庆幸，但如今我也成了不幸的姐妹们中的一员。

我在床上整整三天没下地，那几天，我万念俱灰。但奶婆婆一直陪着我。围在我身边的三个孩子，一会儿大的饿了，一会儿小的哭了。看到这老老少少一家人，一种复杂的感情又让我振作起来。我想，我不能让三个孩子没有了妈妈。

奶婆婆鼓励我说，如果赵鸿不改，我们就带着孩子一起离开他。听到奶婆婆这样理解我，我哭着说，赵鸿毕竟是读过书的人，我相信他会重新回来。

他打完我也知道自己错了，就在我躺在床上第三天的时候，赵鸿给我端来他给我做的一碗面条，他向我道了歉，说让我再给他一次机会，他说他绝不会再玩牌了。我听着他的保证，我就流泪，他也流泪。

伏讲到这里，心境仿佛回到那一天，这个坚强的妻子，此时掉下泪来。

夫妻这一生，都会经历生活的各种磨难。感情的波折都会存在。但有悟性的夫妻会时时反省自己，看到自己身上的不足，看到对方的长处，相互帮助，相互扶持，共同成长，伏和赵鸿就是这样的一对夫妻。

伏擦干委屈的眼泪，继续讲她和赵鸿的故事。

赵鸿自从和我保证之后，真的改邪归正了，他再也没有去赌博。有一天他和我商量说，现在家里不愁吃不愁穿了，我想做点有意义的事情。什么是有意义的事情？在文化上投点儿资，闽宁镇最缺少的是文化土壤，如果把我的一些人生经验用文艺的形式表现出来，让我身边的还在像我以前一样赌博贪玩儿的人，不再沉迷在烟雾缭绕的牌场里，让他们从执迷中走出来。在西

第十五章 吼一声秦腔

吉老家,乡亲们最喜欢秦腔和眉户剧,很多人都会唱秦腔,我想在闽宁镇建一个文化大院,工余时间、逢年过节组织大家来吼一声秦腔,陶冶了情操,融洽了乡情,也算咱回报给社会一份心意。赵鸿那次讲得很认真很动情,我也被他的真情感染。开书店、建文化大院确实是好事。闽宁镇从村变镇二十多年,就缺一个文化娱乐场所供大家自娱自乐。就这样,赵鸿开始建设文化大院。

半年多时间,简易实用的文化大院就建成了。赵鸿开始组织戏剧班子,从演员、服装、音响、道具等不一而足。从此,在人们生活中消失了几十年的锣鼓声在闽宁镇又响起来。

戏剧排练费了很多工夫,喜欢热闹和秦腔的大人和孩子都会跑来看热闹。赵鸿从小就喜欢秦腔,他再忙,也抽出时间来吼两嗓子,唱一段。没办法,我只好来文化大院当服务员,给人家准备茶水,搬道具,当场记。那时可真是热闹。一年后,开始建的小剧场容不下几百人了,观众太多时,只好在大院里临时搭建一个戏台,露天唱。赶上年节,院子里根本坐不开,那场面真是热闹得很。

伏说,她一开始是文化大院的义务服务员,后来听着听着,她也开始喜欢上秦腔。时间长了,她也唱得有鼻子有眼的。在缺角儿的时候,伏也会顶个缺。伏最喜欢《三娘教子》选段,她喜欢扮演母亲。

伏说到兴致处,随口说出唱词:为抚养小孤儿任劳任怨,勤纺织苦节俭安度艰难,送我儿到南学去把书念,但愿他苦发奋莫贪玩……

伏说,每当她唱到这里,自己就动感情,唱着唱着就落下泪了——这可能是不同时代的贫困母亲的共同心声吧。

为了把自身的今昔对比和对党和国家精准扶贫政策表示礼赞,赵鸿请一个编剧把他和小弟的离别再聚故事写成眉户短剧,还从西安和银川剧团请来专业戏曲演员。这出短剧投资几十万元,名为《两个妈》的眉户剧在文化大院里一连演出三场,场场爆满。

伏说,每场演出现场,都哭倒一片村民。由穷到富的艰难经历人们感同身受。

伏说,从请人写剧本到排成这个剧,赵鸿花的心血和钱不能用数字计算。赵鸿说,看到乡亲们的心凝结在一起了,看到乡亲们感恩党和政府了,一切都值了,这就是文化的力量,也是艺术的魅力所在。

眉户剧《两个妈》,2017年3月21日在永宁县城礼堂演出,好多人同样被剧中的人物命运感动得掉下眼泪。

七

晚上回到宾馆,我迫不及待地打开伏发给我的《两个妈》视频。

眉户剧《两个妈》的主要人物出场。

银川女孩桃桃要出嫁了,出嫁前,桃桃和妈妈有说不完的心里话。

清早,有位中年妇女前来贺喜,这是桃桃的姨妈,桃桃和姨妈从未曾见过面,只知道她原来在西海固大山里生活,前些年移民到了闽宁镇。但妈妈从来没有带她去看过姨妈。而这个原来很穷的姨妈,这次却给自己带来很多礼物,有笔记本电脑,有苹果手机等。

桃桃看见自己的姨妈送来的这些贵重礼物,非常开心。

但桃桃妈妈却不开心,因为,新郎马上要来迎娶桃桃了,但事先答应的几万块钱彩礼钱没有给齐。眼看婚期到了,妈妈很不高兴。妈妈说,彩礼给不齐,桃桃决不能嫁过去。大学毕业的桃桃耐心地做着妈妈的工作,但就是做不通。

桃桃被妈妈赶到屋里,桃桃在屋里生气,忍不住把这件事哭诉给姨妈。姨妈为了成全桃桃的婚事,答应替新郎补齐彩礼钱……这时桃桃妈妈见姐姐出手如此阔绰，心里很不舒服。多年未曾谋面的姐妹俩矛盾陡起。

原来，从闽宁镇前来道贺的姨妈才是桃桃的亲妈，而抚养自己长大的妈妈却是姨妈。姐姐当年住在宁夏西吉县，孩子多家里困难，没办法，只好把最小的女儿桃桃送给了妹妹。姐妹俩约定，这个秘密终生守护。想不到，十几年前，姐姐赶上国家生态移民好政策，举家搬迁到闽宁镇，在福建挂职干部的帮扶下，成为养殖大户，短短十来年，生活变得富裕起来。听说女儿桃桃要出嫁，心中有愧的姐姐赶来参加婚礼，发现妹妹因不满桃桃对象不兑现彩礼产生矛盾，才出手相助。然而妹妹却不这样想，看到自己含辛茹苦养大的女儿突然亲近姐姐，姐姐又出手大方，这不分明是背弃前约要抢走桃桃吗？就这样，在桃桃结婚前，通过姐妹俩对桃桃不同方式的爱，表现了穷与富、爱与恨在亲情面前的残酷厮杀……

2020年6月4日晚上，在赵鸿宾馆大厅，赵鸿热情地接待了我。赵鸿已经是个有些发福的中年男人了，农民的憨厚和朴实仍然是主要特征，但毕竟弃农经商、历经风雨，赵鸿举手投足间也有了应酬的痕迹，但总体来说，眼前的这个赵鸿还有一个文艺青年的影子，只是年轻时的率性少了，青春岁月的痕迹写在脸上，但更多的是平和宁静。

聊到关于我这本脱贫攻坚文学写作，赵鸿说："这几年，来闽宁镇的记者、作家很多。也有住在我宾馆的，但很多都浮于表面，靠宣传部门材料和介绍材料写文章。这样是不接地气儿的。从西部开发，到福建省对口帮扶，二十多年发生了多少故事？上到党中央、国务院、闽宁两省区，下到乡镇政府，政策、资金、企业、项目……很多文章都在写这方面的事情，但不要忘了，政策再好，帮扶力度再大，如果帮扶对象自己不自力更生自强自立，国家政府投入的资金越多，闽宁镇的懒汉和盲流越多；懒汉和盲流越多，他们的后代成为新懒汉和盲流的可能性越大。所以说，扶贫可持续发展的'扶志扶智'才是最要紧的举措。我听爱人说，您这本书大部分写底层女性的奋斗故事,而且深入她们的家庭,面对面交谈,所以我很期待读到这本书。女人强,家庭强,这是土话,您的创作角度我很赞成。"

说起出资编创眉户小戏《两个妈》,赵鸿掩饰不住内心的激动。赵鸿说,剧中桃桃原型就是当年妈妈送给姑姑的弟弟,而桃桃亲妈原型就是自己。赵鸿说,我们一家的命运与闽宁镇产业振兴和脱贫的历史是分不开的。我是生态移民政策的受益者之一,所以,现在要回报社会。我出资编创的眉户小戏,不仅代表我们家发展的历史,也代表闽宁镇很多家庭由贫到富的历史,应该是有代表性的。

赵鸿说,如今闽宁镇老百姓生活富裕了,但问题也来了,教育资源不足,文化基础薄弱,人们对富的理解还局限于物质满足阶段。

赵鸿说,文化不是符号,是一种实力,对一个地方的经济发展起着至关重要的作用。有文化积淀和传承的地方,一般不会贫穷到哪里去,但没有文化积累或不重视文化建设的地方,政府和百姓都少有见识,少有眼界,更不会站得高看得远,社会财富的可持续发展就会成为一句空话。

赵鸿说,闽宁镇是总书记亲自关心指导的移民小镇,近几年,在各级政府和福建企业帮扶下,经济、医疗、教育等多方面有了长足进步,我作为闽宁镇的一员,很想为家乡多做点贡献。文化影响不是一个文化大院能做到的,但可以抛砖引玉,起个带头作用,日积月累,潜移默化,让生活在这里的人们不仅经济脱贫,更重要的是思想和精神脱贫,这样,闽宁镇才会有长远的未来。

八

2020年6月6日上午,我赶到赵鸿文化大院。据说,疫情期间没再组织演出唱秦腔,但每个周末下午,一些福宁村的老人会来到文化大院,打牌

第十五章　吼一声秦腔

下棋。

今天虽然是周末，但因为是上午，文化大院没有老人。大院看起来有几百平方米的样子，院子的东侧有棋牌室，排练厅，休息室。西侧有一间百十平方米的小剧院，剧院外墙上用各色彩墨写着仁、义、礼、智、信五个大字。

走进小剧院，里面摆满了桌椅，内墙壁挂着各种戏曲人物的大幅彩色剧照装饰，屋子顶上挂着红色拉花，很喜庆。

舞台上用大红丝绒装饰，台上一侧摆着铜锣鼓镲，我信步走上舞台，一侧架着一面大鼓。我顺手拿起鼓槌，即兴敲起秧歌鼓点。其实，我从小受父亲的影响，无师自通地学会打鼓。我父亲是大口落子演唱高手，这也是地方小调，只可惜当年我我年幼无知，认为那哼哼呀呀的曲调很见不得人，因此，只能唱个小段儿。牛皮大鼓质量好，一槌下去，声动屋宇。随后，我又拿起铜锣。这只大口径铜锣是手工锤造的，当年工匠师傅一锤锤敲打的痕迹清晰可见，只是有了岁月的包浆。试着敲了几下，铜锣发出咣咣的声音极具穿透力，余音在小剧院房梁间久久回荡。此时我仿佛看见伏和赵鸿这对夫妻古装扮相，放开歌喉，秦腔时而高亢，时而低回……这是中华儒家文化的千百年回响，是仁、义、礼、智、信在吊庄移民心中重新发芽。

第二天，我把手机里的眉户小戏《两个妈》发给银川妇联一位领导并附言说："我这次在闽宁镇有一个重要发现，一个当地民营企业家，根据自己亲身经历编创了地方小戏《两个妈》。这是脱贫攻坚道路上发生的亲情故事，母爱故事，更是励志故事，情不自禁地推荐给您……"

一个小时后，妇联领导回复道："侯老师，电话没打通，我认真看了，真把我感动得哭了，回头我让永宁妇联联系您，疫情过后可以在移民地区演出。"

第十六章 梅花香自苦寒来

一

梅花又名五福花,是中国传统的名花。梅花被奉为四君子之首,它不与百花争艳,只是在寒风中独自绽放自己的美丽,它代表着高洁、坚强、吉祥。

寒梅姓马,每次想到她,脑海中就跳出"梅花香自苦寒来"这句古诗。这是寒梅骨子里自带的梅花气质。我只是有些疑惑,她父母都是普通的农民,没有文化,却缘何给女儿起了这样一个诗意的名字。

闽宁镇老街贯穿南北。离闽宁镇老街不算太远的一条街道上,一家麻辣烫小馆儿的招牌不太醒目。寒梅是这个小店的女老板。一米七多的个头,身材苗条挺拔,凸凹有致,头上戴着好看的网状黑色包头帽,这是一个超标准的美人儿。当我知道她还是个80后时,更加吃惊她的成熟美,她端庄、稳重,有一双明亮真诚的大眼。

还在疫情中的闽宁镇街道是萧索的,整个上午,街道上行人很少,街上稀稀拉拉的车辆都像在闲逛。一个挨一个的商铺和饭馆大都关闭。如果商铺和饭馆门前卧着一条或两条狗,说明里面住着人。儿不嫌娘丑,狗不嫌家贫,在闽宁镇,狗的安适和自由散漫,会让外乡人怀疑这里曾经有过的

第十六章　梅花香自苦寒来

贫穷。

我从乡下回到镇上，拉私活老头儿马师傅家住老街北头，他让我在路边就近下车。我正为吃中午饭发愁，抬头看见寒梅的麻辣烫小馆。拾阶而上，站在门前从透明的塑料门帘往里看，有两三个客人在吃饭。

老板娘寒梅正趴在最里面敞开式厨房的吧台上，一只手托着下巴，看着门外，我以为她会招呼我进去，但是没有，她一动不动地看着门口，那她在看什么呢？后来我明白了，自从开了这家谋生的小馆，既是老板也是服务员的寒梅，一旦闲下手来，常常就这样趴在吧台上望着门口，此时她的目光是空洞的，这空洞告诉你，她可能并太关心你是否要进来吃一碗面。我走进去，麻辣香味直冲胃觉。小馆子非常干净清爽。看见我进来，寒梅站起身子，对我笑笑，声音低而不失温柔地问，吃点啥？竟是标准的普通话，语气像我是她的一个熟人。我仔细地看挂在墙上的食谱和价目表。水饺、肉夹馍、辣面、酸辣粉、麻辣烫等十几种西部特有的美食，价格都不贵，没有一种超过20元，我要了一碗10元的盆烩。然后在靠门的一张方桌旁坐下来。

小店里共计5张桌子，每桌只能坐4个人；桌椅都是厚厚的原木，上面只涂了一层清油，这看起来很亮，好看的木质纹理清晰可见。

一会儿的工夫，一碗热腾腾飘着麻辣油香的盆烩端了上来。我用筷子翻挑着盆里的食材，货真价实，内容很丰富。其实，盆烩就和麻辣烫差不多。里面有绿色蔬菜、粉条、各种豆制品、羊肉丸子等。麻辣烫是我的最爱，我一边慢慢地吃，一边想，当地作家朋友曾写过一位与命运抗争的坚强女性，也是开饭馆的，名字好像也有一个梅字，莫不就是这位？想到这儿，我对吧台里的女老板说：如果我没有猜错，你的名字里一定有一个梅字吧？寒梅一听，眼里一下子亮了一下说，老师咋知道？您是来闽宁镇出差吧？我说我从北京来，平时有猜人名字的爱好。寒梅笑起来，整齐的牙齿，满脸灿烂。真像遇到老朋友，寒梅从吧台里走出来，落落大方地坐在我对面。

石竹花开
——闽宁镇的春天

寒梅告诉我,她出生在1980年,如今是5个孩子的妈妈。我说,在西北山区,像她这样年轻的母亲儿缠女绕很普遍,但我对寒梅的爱情和婚姻却格外好奇。"如果可以,能不能谈谈你几个孩子的读书情况?我在做一项社会调查。"我想从孩子身上打开聊天的突破口。寒梅笑着说可以啊。

这时,从外面风风火火地跑进一个七八岁的女孩儿,女孩一进屋就直奔寒梅,一边叫着妈妈,一边把一本作业本塞到母亲怀里。这是寒梅最小的小女儿,刚放学回来,小名盼盼,正在读一年级。寒梅哄着女儿在一张桌子旁坐下,拿出一个Ipad给女儿。女儿立即调出一个儿童剧,专注地看起来。几分钟后,寒梅给女儿做了一个菜,女儿看起来挑食,不怎么吃菜,一点点挑着白米饭吃。这是一个无比漂亮的女儿,一双大眼睛黑白分明,目光清澈得像一潭高原湖水。

中午过后,吃饭的人一个个走出去,小店儿里清静起来。善解人意的寒梅收拾好碗筷,在吧台里面墙上一面小镜子前整理一下妆容,然后端着开水走出来,先给我倒一杯水,然后重新坐到我对面的桌子旁。

寒梅看了一眼吃完饭写作业的女儿,然后直言相告,她是二婚,与前夫有两个孩子,一男一女,现在的丈夫也是离异的,也有两个孩子,一男一女,这个上小学的盼盼是她和现在丈夫共同生育的孩子。

二

寒梅生于宁夏海原县,海原县地处宁夏中南部,东与固原县相邻,南与西吉县接壤,西临甘肃,北临沙坡头。总面积6463平方公里,全县人口47万。海原县是农业人口大县,常年干旱少雨,是国家扶贫工作的重点县。

寒梅出生在普通的农家,兄弟姐妹四个,寒梅是老大。她和许多西海固地区贫困家庭的孩子一样,由于生活贫困,她只上到三年级就不得不辍学回

第十六章 梅花香自苦寒来

家照顾弟妹,帮助父母干农活。寒梅忽略掉这一段悲苦生活的讲述,但眼里却浮上一层雾气。

寒梅16岁就由父母做主,嫁给了第一任丈夫。让寒梅欣慰的是,丈夫家虽然穷,但丈夫读过书,勤劳能干,温和体贴。她和丈夫感情很好。婚后不久,夫妻俩借钱在固原县城买下一处临街房子,开起了汽车修理铺,很快生育了一儿一女。

寒梅说,开修车铺的辛苦,是她后半生最大的财富。她说,半挂货车一条轮胎,加上轮毂、固定螺栓,重达二百多斤,年轻的她就和丈夫每天把大车胎轱辘来轱辘去。丈夫看她和自己一样负重,心疼寒梅,一见她要立起轮胎,就赶紧放下手里的活儿去接,但寒梅心疼丈夫,所以,丈夫刚接过手,她急忙跑过去,翻起另一个轮胎。寒梅说,就这样,夫妻常常因为相互心疼而发生争执。寒梅在讲述她和前夫这些往事的时候,泪水一次次涌上来,又被她的微笑压下去。她显然顾忌在远处写作业的女儿。事实上,这个美丽的女儿,已经注意倾听母亲的谈话,她虽然开着Ipad,铅笔也在作业本上比画,但她的耳朵却在我们的谈话上。

祸从天降,在寒梅27岁的时候,丈夫出车祸不幸去世。丈夫走了,给寒梅留下一双儿女和一个修车铺。寒梅说丈夫就那样毫无征兆地走了,没有留下只言片语。面对突然的变故,寒梅整个人垮掉了,她不吃不喝好几天,一心想追随丈夫而去,但面前的一双儿女,一刻不离左右,看着孩子无助的眼睛,寒梅说,她只有强忍悲痛选择面对。

寒梅独自一人没有办法再支撑修车铺,只好以很便宜的价格转让出去。为了两个孩子的生活,她把孩子留给父母,只身前往新疆、内蒙古等地打工。寒梅说,不论男人女人,没有文化,只有出卖苦力。饭馆服务生、保洁员、超市导购,她什么活都干过,自己省吃俭用把钱节省下来,供两个孩子上学。

寒梅说，女人命苦。直到现在，她一听到孤儿寡母这个词，心里就紧缩起来，眼泪就会不自觉地流下来。因为，孤儿寡母的生活她最有感受。寒梅说，那几年，把什么苦活累活都干下了，但就是那样，生活依然难有起色。每次遇到过不去的坎儿，我就非常想念孩子的爸爸——如果他活着，我就不会受这么大的累，我就不会四处漂泊，就不会心里一次次流血……寒梅说，这些也就是自己在没人的时候偷偷想想，事实是无法改变的，一次次擦干眼泪，咬咬牙还得坚持下去，两个孩子需要抚养，眼泪是换不来生活费的。

寒梅说，体力活是可以忍受的，但关于寡妇的闲言碎语却能把人压垮。寒梅是一个寡妇，而且是一个年轻貌美的寡妇，她独自抚养儿女，与邻居借取来往避免不了，和男人打交道也避免不了。"每次找男人帮忙，我都格外小心，就是这样，也还是有人指指点点，风凉话不断。"为了自己的名声，为了孩子的将来，寒梅决定改嫁。在丈夫去世六年后，寒梅在内蒙古打工的工友，把她的哥哥介绍给了寒梅。

寒梅的现任丈夫也是固原人，离异，有一儿一女，离婚时两个孩子都判给了父亲。寒梅说，嫁给他现任丈夫的时候，根本没有感觉，更没有爱情。她就看中丈夫说，要帮助她养大两个孩子，会对孩子好。"就为这一句话，我答应嫁给他。"

寒梅此刻长叹一口气说，结婚9年了，每天都在吵吵闹闹。心实在太累了……

寒梅陷入长长的沉默。我不想打断这沉默，毕竟我们刚刚认识不久，我看见盼盼放下笔，她关小了Ipad的声音，当她看到妈妈不说话时，就站起来，眼里含着泪，小心翼翼地走过来，把自己的背靠给妈妈。这时，寒梅的泪水无声地滚落下来。

过了片刻，寒梅把女儿推着送回到原位，把Ipad重新调大声音。

平静下来的寒梅说，人这一辈子好长啊！

第十六章　梅花香自苦寒来

"盼盼他爸和前妻离婚时，欠下许多外债，我从结婚后，名义上说他帮我养孩子，实际上，我的孩子都是我自己挣钱养。可惜我两个孩子读书成绩不好，女儿早早地上班了，儿子初中毕业后就和盼盼爸一起出去打工。"

寒梅说，丈夫的两个孩子都在上学，儿子去年考上了大学。

"我和他结婚后，又要养孩子又要替他还账。这还不算难，最难的是做后妈啊。比如，我听说他的两个孩子要回来，就提前准备许多好吃的，我多希望孩子回来叫我一声，哪怕是叫一声阿姨也好，但一次都没有。我辛辛苦苦地做一桌子菜，等他们，左等不回来，右等不回来，说不回来就不回来了，招呼都不打一声。我不怕累，就怕被人不理解。有一次，刚上大学的儿子给我发来微信，孩子告诉我，他已安全到学校了。当我看到微信的时候，心怦怦直跳，就像要跳出来似的，我拿手机的手一直哆嗦，说不出心里的滋味，心里既激动，又高兴，又心酸，又委屈，好多种感情都合在一起。为这一个短信，我偷偷地哭了好长时间。"

寒梅说着，又掉起了眼泪。是啊，这个把非亲生的儿女视为亲生的母亲，她的心愿和要求多么微小啊！但这微小的愿望，在女儿心里是否荡起一丝涟漪？

三

寒梅第二次结婚后，就随丈夫四处打工。她在建筑工地当过小工，做过饭，在高速公路上捡过垃圾。

寒梅说，在高速公路上捡垃圾，一天可以挣到80元，饿了就吃点干馍，渴了喝点自己带的水，困了就在安全的空地随便躺下休息。寒梅说，虽然辛苦，但与守寡时相比，觉得心里总算有了依靠。

寒梅说，她和前夫开修车铺的时候，前夫好交朋友，认识许多人，大部分都是老客户。前夫去世后,有好多关系都不错的还有电话联系,但自从和现在的丈夫结婚后,他就不让寒梅和这些人再联系,如果他知道寒梅和他们有联系,轻了他会发脾气,重了甚至动手,寒梅第一次挨打就是因为前夫朋友打来一个电话。

"想不到,我就是这样小心谨慎,他还是不相信我。有一次,我过去修车的一个朋友给我来一个电话,那个朋友在孩子爸爸活着的时候,两个人是好朋友,孩子爸爸去世以后,人家看我们孤儿寡母的,有时会过问一下生活上的事情,我也很感激人家,毕竟在我最难的时候,人家还能想到我,我觉得哪怕是一句问候,我也觉得温暖。刚好那天人家来电话,他就不高兴,生气,我给他解释,没有用,就这样,我们吵了起来,那次他动手打了我,打得很重,我被他摁在地上打,那次我没有还手,我就想,打死我算了,等他打累了,才停下手。过了好久,我慢慢爬起来,顺着公路走,分不清东南西北,我不知道我想去哪里,也不知道哪里才是我的落脚之地。这次我没有一滴眼泪,绝望极了,就那样走那样走,似乎就那样走着心里才好受些。后来他从后面开车追上我,他说我不回去他就要撞我,我那时是抱定死的决心,我没有躲闪,任由他开车在我身边蹭来蹭去。"

寒梅说,从此以后,这样的事情太多了。于是我也开始反击。有一次,我和他在深山里的工地上打工,有一个女人给他发语音微信,我听到后,就故意挖苦他,我就想让他知道被别人怀疑是一种什么滋味。他当时就翻脸了,又来打我。这次我还了手,就在工地的工友抱住他的时候,我拿起身边的一个安全帽向他的头上狠狠砸去,当时他的头就出血了,我没有害怕。我就想,如果他死了,我宁可去给他偿命,那是我对他多次动手打我的第一次反抗。

寒梅讲述着当时的情景,似乎又回到了那一刻,眼睛瞪得溜圆,眼里没有眼泪,胸脯快速地起伏着,就像我是一个正在断案的法官。

第十六章　梅花香自苦寒来

央视社会与法频道常常播放妇女犯罪的故事，每次看那些激情犯罪的女人，对记者讲述自己的犯罪过程和犯罪心理的时候，我心里都非常难过。我从心里感到悲哀。这种男尊女卑的观念，是先民遗留下来的恶习，时代发展日新月异，女人和男人同样承担着社会责任和家庭责任，但依然会有家庭暴力的出现，尤其是在偏远、贫穷、落后的农村，家暴对女人来说，就像是一场场噩梦时刻笼罩着她们的生活。

寒梅说："我和他生了女儿，他仍然对我不放心，每次回来都要查我的手机微信，查我的银行卡，查我一切行踪。我累了，我不想生气，我也不想挨打，我断掉了与外界一切联系。我对他说，你不要再打我了，家里你说了算，你让我干啥我干啥，我就想做你身边的一个小女人，我们有了孩子，我失去过丈夫，我不想再失去这个家。"寒梅说着又流起泪来。

女儿盼盼看见妈妈流泪，再次悄悄移步过来，依偎在妈妈的怀里，抬起小手帮妈妈擦眼泪。

寒梅说，生活还得过，一家大大小小7口人，丈夫的两个孩子还在上大学，为了挣钱，丈夫和寒梅的儿子一起去外地打工，寒梅就在这里租下店面开了这家小馆儿，一边工作一边照顾盼盼。盼盼的学校就在街对面不到200米的地方。

"我没有雇服务员，这样的小馆儿，每天收入没有多少钱，如果雇一个服务员，就剩不下多少钱了。我每天都很累，有时晚上回家腿脚都是肿的。但为了这个家和孩子，我必须坚持下去。我虽然没有文化，但是我从来没有向丈夫伸手要过钱，我从16岁结婚到现在，从没有向男人要过钱，我说不出口。"

"移民到闽宁镇，日子一天天变好。这里到处可以打工挣钱，也可以开门店，可以搞养殖。要说盼盼爸爸没有一点好处是不公平的，他和我前夫共同的优点是能下力气干活，我们都不是那种伸手向国家政府要钱要物的人。

但一想到前夫从来没有动手打过我，心里就难过，就想过去的日子虽然苦，但心里有甜的味道……可是现在，我和盼盼爸因为生活琐事，因为各自的孩子，隔心多，争吵多，好在他打我的次数少了，我们最多的时候是互相不说话，虽然躺在一张床上，各自玩着手机。有时候，我实在心里太累了，我就对他说，实在不行，我们就分开吧，我们好合好散。每次他听我这样说，都会抱起孩子就走。我说，家里的东西我什么都不要，孩子给我也行，不给我也行，但是他始终不说话。"

在一个多小时的聊天中，盼盼忽闪忽闪的大眼睛始终瞟着我和她的妈妈，她会在妈妈伤心的时候及时过来倚在妈妈的怀里。当妈妈进吧台忙的时候，她就会像是不经心似地蹭过来，眨巴着大眼睛童声童气、结结巴巴地对我说，她有两个姐姐，两个哥哥。"他们都是我的亲姐姐亲哥哥，他们都很疼我，姐姐给我还买玩具呢，哥哥教我写作业。我爸爸对我妈妈说，妈妈也是他的女儿。"

我听着7岁的孩子对我说的话，不知道是应该高兴还是难过。这个年纪的孩子，看似不经意说出的话，实则是长期生活在暴力和争吵中的结果，生活让孩子过早地成熟了。在她的脸上和心里，已经有了她这个年龄不应该有的表情和想法。这会不会影响她心理的成长，会不会影响她的性格，会不会影响她将来的恋爱和婚姻呢？我不知道寒梅和她的丈夫会怎样看待自己的争吵。怎样看待孩子过早成熟的表现，又或者怎样来反省自己的过往。我的心情很沉重。

四

在闽宁镇最后几天，我经常光顾寒梅的小店，一来我爱吃这里又麻又辣的美食，二来我很想帮助这个家庭和这个命运多舛的女人。我知道，一个

第十六章　梅花香自苦寒来

人在深陷某种无望境地的时候，是会迷失方向的。我以写作见长，又教书育人，我不确定我的谈话对寒梅有多大改变，但我感觉得到，寒梅十分注意听我讲话，她在用心倾听。

一个晚上，打烊了，寒梅关上门。我们可以安静地聊天。我告诉寒梅，前几天一个上午，我在闽宁中学见到一个读九年级的女学生古小冰。她的家就在离小馆不到一公里的政府安居小区里，但我敢肯定，她没有吃过一次小馆，尽管一碗麻辣烫才7元，对小冰来说，7元还是太贵了。

听了这话，寒梅睁大了眼睛。

于是我讲了小冰的故事——

见到小冰是在闽宁镇中学的会议室里。小冰是在和几位老师座谈时，不约而同给我推荐的"家庭特别困难，但却自强不息、成绩优异的女学生"。

小冰推开门走进来，个子不高，像个小学生。因为戴着口罩，只看见一双长着长长睫毛的丹凤眼。这双眼既明亮又机警，这与小冰极快的语速形成某种合力，让我这个教书人在心里产生一丝疑惑。在我的允许下，小冰坐到我对面的椅子上。

我问了小冰的家庭情况，小冰很清晰、很有逻辑地回答我说，父母离异，妈妈离开家，爸爸因重病不能下床。这两年她一边上学一边伺候卧床的父亲。

我问小冰，你和爸爸的困难和老师也说了一些，你最难忘的一件事情是什么？小冰听到我的问话，犹豫一下，眼里慢慢充满了泪水。她哽咽着说，最难忘的是吃不上饭的时候。当我听到这里，有些吃惊了，我简直不敢相信自己的耳朵。难道现在还有吃不上饭的家庭吗？小冰告诉我，去年冬天，家里没有一粒米，没有一分钱，她和父亲一天没有吃一顿饭。第二天，镇政府派人给送来两袋大米，这两袋大米现在也快吃完了……我决定不再继续问下

石竹花开
——闽宁镇的春天

去，我要亲自去小冰的家里看看。我说，你爸爸有手机吗？小冰说有，然后告诉我他爸爸古月虎的手机号。

小冰的家就在寒梅家小馆北面几百米的安居小区里。下午四点多，我打通了小冰爸爸的电话，我问小冰放学没有，她爸爸说，小冰下午五点放学，到家五点半。我四点一刻从宾馆出发，在安居小区旁边，正好有一家粮油超市。走进超市一看，粮油品种齐全，货真价实，应该是闽宁镇经营得最好的一家粮油超市。我买了一袋五十斤的面和三十斤的大米。朴实能干的老板看我不像本地人，我只好说来小区看一门亲戚，老板主动骑三轮车送我去小冰家。

小冰家住一楼。按古月虎提供的门牌号，我敲响了小冰家的门，等了三四分钟，小冰的爸爸在里面打开了房门，就在房门敞开的那一瞬间，一股呛鼻子的难闻骚臭味扑面而来，尽管我戴着口罩，但一点用也没有。

小冰的爸爸等我和超市老板进来，他才扶着墙吃力地喘着粗气移走回屋里，慢慢爬上床。从小冰爸爸高大沉重的身体不难看出，他病得实在不轻。

说真的，我见过困难的家庭，但像小冰这样的家我还是头一次见到。几十平方米的房子，真正的家徒四壁。两三分钟里，心里有说不出的难过，有一种强烈的窒息感。

只有几平方米的客厅，一张破旧的折叠饭桌占去大半。两间卧室，其中一间靠墙摆放一张单人上下床。小冰父亲卧室只放他安身的一张单人床，床边上放着一个儿童木制书桌。小冰爸爸说，那是小冰老师给的，为了小冰能写作业。这间卧室有一个不足三平方米的阳台，阳台里搭着一块床板，上面卷着被褥。原来，为了夜里也能照顾父亲，小冰就住在阳台上。我站在小冰爸爸的床边环视整个屋子，再也没有任何生活用品的痕迹。小冰的爸爸趴在床上，床头旁边放着一摞撕成两截的小学生的废作业本，床头下一个裂开一道缝的塑料垃圾桶，里面是一团团废纸——很显然，小冰把学校的废纸拿回

第十六章 梅花香自苦寒来

来当手纸用。小冰父亲说话的声音有点尖厉,语速很快,他抬头对我说话,看起来很吃力的样子。

小冰的父亲说,自己得了腰椎间盘突出病,得病好多年了,前几年不太严重,还能走动,从去年入冬以来病情突然加重,无法再下地走动。妻子三年前和他办理了离婚,三个孩子,儿子是老大,妻子领走一个女儿,不知去向。现在一儿一女跟自己生活。儿子上技校快两年了,疫情期间在家。马上要开学了,因为没有钱缴学费,今天出去借钱还没有回来。

自己不能下地,屎尿都成问题。每天两顿饭都是女儿小冰做。

古月虎说,医院说,他的腰必须得手术治疗,否则只能瘫痪在床了。可是,他现在还有几万块钱的外债,哪有钱做手术。

现在居住的房子是政府给的廉租房,才住进半年多时间,每个月50元的房租,就是这50元也不知道去哪里找。

古月虎算是老移民了。他二十几年前自发来到闽宁镇。古月虎说,他年轻时是做生意的,看中了闽宁镇地势的开阔和这里的发展前景,来到闽宁镇后,买下两亩土地,盖起了大房子。老婆是自己的初中同学,生得很好看,上学时没有和她谈恋爱。他做生意的时候,就听说她作风不好,整天东游西逛的。

"我在外面做生意,也到了该成家的年龄,有人给我介绍她,我当时想,谁这一生还没有犯过错误,只要是结婚后改了就行,就这样我们结了离。谁知道,唉,我这一生最大的错误就是找了这样一个老婆。我的老婆什么都干,黄赌毒样样能行,我家里的钱都被她糟蹋光了,我原来的大房子大院子都被她败光了。看我没钱了,又有腰病,她就跑了……没办法,我和两个孩子出来租房子住,去年夏天,由于我有病,没有办法挣钱,交不上房租,被房东赶出出租屋,我和女儿在大街上睡了一晚上。我老婆自从和我离婚后,孩子的事情从不过问,也从不给一分钱。"

古月虎向我说这些时，一直做着手势，我发现他的手指修长柔软，皮肤细腻得像个保养得很好的女人。古月虎说话的时候，口气和目光中透出某种捉摸不定的东西。

帮我送粮的超市老板一直没有离开。他不停地说，真想不到小区还有这样困难的家庭，他对这个小区很熟悉，经常送货上门。古家是新搬来不久的，以前在镇上好像见过古月虎，那时没看出他有病。这人怎么啦，说病就病了！老板绝对是一个热心肠的人，他不停地自责，好像这一切是他造成的一样。

五

五点半多一点儿，小冰放学准时回来。她当然不会想到我在这里。进了屋，放下书包，对我笑了笑。小冰回家时摘下了口罩，我发现除了眼睛很好看，面容也好，很像他父亲。她可能没想到我会来站在屋里愣了几分钟，开始走进厨房做晚饭。

说是厨房，里面只有一张破书桌，桌子上放着块小菜板和一个锈迹斑斑的电饭锅，锅旁边摞着四个瓷碗，小半袋大米和小半桶玉米油随便放在厨房墙角。桌子上除了一把菜刀、一个铲子、一个勺子，半罐盐、半瓶酱油——再没有见到别的厨具，更别说有一样青菜和食材。

我走进厨房看小冰做饭。她端起这个10口人都够用的大电饭锅，先放到地上，一边用手往锅里一把把抓米，一边歪着头笑眯眯地对我说，这是过年时，村里给的两袋大米和一桶油。小冰说话声音很低，没有自卑，就像是一个大人，在和来家里的客人随便交谈。小冰把淘洗好的米放到锅里，通上电，然后在按下电饭锅通电按钮时，用一根筷子插进电饭锅通电的按压板上——那根长长的筷子很抢眼插在电饭锅电源按钮上，开始我有些不明白，

第十六章 梅花香自苦寒来

小冰笑笑解释说，如果不插上一根筷子压住，按钮就会弹上去，电饭锅就通不了电。我问，这是你家买的吗，怎么又大又破？小冰说是一个捡垃圾的邻居送给他们的。小冰说，去年还能通电，现在不行了，得用一根筷子插上才行。

小冰说，去年入冬时，家里一粒粮食都没有了，爸爸下不了床，她和爸爸那天中午和晚上就饿肚子了。

"第二天中午我去姑姑家蹭了一顿饭。姑姑家也很穷，我不是经常去姑姑家吃饭。妈妈自从和爸爸离婚后，就再也没回来看过我们，听说她也借住在别人的家里，她也没有钱给我们。"

我和小冰就站在狭窄的厨房里，一起看着这只破旧硕大的电饭锅，不一会儿，电饭锅发出了呲呲的响声。

十几分钟后，小冰拔掉筷子。她说，饭蒸好了，可以吃饭了。要不爸爸饿坏了，因为她中午不回来，爸爸只有早晚各一顿饭。我说，不做点什么菜吗？咸菜也行。小冰说，没有菜，也没有咸菜。我说，那吃什么呢？总得有个菜呀。小冰拉开桌子最右边的一个抽屉，拿出两袋方便面的调料，举起来给我看。她说，早晨一般都是方便面，每次留下一半调料，等晚上吃饭时，就在米饭里拌上方便面调料。

"这样就很好吃。"小冰认真地说。

听了这话，我实在是听不下去了，让小冰等一下开饭。转身出来，请还在和古月虎谈话的老板用三轮车拉我去趟菜市场。老板二话没说，带着我到一公里不到的蔬菜市场。看着我不顾一切地拣各种蔬菜装，老板提醒说，天热了，他家连个冰箱都没有，买太多吃不完，也糟蹋了。回小区时，商店老板从自己商店里拿来两大盒鸡蛋。

足足两大袋子蔬菜和各种调料，我想，这些够他们爷俩吃上十天半月的，但我心里也在想，这些都是暂时的，将来怎么办呢！

买回菜，小冰微笑着从袋子里一样一样往外拿着菜。她拿出我买的一瓶生抽笑着说："啊，这酱油我从来没见过。"

我说，这回就做一个菜，你想做什么呢？

小冰看了看一堆菜说："西红柿炒鸡蛋吧。"

我说好，你来做，我来看。

小冰拣出三四个西红柿洗好放在菜板上，拿起三个鸡蛋，洗也没洗就磕进碗里。

然后，小冰打开电饭锅，一勺勺往碗里盛饭。我说，还没有炒菜，怎么就把饭先盛出来？小冰抬头看我一眼说："不是啊，就这一个锅。得把饭盛出来，我才能炒鸡蛋啊。"

就在我不知如何是好时，小冰已经把米饭盛到三个碗里。她随后把锅在水龙头下清洗——这时，我看见破旧的电饭锅由于早就没有了保护涂层，因此粘上一层厚厚的米饭，我真不知道，这得多长时间才能把那层米饭清理干净……

我说，算了，西红柿生吃更有营养。等明天有了炒菜锅再炒鸡蛋吧。小冰听从我的建议，没有炒菜，从中间抽屉里拿出一只大盘子，把几个洗好的西红柿，切好小心放进盘子。我说，没有白糖吗？小冰说没有。于是，一大盘鲜红的西红柿和一碗白米饭端到床上。古月虎看来是真饿了，也不谦让，移过饭碗大口吃起来。可以肯定，尽管是白米饭和西红柿，但这是小冰父女俩这些日子最好的饭食了。小冰父亲趴在床上，用狼吞虎咽形容绝不为过。小冰则坐在床边的小板凳上，默默地一口口吃着白米饭。我和超市老板知趣地退到客厅说话。但我们心里都不是滋味。

这时我突然想到，小冰再有几个月就中考了，如果她考上了永宁县高中或银川某中学，她就得离开闽宁镇，她能如愿继续读书吗？

于是我问古月虎，女儿考上高中，你让她去念书吗？

第十六章 梅花香自苦寒来

正在大口吃饭的父亲停止咀嚼,侧过脸斩钉截铁地回答:"那肯定不可能,那我不就饿死啦!"

一股凉风瞬间穿过心际。我看见女儿小冰深深埋下头,一串串泪珠落在半碗米饭里……

正巧县扶贫开发中心的段晶来电话,我请她过来一趟以便了解古家的特殊困难。

不到半个小时,段晶老师和一个年轻女孩儿开车过来,以后我才知道这个女孩儿是在原隆村开设扶贫车间的经理徐美佳。

就在我和段晶在楼门口说话时,古月虎的儿子从外面回来。他一米八的个子,很瘦,水蛇腰,蓬松的鬈发,穿一身名牌黑色运动衣裤,手里拿着手机,趿着一双分趾拖鞋。看见我们,一脸木木的表情,完全是一副没有礼貌的样子。这个大男孩儿让我想到了街上的混混或者地痞。非常抱歉,我知道这样描述一个17岁的孩子,可能有些过分,但男孩儿给我的直观印象是如此不好。

我们把男孩儿叫出来,问他在技校读书的情况,他嘟嘟囔囔地说,今天到姑姑家借上学的钱,但没有借来。男孩说,这个学期交不上4000元学费,老师不让上学。徐美佳问准技校名称,马上打给这个学校的一个负责人,就当着大家面询问了学校缴费规定,也询问像古家这种情况,学校有什么帮扶政策。放下电话徐美佳说,接电话的是她大师兄,技校虽然不是义务教育,像他这样的穷困生,学校是有措施不让辍学的……

段晶告诉我,她在网上下单,给小冰买一个写作业的护眼灯。"屋里太暗了,孩子没有台灯,眼睛会毁了。"接着,段晶打电话叫来了社区书记。书记告诉我,古月虎的户口属于福宁村,按说古月虎不应该享受政府廉租房政策,但村委会、镇政府考虑到他的实际情况,就特事特办了。

之后两天,我在村委会、社区、扶贫开发中心和闽宁镇周边的熟悉古月虎的人那里了解到,古月虎其实是闽宁镇"名人",他的出名不是好事,是因为好吃懒做,嗜赌成性。他在闽宁镇临街的大房子、大院子都被他输光了;他欠下赌债至今还不清;他8个兄弟姊妹都与他形同陌路;他八九十岁的老父亲,得不到他一分钱赡养;他嘴中的黄赌毒万恶之源的媳妇,在邻里的嘴里却是一个勤劳肯干的可怜人,迫于无奈才离开她,离开闽宁镇。

近两年,他腰椎间盘突出病情加重,但在熟人眼里,古月虎的病并没有到生活不能自理的程度,但不知他为何要死死拖累才14岁的女儿小冰。

一个邻居说:"这样的父亲,哪配女儿这样伺候!这是作孽。古月虎吃准了现在的扶贫政策,他把女儿当成一张牌在打,他就是典型的懒汉代表,是不停向政府伸手的等靠要典型。"

第二天了解到,之前村委会建议把古月虎申请建档立卡,或者按特殊困难享受一些扶贫政策,但当地村民不同意。尽管如此,年初还是为他申请了低保。如果低保解决,他做手术的钱可以报销百分之九十以上。

这件事让我颇不平静。在和相关部门交流时,我反复陈说,不论古月虎过去如何,他现在是实实在在卧床不起了,他债台高筑是事实,他一分钱收入没有是事实,他一天只吃两顿饭是事实。如何解决?唯一的办法是筹钱,或者纳入低保,把手术做完,再慢慢打消他等靠要的思想。他年纪并不大,病治好了,能自食其力,女儿小冰也许就解脱了。再说,党的脱贫政策很明确,总书记说,脱贫路上一个都不能少!我们基层工作就是要落到实处。

两天后,段晶发来几张照片,是当地医院两位医生上门给古月虎检查身体,段晶说,古月虎的腰椎病确实很重,不做手术是不行了。

六

古月虎和小冰的故事还没有讲完,寒梅就迫不及待地说:"可怜的小

第十六章 梅花香自苦寒来

冰,那咋办呀?像她爸爸这样的人,我们老家和闽宁镇都有,但把家产赌光,妻离子散的还真少见。"

"所以,我想说,你有不幸的经历,但盼盼和你,与小冰相比,是不是应该知足呢?"我说。

"对着呢,我有时候也想,可能自己想太多了。盼盼他爸没有大本领,但他知道顾家,疼儿女。"寒梅眼睛闪过一丝光。

"不要因为他翻看你的微信就不可饶恕,不要觉得不让你与其他人交往就接受不了。虽然思想狭隘愚昧了点儿,对于文化低的男人,这也是一种爱的表达。他不是说了吗,你也是他的一个女儿呀。"

寒梅笑起来:"哎呀,谁给您说的?您怎么会知道他说过这样的话?"寒梅语气中充溢着一股幸福感了。

我告诉寒梅,是盼盼给我说的。盼盼已经懂事了,她知道爸爸妈妈经常吵架,但她也知道,爸爸妈妈都爱她,她也爱爸爸妈妈。

寒梅低下头,大滴的眼泪一串串摔在地板上。哭了一会儿,寒梅抬起头,擦干眼泪说:

"我知道了老师,我会听您的话,等他回来的时候,把心里的委屈和难过说给他听,不管管不管用,我一定先改变自己,和他沟通,更要理解他想的是什么……"

快要离开闽宁镇了,我最后一次到寒梅的麻辣烫小馆儿吃中饭。我刚坐下来,一个熟悉的身影从门前走过。我站起来到门口一看,果然是古月虎儿子。他一手提着外卖,一手玩着手机,嘴里还叼着烟卷儿,一副悠闲的公子哥模样。原来,古月虎的儿子并没有像他答应的那样去学校,而是依旧游荡在闽宁镇。这个已经接近成年的男孩子,辜负了徐美佳姐姐几番求助,技校答应他回去,学费和餐费学校想办法解决,比如可以让他做义工……

石竹花开
——闽宁镇的春天

我迅速回忆这几天与大男孩的通话，可以肯定，她与妈妈是有联系的，否则他的名牌衣服怎么来？他的苹果手机怎么来？他的香烟和外卖怎么来？

我再次拨通大男孩的电话，我说请你把你妈妈的手机号给我一下，他说妈妈的手机早不用了。我说微信号也行，他说微信也被他妈妈拉黑了。犹豫一下后，他说可以把妈妈微信号给我，让我试试。

我求加大男孩妈妈好友，几个小时后对方接受了。等我语音通话时，对方没有接听。几秒后，她拉黑了我。

我与寒梅愉快地告别，她一扫之前几分忧郁的神情，热情地给我端上爱吃的盆烩。同时给我端上来一盘洗好的甜杏和一盘煮好的甜玉米和豌豆。

寒梅说："我还怕您今天不来，这是留给您的，杏子是新疆的，很甜。"

我不客气地吃着玉米和煮豌豆。我知道，寒梅是在用这种方式表达她的感谢。

寒梅诚恳地希望我再来："我这几天想，要不要关掉这个小馆，和盼盼爸一起干点儿什么……"

七

在离开闽宁镇的日子里，我脑海中常常出现古月虎父女三人的样子：高大的父亲细皮嫩肉，能言善辩；儿子一副悠闲浪荡的样子；女儿眼睛里透着一种与年龄不相称的亮光。遗憾的是，我没能够见到小冰的母亲，其实不用见到了，古月虎一家的悲哀，难道这位当妻子和母亲的，没有一点儿责任吗？

小冰，这个在闽宁镇中学每一个老师眼中是逆境学习优异的学生，也是班主任非常关心爱护的学生，未来的日子如何度过？她在求学的路上还能走多远？

第十六章　梅花香自苦寒来

我的脑海里，也时时出现马玉萍丈夫马建明摇摇晃晃扫大街的影子。闽宁镇整体脱贫了，但总会有些家庭因意外伤害和疾病面临困难，但正像马建明夫妇一样，我在他们的身上和脸上很少看到忧戚，听不到抱怨，他们的谈话和神情中，时不时会闪出希望和自强不息的光芒。

而寒梅这个坚强的母亲和妻子，虽然没上过几天学，但她是一个多么勤劳能干的女人，而且，聪慧又有悟性。在我看来，一个坚强、有悟性、有智慧的人和学历是没有关系的，那种坚强聪慧可能是与生俱来的，也可能是骨子里慢慢长成的。

我回北京第二天，北京疫情开始暴发。寒梅来微信，惦记我们一家的安全。随后又给我发来长长的微信，她说：

"老师，这次遇见您是我一生的荣幸，感谢老师的开导。在老师的开导下，我已经试着和他交流沟通，我把憋在心里、平时不愿意对他说的话和我的感受一点点告诉他，他在视频里哭了。他说，他以为多挣回一些钱，我就会高兴，就不会离开他。我对他说，其实，我就是想好好和他过呢，我曾经失去过一个家，我不想再失去这个家，我不看重你的钱，我只是希望你相信我，不要打我，真正关心我，一家人平平安安，健健康康就好。他听了我的话，流了好多眼泪。其实老师，在您来我们这里之前，我才做人流四十多天，我做的是药流，四十多天里，我一直在流血，我整个人虚弱得不行。我做流产三天，他就走了，他走时，明明知道家里没有鸡蛋，都没有帮我买一些，走了后，他每次视频都会和他女儿视频，没有一次问过我身体咋样，累不累什么的，我不知道他是不是爱我，有时我就想，我找老公干吗呢，有时感觉他陌生得很，想起来，心里好累好酸。自从遇见您，听了您对我说的话，我觉得自己也有问题，我放弃和他交流，放弃了把自己的内心感受告诉他，所以，我们这个没有基础的婚姻，看似是结婚9年，但是9年来，我们都是在怨恨（猜忌）中度过，如果不是遇见您，也许我们的婚姻就要走到头了。老师，您放心吧，我会试着和他交流，试着给自己一次机会，给他一次机会，也给我们这个家一次机会，我会改变自己的。"

看到寒梅的短信，我为他们一家揪着的心舒展了许多，这个重组的家庭，但愿这个经历了不幸的女人，会苦尽甘来，迎来明亮的日子，这样，一年级的盼盼就有盼头了，否则，她该盼望什么呢？寒梅，这朵在冰雪寒风中的梅花，在她丈夫的精心爱护下，定会灿烂开放。

2020年7月24日，社区刘书记微信告诉我，古月虎在办理低保过程中，发现他名下有一辆车。后经多方调查，证实是多年前别人用古月虎的身份证购买的。为这件事，村第一书记马宁专门去了趟外地，跑了好几天。低保手续办妥后，古月虎就可以到医院做手术了。

我给刘书记回复：

"我替古家父女谢谢大家！我们基层扶贫工作千难万难，但有党和政府，有你们一线的好干部，再难也会取得胜利。但愿古月虎手术后能自食其力，肩负起做父亲的责任。"

2020年8月29日上午，我打电话给古月虎，询问小冰中考情况，古月虎说，小冰考了608分，因为疫情没考体育，这是高分了，被银川育才中学实验班录取了。"实验班是学校最好的班。"古月虎说。

小冰的前景也光明起来。

第十七章 闽宁镇的春天

一

在闽宁镇十里八村，我像个地道的游客。时间一长，大家会看出我非常喜欢孩子。

喜七子是我在闽宁镇一带见过的最好看的女孩儿，天使般的模样。

第一次见到她时，是2020年5月29日傍晚，天色已经很暗了。喜七子的爸爸拉着满满一三轮车小食品，在闽宁二中栅栏外面等待晚自习下课的学生光顾。

当时，学校栅栏外有两辆三轮车，车斗里装满七七八八的各色小食品，都是中小学生们的最爱。因为晚自习没下课，旁边一个顾客也没有。一老一少两个卖家在聊天，我完全被其中老一点的卖家那顶草帽吸引了，太阳早已经落山，草帽却端端正正地戴着，有点意思。那是一顶真正苇草编织的草帽，样式完全是二十世纪五六十年代的，只是上面没有印上几个红字。这位白衬衫黑裤子的卖家，戴着宽沿草帽的样子，让我不由地想起大寨梯田和陈永贵。

"现在这种草帽不常见了——"我向草帽哥搭讪。

"不常有了，人家都爱戴化纤的啦，机器织得快，这是手工织的。"草帽哥的口音很重,如果换一个外地人,听不懂这地道的西吉土话。

我点头称是。草帽哥用手扶了一下草帽,向我善意地笑,一口整齐的白牙,原来他并不老,这样的草帽是抵挡不住高原紫外线的。阳光催人老。

我和草帽哥互通了姓名,草帽哥姓喜,然后你来我往地攀谈起来。年轻一点儿的卖家可能受了冷落,或者还有别的事,就推起三轮车悄悄离开了。

这时我才注意到喜七子。她一直趴在三轮车的座位上写作文。由于天色昏暗,喜七子只好一手拿着爸爸的手机,用手机电筒那束光照亮作文本,一手匆忙地写着。

喜七子梳着一个马尾辫,穿着一件大红色长袖T恤,从作文本上返到她脸上的光,让整个人有了油画般的色彩,这一刻她真是美极了。我被这情景吸引,赶紧拿出手机,拍下了这难得的画面——这个吊庄移民的小女儿,在操劳半生的父亲陪伴下,在一辆三轮车的座位上,在一束手机灯光的映照下,安安静静地写作文。

我凑近一看,作文题目是《六一儿童节快乐》。字迹工整而清秀,一个四年级的小学生,这样的字是可以提出表扬的。

二

喜七子并不叫喜七子,她的学名叫喜国梅。在我看来,这个名字太过老气,与天使般的女孩儿很不相配,因为我已经知道她是家里最小的孩子,排行老七,所以我叫她喜七子。

喜七子的爸爸很乐观,是一个风趣幽默的中年男人,大大咧咧的那种。他没有文化,今年47岁。他们一家也来自西吉。二十多年前,喜七子父母带领一家人自发移民到闽宁镇福宁村。刚来时一贫如洗。

虽然喜七子的爸爸没有文化,但头脑聪明灵光。刚来时,闽宁镇还是一

第十七章　闽宁镇的春天

片黄沙滩，土地不值钱，他看准了商机，借钱买了几十亩土地，后来就是靠卖土地在闽宁镇扎下了根，买下住房和临街商铺。乍一听起来，喜七子爸爸的生意和房地产沾边儿，但喜七子爸爸却说，他不懂什么房地产，只是贱卖一些土地，再像今天这样，用一辆三轮"打游击"，仅够养活一家人而已，七个孩子都要吃饭要花钱上学呢。

喜七子显然很喜欢我给她起的这个名字，不一会儿就熟悉了。如果我叫她喜七子，她就爽快地答应一声，声音憨憨的，有点低沉。喜七子的普通话非常标准，一字一句，一句一顿，言语间透着令人惊异的稳当和安宁。

因为要过六一了，喜七子那天晚上正在赶写一篇老师布置的作文，作文的名字叫《六一儿童节快乐》。

注意了喜七子，我发现她一边写一边不停地看手机。显然她在上网。我很好奇，我不知道她在网页上看什么，我走近一看，原来喜七子在手机上百度有关六一儿童节的作文句子。

我让喜七子先停下来，借着电筒光，我看到作文开篇这样写道："儿童是我们的未来，是我们的希望，是我们国家最宝贵的财富……"

我禁不住哈哈大笑。这哪里是一个四年级学生的语言，这是我们学校一个大学生的八股文。如今的网络，果然是消灭语文的第一杀手。

喜七子看到我笑，便抬起头看着我，有些不好意思。我说，喜七子，你真想学好作文吗？她认真地点点头。那我来教你写作文吧。喜七子没有说话，依然那样看着我，有点疑惑和茫然。我说，你不信我会教你写作文吗？那你现在百度一下我的名字。

喜七子按着我说的名字输入手机百度，马上从屏幕上弹出我的名字和照片。喜七子看看我的脸，再看看手机上的图片，发出惊喜的呼声：喔，原来你很厉害。我说，如果你相信我，就立即撕了这页作文，我们一起重新写怎么样？听了这话，喜七子毫不犹豫，唰的一下撕掉已经写了半页的作文，然后歪着头看着我,不说话,她在等待我的指导。

我大致告诉喜七子写作文的方法和行文脉络后,喜七子很快就开始写起来。我说,不着急,等你写完,你把这篇作文,拿给我看,喜七子一边写一边点头。

三

喜七子和她爸爸的三轮车,每天晚上准时在闽宁二中栅栏外出现。下课的孩子们,叽叽喳喳地从栅栏里伸出小手买零食吃的场面,成了每晚最吸引我的风景,孩子们贪吃的天性和快乐,让我仿佛也年轻了许多。

第二天傍晚,我准时来到喜七子爸爸的小货车这里,这是我和喜七子的约定。我要看她的作文,我要给她批改作文,我很想能用这不多的机会帮助这个天使般的孩子。我期待看到喜七子改写后的作文,但喜七子却告诉我说,今天,老师看了她的作文没有还给她,说是准备展览用。这是我最愿意听到的消息,老师一定是看到喜七子这次作文与以往有所不同,才会当范文留下来。

三天后的一个晚上,喜七子用她爸爸的手机给我发来语音说:"爷爷,我的作文老师还是没有还给我,我就回忆着把那天的作文重写出来,我拍照片发给你吧。"

我接到喜七子的语音,非常兴奋,很快回了信息。一个多小时后,喜七子把她写好的作文拍成照片发了过来。一行行抄写规整的文字映入我的眼帘:

《我今年的六一儿童节》

今年的六一儿童节,我很兴奋,是因为一个人非常让我懂得的,让我也

第十七章 闽宁镇的春天

深深地明白了怎样才能写好一篇作文。他告诉我很多很多，（他说）如果以后有作文，我就交给他，他说帮我检查作文，如果不对了，他就会告诉我怎么改作文，改完后，就是一篇规规正正（整整）的作文了。

他是河北内部人，在北京当军队（兵）。（他）也是一位有名的人，他姓侯，他在北京当军（兵），也有很长的时间了。所以我叫他侯爷爷。就在六一儿童节（前）的（一天）晚上，在8时20分的时候，他来闽宁镇出差，就在当时，我很惊讶，心里想着："这么远的地方，为什么不在北京出差呢？"后来，我仔细想了想，他可能是来看看我们这里的环境，让自己的脑子更宽阔吧……侯爷爷之后，又教了我怎样写好作文。他说，让我把听到的，看到的，想到的整理成句子写出来，要经常练习写，天长日久，就会写作文了。他让我严格要求自己，这样才能做更好的自己。其实，我更要向侯爷爷学习，他有很大的本领，值得我学习。

读完喜七子的这篇作文，我有点小激动。她说我是"河北内部人"多有味道的句子！这是一个多么聪明的孩子，一次指导，从全是搬抄网上的句子，到顺畅地表达，进步如此之快！从小学生作文标准看，尽管喜七子的作文明显低于城市同年级学生水平，但这一天的进步，足以让我看到希望，看到喜七子的语言潜力。假如喜七子能够这样坚持下去，在不久的将来成为一个作家也说不定呢。

以后每天繁忙的采访任务，让我无暇再光顾喜七子爸爸的小货车。6月7日晚上，喜七子又用她爸爸的手机发来语音。喜七子说："侯爷爷，你已经三天没来我们这里了，我爸爸妈妈说，让你抽空来我家做客。"

星期天的中午，我按着和喜七子爸爸的约定，来到他每天晚上卖东西的地方。远远就看到喜七子和她妈妈向我这边走来。我知道，喜七子是来接我的。喜七子虽然才十岁，但走在妈妈身边，俨然像个大姑娘。走到我跟前，喜七子立即递给我一瓶矿泉水。七子妈说，这是喜七子特意为我准备的，一种幸福的感觉立刻充盈在心间。

四

这是闽宁镇一间临街的商铺，这个小卖部说是临街，但却不在闽宁镇的主街道上，也不在闽宁镇的商业中心，如果这个小卖部还有点优越感的话，就是和闵宁二中相邻。小卖部的面积有三四十平方米的样子，里面摆满了琳琅满目的各种小吃、矿泉水、饮料、面包和水果；在小卖部一角的货架上摆满了学生用的各种学习用具。小卖部看起来很凌乱，但这却是喜七子一家赖以生存的经济来源。

在我的提议下，我们都坐在小卖部的门口，这样既能看店，又能说话聊天。

喜七子的爸爸妈妈很热情，一会儿递给我一袋儿饼干，一会儿递给我一个面包，一会儿递给我一个水果。很显然，他们不知道怎样向我这个愿意当喜七子老师的人表达谢意。

喜七子的妈妈很喜庆，也很善谈，脸上一直挂着笑容。按我老家的说法，这样的女人很旺夫。只可惜，她的普通话说得不好，我随时都要喜七子来充当翻译。

七子妈说，喜七子是她家里最聪明的孩子，小的时候，由于孩子多，险些送人。怀喜七子四个月的时候，一次喂牛，不知为什么，这头牛突然发起疯来，它用犄角把女主人挑起来扔出好远。七子妈肋骨撞断三根，不能起床，家里又穷，也没有去医院，就在家里养着。即使这样，肚子里的孩子安然无恙。"这孩子命就是大，这么撞也没有撞掉。"七子妈用双手比画着说，然后爽朗地大笑。喜七子用耳朵听着，脸上却平静如常，她还不时翻看

第十七章　闽宁镇的春天

着练习本。

我听到这儿走神了。我想起大约在上七年级的时候，正是农村包产到户的初期。我家分到生产队一头黄色耕牛。当时父亲是生产队长，知道这头耕牛是队里最好的，正值壮年，活计好脾气又温驯。春耕时，某天上午，天上还飘着雪花。我们去西山坡地种燕麦。小哥和父亲一人背种子一人背家具前头走，黄牛跟在后面，我跟在黄牛后面。西山坡地离村子较远，就在快要走到我家燕麦地时，黄牛突然紧赶几步，一低头用弯曲粗壮的角从后面把父亲挑起来甩进旁边的地沟里。我吓呆了，等小哥把父亲从沟里扶起来时，我看见父亲的棉裤裆被牛角挑开了，微微黑黄的陈年棉花全部露出来。父亲站起来又向下蹲了两下说："没事，没伤着骨头。"看到父亲没太受伤，我从惊诧中回过神来，再一看黄牛，它撑开四腿，低着头喘粗气，眼睛瞪得比鸡蛋还大，这是拉开架式准备大战一场的样子。回想刚刚父亲像蝴蝶一样飘起来的样子，我再也禁不住，哈哈大笑起来，乐得前仰后合。小哥把黄牛拴在路边一棵橡树上，用鞭子狠狠抽打黄牛。后来听父亲说，牛和人一样，是有脾气的。常年劳作不分昼夜，当它知道马上又要套犁干活时，突然发了脾气。父亲说，伤了主人的牛是要受到惩罚的，否则它还会重犯，如果再伤主人，只可杀，不可卖，因为它会伤害新主人。

七子妈说，生喜七子之前，就已经和邻村的一家人说好了，如果是女娃，生下来就抱走。可是生下来后，那家人听说，我被牛撞坏，就以为孩子也是一个有病的孩子。喜七子长到三个多月了还很瘦，他们就没来抱，喜七子只有自己养着，养着养着，孩子越来越好看，等他们想来抱孩子的时候，我们一家人都舍不得送人了。

七子妈说完哈哈大笑起来，她就像说着别人的故事，喜七子坐在一边不说话。我用眼睛的余光瞟了下喜七子的表情，我生怕母亲的话伤害到孩子。但喜七子没有任何反应。我不知道，此时，喜七子怎样想她父母当时要送她

石竹花开
——闽宁镇的春天

走的这件事情,父母当初的举动会不会给这个孩子心理留下阴影呢?也许,这需要喜七子长大后才能回答这个问题。我在想,如若当初喜七子被邻村的一家人抱走,现在的命运又如何呢?此时我的思绪有些游离。

七子妈反复惊叹这孩子命大。七子两岁的时候,母亲去山上干活,大她两岁的哥哥在家看着她。这时,喜七子手里拿着一个馍,家里养的一条大狗看见喜七子手里的馍,就跑过来要抢馍吃。喜七子先是不给,后来给了,却用小脚踢了大狗一下。

"其实没有踢着,那条该死的狗,翻了脸,就扑倒孩子,在她脸上和脑袋上咬了两口。"

说到这儿,七子妈拉过一旁的喜七子,揪住喜七子的耳朵让我看喜七子脸上和右耳朵后的伤疤。看着喜七子脸上隐隐约约的伤痕,我的心就像当年喜七子被狗咬一样,紧紧地拧在一起。不敢想象,对于两个年幼的孩子,那是怎样的一场血淋淋恐怖的场面呢!我已无心说话,看到被母亲拉过来拽过去的喜七子,突然让我联想到生活在城里的孩子。城里的孩子一生下来,身边就会有几个人看护,他们像天上的星星一样,被一家人捧在手心,含在嘴里。可是,生活在贫穷边远山区的这些孩子,只有大的看小的,甚至自生自灭。同样都是童年,城乡之间的孩子成长却有着天壤之别。

就在我和喜七子父母说话间,喜七子大姐的两个孩子,大的四岁,小的两岁多,都是女孩儿,一直在我们中间自由穿梭、任性嬉闹。她们还小,不关心我们在说什么,大人的事情与她们一点关系都没有,两个孩子自由自在地在小卖部里不停拿自己喜欢的食物,每人嘴里含一颗棒棒糖,大的手里拿一包方便面,小的手里拿一串我叫不上名字的食物。坐在门口的姥爷仍然戴着那顶草帽,他偶尔揽过一个孩子亲热一下,然后放开,自顾自地用两只手轮番在衬衫下搓着汗泥;姥姥不管这一切,就那样由着孩子们的性子,不说什么,也不去管教,兴味盎然地给我讲述关于七个孩子的故事。

第十七章　闽宁镇的春天

五

七子妈说，家里的七个孩子都很听话，大女儿初中毕业，已经成家。两个大儿子，一个在国外念书，一个考上宁夏大学，剩下四个一个大学生，一个上高中，一个上初中，最小的老七上小学。

说到这儿我都有些糊涂了，七个孩子对一个只有一孩概念的人来说，简直是一组天文数字，到底几个上大学，几个上中学，外人谁记得清？但妈妈不明白这个道理，老大老二老三老四……七个孩子的趣事交叉着说，把我说得云里雾里，重要的是我真记住了，七个孩子，除了大女儿成家，其他都在学校上学，而且有三个在国内国外上大学。

七子妈说，在西吉老家的时候，山穷地薄，孩子又多，家里穷得要死，如果不是移民到闽宁镇，我的几个孩子就不会有书读的。出了山，我就想，我和他们的爸爸，这一辈子没有文化，受了一辈子苦，穷了一辈子，为了下一代，我们就是砸锅卖铁，也要供养孩子上学，一个都不能落下。有时孩子也贪玩，作业对错我不会，但他们谁不看书学习，我能知道，只要他们不好好学习，我就不吃饭。孩子们可怜我，就都好好学习。听七子妈这样说，我心里泛起阵阵感动。我看一眼坐在店门口搓汗泥的草帽哥，他根本没有听七子妈讲什么，却在那里打起了瞌睡。原来喜家这条船，是这位不时哈哈大笑的母亲在掌舵。

闽宁镇正午的阳光暴晒，还好，我们小卖部的屋檐搭着遮阳棚。大街上看不到什么行人，也没有人光顾小店。一个十七八岁的少年端着一只热水杯，始终坐在离我们不远的板凳上。看神情，是智力有些问题。但他对放在三轮车上的我的迷彩外衣显然产生了兴趣，几次凑过去观察。外衣旁边放着我的包，里面全是我的身家性命，比如钱包、证件、采访本、录音笔等。我不放心，站起来拿过外衣和背包放在脚边。

七子妈明白了我的意思，用下巴向少年的背影呶了呶，又指了下自己的脑袋，压低声音说："邻居家的，没事。"我明白了，果然是智力问题。

只有几辆摩托车从大街上突突地穿过。偶尔会有从门前穿过骑摩托车的男人和草帽哥打招呼，从瞌睡中清醒的草帽哥和他们说着宁夏老家话，我一句都听不懂。草帽哥总是笑嘻嘻的，露出一口白牙。可能防止再打瞌睡，他开始不停地摆弄着小卖部防火门上的绳索，为了逗大女儿的两个孩子开心，他一会儿把绳索套在自己的脖子上，就像上吊一样，然后翻着白眼，伸出舌头，做假死状；一会儿他抓过其中小一点的外孙女，把绳索强行套在孩子的脖子上，外孙女在姥爷的怀里扭动着身体，发出咯咯咯的笑声。七子妈对此视而不见，就像草帽哥是这个家的大孩子。

实在太吵闹了，七子妈就冲丈夫大喝一声。两个外孙女就格外大声笑起来，她们可能在笑这个好玩的姥爷又被教训了。这是一个充满笑声的家庭，在草帽哥夫妇的脸上，看不到烦恼和焦虑，看到的只是笑脸，因为这笑脸，看不出日子的艰难和困苦。尽管在我看来，喜七子爸爸哄孩子的举动有些危险，但在他们的家庭里，对于孩子们，这样的玩儿法是最开心的游戏。后来从七子妈讲述里得知，丈夫是少见的聪慧人，这聪慧足以在成千上万的移民中获得先机，比如借钱购地，转手再卖掉，这让七子妈很服气。另外，这个有七个孩子的男人，不论生活多艰难，从来没有打过老婆一下，也不打孩子。这在西北乡下，简直是个奇迹。

六

远远地有一个女子骑着电动自行车飞快地向我们驶来。来到跟前，七子妈说，这是她的大女儿。

喜七子的大姐个子小巧，身材匀称，长得很好看。她穿着紧身牛仔裤，

第十七章　闽宁镇的春天

宽松的乳白色纱料短装，头上包着回族女人特制的粉色纱巾，样子像极了中东的阿拉伯人。粉纱巾是长款的，但是并没有罩住好看的脸。喜七子的大姐看起来无比妩媚。

七子大姐看见我，丝毫没有陌生感。她把一盆面条从电动车上拿下来，麻利地一一分成几碗给包括喜七子在内的几个孩子。然后拖过一只小凳坐在我跟前，一双好看的大眼睛真诚地看着我说，我听七子说了你这个爷爷，你还教她写作文呢！我说，是啊，你小妹妹很聪明，我只给她讲了一遍，她就写出这么好的作文，很有潜力。七子大姐听我夸奖喜七子，很幸福的样子。她说，她可聪明了，但只要你不盯紧，她作业质量和学习成绩就会掉下来。喜七子显然很注意大姐和我的谈话，当听大姐说她偷懒时，七子的小嘴嘟了起来。

喜七子的大姐今年32岁，已经有三个孩子，第三个孩子是个男孩儿。见怪不怪，整个闽宁镇就像是一个天然的幼儿园，三五成群的孩子随处可见。

几天前我去闽宁镇中学，校长告诉我，闵宁中学，现在有39个班，2000多学生，学校爆满，又建了闵宁二中。全镇十来所小学也人满为患，但即使这样，仍然跟不上这里人们的生育速度和求学需要，因此导致中小学教师资源严重不足。这个话题很沉重，我能看出老校长深深的忧虑。

喜七子的大姐初中毕业，因为是家中老大，早早就辍学帮助妈妈在家带孩子。说到这儿，七子大姐赶紧补充，不是爸爸妈妈不让上，是她自己的决定，一来看着父母劳累心疼，二来自己学习一般。

她说，结婚之前曾经在北京大兴打工，但是父母却在家中早早地给她选择了一门亲事，只有回来结婚。

说到婚事，七子大姐再补充一句，自己的婚姻不幸，与母亲有关，如果不是父母做主，她会有自己的选择。

喜七子大姐结婚后并不幸福，这不幸福的根源是丈夫有家暴行为。丈夫常年在外打工，每次回来，哪怕只为家中琐事，也会大打出手。七子大姐说到这儿，向我亮了一下左侧锁子骨。她说，一年前，这根锁骨被打折了，现在里面的钢板还没有取出来。七子大姐说到这儿，眼里突然泛起泪光，她像见到久别重逢的长辈一样对我说，我们这地方的男人打老婆是常事，但打老婆和家暴是两个概念。我不是文盲，我不像其他姐妹那样逆来顺受。现在我们已经离婚几次了，最终都因为可怜的孩子没有离成。这几天又在闹离婚，这次，七子大姐不准备再原谅丈夫。

因为妈妈送饭来，两个年幼的孩子安静地吃面。我看着喜七子大姐的两个孩子，她们还不懂事，还听不懂妈妈和我的交流，但不安定因素就在身边，她们无法选择自己的父母，这难道就是她们的命运吗？

七

这时我猛然意识到，自从大女儿来到，高声大嗓的母亲不再多讲话。她站起身照顾两个外孙女吃饭。对于大女儿毫不遮掩的埋怨也一声不吭。很显然，女儿的婚姻是父母最大的心事，世界上有哪个母亲看着如花似玉的女儿，被丈夫打折了骨头而不难过心痛呢？

我不想此时加重聊天气氛。现实也一样，关于家暴是一个世界性话题，但不在一起生活的人，总会以第三者和局外人的眼光来看待家庭矛盾和所谓的家暴。尤其是西北地区，男尊女卑思想由来已久，现实社会生存压力加大，而移民区计划生育政策执行不力或失控，致使80后90后青年的生育观一下退回到新中国成立前后的水平。生儿育女嘛，生一个是生，生两个也是生，人这一辈子，最后能落下什么？不就图个人丁兴旺吗！所以，孩子一个接一个地生，没有男孩子的，即使生了三四个女孩也继续生，直到生出男孩子；生了一个男孩子，刚过了几天好生活的爷爷奶奶又搬出老皇历说，生女落单，

第十七章 闽宁镇的春天

生男成双。结果呢?像七子大姐这样,年纪轻轻的,拖着一儿两女,丈夫只好常年外出打工养家。小两口常年两地分居,这样的婚姻不闹矛盾反而成了怪事。

聊到这儿,我问七子大姐,你是读过书的,你告诉我,你现在爱你的丈夫吗?这位年轻的妈妈愣了一下回答说:只要他不打我,我怎么不爱他?不爱他我能为他一口气生下三个娃?我说,这才是重要的,但你为啥不把你的爱说出来?七子大姐低下头,眼里的泪水在打转。她说,我原来信我妈的,以为父母看上的,也像我爸一样,从来不打老婆,即使打了,只要下手不太重就行……这时,两颗泪珠重重地砸在砖地上。

"要想办法解决你和爱人的矛盾,离婚不是最好的解决方式,心与心的交换,心与心的沟通才重要。你是读过书的,你懂得。"

听我这样说,七子大姐轻轻点点头。这时七子走过来,把一叠餐巾纸递给大姐。七子好看的眉宇间,微微锁着。

其实,在与七子妈的交谈中,我已经知道这个大姐,她非常喜欢弟弟妹妹们,尤其喜欢喜七子。说到弟妹们,她说,不论上大学的还是上中学的,弟弟妹妹们在学校的情况,她都一一掌握,开家长会都是她去开。她说,妈妈没有文化,听不懂老师说些什么。喜七子的作业都是她每天过来检查辅导,无论多忙多晚,她都要跑过来。她说,喜七子有时很贪玩,时间抓得不紧,学习成绩就会掉下来。

这时七子大姐有些幽怨地说,自己初中毕业,没有走出去,我不能看着我的弟弟妹妹们走我和妈妈的老路。要让他们活出自己,唯一的出路是读书。有了知识,就能创造财富,这时多生一两个孩子,也不会既拖累自己又拖累国家了。

七子大姐说这番话的时候,目光坚定。我从这位姐姐的目光中,看到的不是姐姐的目光。而是一个坚强母亲的目光,她早已代替母亲担负起教育弟妹的责任！这是一个多么伟大的姐姐。

喜七子有福了，尽管家中贫困，但却在有爱的家庭中成长；没有文化的母亲对知识的渴望和坚持，大姐在婚姻中的觉醒，都会成为喜七子人生的财富。随着年龄的增长，她会慢慢地悟出来，包括七子的其他兄弟姐妹，一定会走到更广阔的天地中去，他们会从不同的社会层面改变生活，改变家庭经济，改变家族命运，因为，他们有这样坚定又坚强的母亲和大姐，还有牛一样勤劳聪慧、永远戴着草帽的父亲，所有的助力都向着一个共同的目标。

已经是下午三点。即使太阳转到楼后，在这小小的遮阳棚下，我也汗流浃背。打扰喜家已经几个小时，是到告辞的时候了。

草帽哥要骑着三轮车送我，我谢绝了。我抬头看一眼太阳的位置，下意识地说："宁夏原来这么热，完全是夏天了啊。"

"哪里啊，夏天还早呢，这是春天。"七子妈又恢复了高声大嗓，"要不，你把七子带走吧，你这样喜欢孩子，带走了，让她好好念书，长大也能给你养老。"

听七子妈这样说，我非常感动。我知道这是一句客套话，但却包含着无限的深情。

我说："谢谢谢谢，以后再也不要说把七子送人的话了啊。你们舍不得，七子也不会跟别人走，她已经长大了啊。"

八

回到北京有些日子了，我的脑海里还会时常出现闽宁镇的样子。这是一个新生的小镇，朝气蓬勃，就像早晨八九点钟的太阳。

喜七子穿着红色的T恤，梳着青春的马尾辫，憨憨的、语速缓慢的说话声，清澈明亮的大眼睛，暗夜里照在她稚嫩脸上的那束光，她渴求和我交流探寻外面世界的专注神情。

草帽哥的白牙、七子妈的笑脸和高声大嗓的西吉话。

七子大姐漂亮的粉红色纱巾和诚挚的泪光。

还有,闽宁镇大街上自由玩耍的孩子们和孩子们欢快的笑声……

这些都让我联想到山川、河流、蓝天、白云、绿草和朝霞。是的,这些都是春天的景象,移民吊庄闽宁镇的未来和希望就在一个接着一个的春天里。

第十八章 父亲的来信

一

2019年10月25日早6时准时起床。预约的出租车从永宁或银川来。洗漱完提上行李到小宾馆门口等车。闽宁镇的气温有点儿低。我绕着宾馆前圆形花池慢跑一刻钟。出租车提前五分钟到。早6时20分从闽宁镇出发。上午10点，到达盐池县宾馆。车费130元。盐池宾馆是我宁夏之行入住的最高档宾馆。是县扶贫办主任范钧帮我预订的。当范主任告诉我订了盐池宾馆，我直言相告，这次执行写作任务，吃住行不花公家一分一文，不开一票一据，所以不想住这样的宾馆，最好能在离扶贫办近一点的地方找一家小旅馆，有热水洗澡就行。但范主任考虑我年纪不小，多日车马劳顿，还是条件好一点好。他说："就住那儿吧，离县政府近，我请他们打个折儿。"我不好再说，只好这样。坦白讲，出身决定消费观，穷家难富贵。我出身贫苦，几十年来公差私行，吃方面吃饱就好，住方面只要能洗澡就行。这既为省钱，也是一种生活习惯，尽管这种习惯多被同行同事讥笑，但我并不以为意。

走进8221标房，整洁清爽，果然够县级标准。两张床上各摆着一头约20厘米高的白色大象。放下行李顾不得如厕，先拿起大象，原来竟是一条白色浴巾挽成的，两只黑黑的眼睛是剪成的不干胶沾上的。这生动准确的形象创意，让我立即想到闽宁镇原隆村扶贫车间的刘亚明老师，如果我不是先期领教了她传授的编结技艺，这样一条普通长毛线浴巾结成的有趣大象，我会惊为天成！刚在原处放好大象，服务员马上送上一块热毛巾和一杯奶茶，房间立即充满茶香。热毛巾一擦脸，舟车劳顿立消；一杯奶茶下肚，也抵早餐之空。这是我多年走南闯北第一次遇到县级宾馆最温馨的服务，很难想象这是在大西北的盐池县。

盐池县位于宁夏回族自治区东部，为吴忠市辖县，著名宁夏滩羊集中产区。历史上中国农耕民族与游牧民族的交界地带。县政府驻花马池镇。县境由东南至西北为广阔的草原和荒漠草原，以盛产"咸盐、皮毛、甜甘草"著称。驰名中外的宁夏滩羊是盐池主要经济来源。县城北、东、西南分布着大小20余个天然盐湖，因此得名"盐池"。

我知道，盐池是西北古老的边城，文化底蕴深，民族融合好，以汉民居多。盐池县在2016年就已经脱贫摘帽，是全国扶贫开发的模范县。

半个小时后，范钧主任从一个未结束的会上赶来见面。范主任戴一副近视眼镜，谦逊儒雅，里外透着一股书卷气。我们有一见如故之感，听了我的大致诉求，范主任说，扶贫经验有千万条，扶贫干部有百千个，但要抓住典型经验和典型人物。这些年盐池扶贫、脱贫上最得力的是驻村第一书记。这第一书记最初被视作可有可无，但现在看来，却发挥了各具特色的积极模范作用。

范主任说，现任王乐井乡曾记畔村的第一书记禹洪亮值得交流。他来自自治区机关，已经干满两年任期，今年却主动要求再留任一年，两年多来，他的基本伙食就是方便面……

二

第二天,范主任派一辆车,把我送到曾记畔村。这是我到宁夏以来第一次用公家车。这次实地了解脱贫攻坚工作,中国作协有严格的要求,不给当地政府找一点麻烦。不仅如此,我个人的习惯也是,力所能及的情况尽量不打扰别人,少打扰别人。但范主任说,曾记畔村很远,打车到农村没人愿意去。

车子一路颠着,时而乡村公路,时而黄土小路。快到中午时分,我们赶到村部。村部是一个并不太大的院落。禹洪亮一个人在村部,他迎到院门,黑红的脸膛,声音洪亮。若不是穿着一件蓝黑色的夹克衫和一双运动鞋,他与当地的农民并无区别。

走进禹书记办公室兼宿舍,一股方便面味扑面而来。几句寒暄,禹书记拿起电暖壶给我倒水:

"刚烧开,以为你们得下午才到,正准备吃个饭到一个农户家,她家昨天丢了几只羊……"说着,禹书记端过桌子上一碗一次性盒装方便面,上面用塑料小叉子叉在碗边固定着的软塑盖。

"这里没有饭店,也没有食堂,要不两位和我一起吃碗泡面?"禹书记端着冒热气的方便面,两只手比画着,肢体语言很丰富。

我和司机不再客气。一人泡上一碗面。这时禹洪亮接了一个电话,是村书记打来的,问他多会儿下来,他在丢羊的农户家等着呢。

禹洪亮说,马上,吃碗面就过来。这时,我发现办公桌的床上,我朋友兼同事写的一部小说打开一半扣在床上。

"怎么?禹书记喜欢军事小说?"

"喜欢,从小梦想当兵,结果眼睛不好,没验上。我平时不看电视和手机,喜欢看书,这是我从银川带过来的,看了第二遍,小说写得不错。"

第十八章　父亲的来信

村书记听说有客人来，就独自处理丢羊人家的问题。我和禹洪亮交谈一会儿，禹洪亮说："走，我带你到农户家转，边转边聊。"

坐着禹洪亮自己的车，整个下午我们跑了大半个村子，这个村子有近十公里范围，东边几户，西边几户，都说宁夏地方小，到了乡下，一个村的面积会让你惊叹：宁夏的乡村真是大到无边无际。

果然，禹洪亮对再小的自然村都了如指掌。一到农家，不管有人没人，一边高喊着主人的名字，一边推门就进，像来到亲戚家。

来到了小阳沟自然村村民李全家。从2017年元月份驻村开展工作以来，禹洪亮自己来过李全家十多趟，但是开车来还是第一次。

"老李、老李，老李可能喂羊去了，我们到羊圈看看。"车停稳后，禹洪亮喊了两嗓子，不见老李的面。他带着记者绕过老李的新房来到羊圈。果然老李端着簸箕正在给羊添料。

"禹书记来啦！走、走、走屋里说。"李全热情地招呼，仿佛见到了老友。

一个星期前，李全搬到了新房，崭新的铝合金门、窗，光洁如镜的地砖，客厅、厨房、卫生间一应俱全，和楼房结构布局一样。

"晌午的时候坐到炕头上，还冒汗呢。"子女不在身边，老李和老伴住在这间卧室，一个小炕、朝阳面的窗户采光好，此刻，虽然没有阳光照射，但是从老李的话语间让人感受到了冬日暖阳照进炕头的温暖。

新房西侧是一排面朝东的土坯房，木门已经腐朽，墙面泥坯也已经掉落，仿佛一位历经沧桑的老人。

"这房子有37年了，也能住。如果不是禹书记今年几次三番地上门给我做工作，说实话我还不想盖新房子呢。"

老李说的是实话，在农村，突然要让谁家拿出一两万块钱，难！

禹洪亮说，李全是我入户时发现住房比较困难的群众。泥坯房子天晴落土，天阴漏雨，冬天北风顺着墙缝吹进屋子。屋里冷得像冰窖。可是当禹洪亮动员他改造房子的时候，老李说什么都不愿意改造。他说自己和老伴都70来岁了，快进棺材板了，留点钱还要养老，不想给孩子们添负担。经过几次交谈和侧面了解，禹洪亮得知老李的家境不错，几个孩子都出去打工了，有个孙子在上海理工大学上学。了解到这些，禹洪亮再做李全的工作还是有把握的。禹洪亮告诉李全，请他放心，村里会帮助他解决建房中遇到的任何困难，政府不会让一户群众住在危房里。

"刚来驻村时，最让人揪心的是群众的住房安全。不解决群众危房，我心里不踏实，睡不好觉。"

三

温峰是张记沟组的一位农户，老两口均已70多岁高龄，伴有慢性疾病，家里还有一位智障的女儿。禹洪亮在入户时，看到这一户的情况是比较差的，本人也向他反映了低保没有被评上的问题。通过向村组干部和其他群众了解，都反映这户群众生活状况较差。

乡村两级多次为温峰申请低保，都因他儿子名下有辆货运汽车，几次审核未能通过。通过进一步了解，该车辆5年前就已顶账给他人，对方恶意不转户，致使温峰申请低保不能通过。掌握事实情况后，禹洪亮主动和吴忠市及盐池县车管部门取得联系，反映了情况。2018年4月份在吴忠市培训期间，又通过吴忠市信访局向车管部门反映了情况。车管部门经过调查，确认情况属实，为温峰出具了证明，9月份，温峰低保审核通过，老两口现在每月分别领取低保金245元，生活得到了保障。温峰对政府的感激之情难以言表，其他群众也认为政府的做法实事求是，社会效果好。

"反过来看这一件事，农村工作，事无巨细，都应该认真去对待。对整体工作来说，这件事很小，对这一户来说却很大，群众的事再小都是大事，从中也体现了工作作风转变的重要性。这是我多年从事信访工作得出的心得。"

2018年四五月份,在一次入户走访中,禹洪亮获知建档立卡贫困户陈儒、陈宏兄弟2014年在陕西定边县务工时,有一笔较大额的欠资未讨回后,心中就一直放不下此事,他反复核实情况,决定为兄弟俩讨回公道。

拖欠农民工工资的事情全国人民都知道,但没有多少能完美解决,因为用工单位会有各种各样的理由少付或不付农民工资。陈氏兄弟的起因,是当时陈儒在工作中受伤,不能从事该工作,因此兄弟俩先后离开工地,务工期间的工资却未能及时结算。由于法律意识欠缺,且手中没有任何欠资证据,4年来兄弟俩多次向该工地负责人讨要工资无果,后来欠债人也联系不上了,今年初在向当地有关部分反映问题时,却被告知已过时效,无法立案办理。

禹洪亮掌握情况后,积极为兄弟俩出谋划策,首先让陈儒兄弟俩通过法律途径向盐池县信访局反映问题,随后他主动协调盐池县信访局的同志,并亲自带着陈儒父子到陕西定边县,找有关部门协商解决。经与定边县政府分管领导、劳动监察部分管负责人充分沟通,双方确定了解决方向和具体措施。经两地共同努力,该工地负责人董某和陈儒、陈宏兄弟俩终于坐到了一起,由定边县劳动监察部门监督,确认了欠薪事实,陈儒、陈宏要回了3.8万元的欠款,4年遗留问题得到妥善解决。钱款到手,父子感激之情溢于言表,专门向第一书记赠送了一面锦旗。

四

说到扶贫"扶志、扶智",禹洪亮一针见血:

"要实现真正的脱贫和防止返贫,必须变输血为造血,让造血成为群众发展的动力。走,我带你到老李的养鸡场看看。"

李修玉是村上的建档立卡贫困户,年轻的时候他和老伴一起在外面打工,帮助别人看过大门,扫过马路,也帮助别人开过店。生活眼看着有点起色,儿子却遭遇到了一场突如其来的车祸,险些丧命。为了给儿子治病,老李几乎花掉了所有积蓄,城市高昂的生活成本,已无法让他继续在城市待下去。回到农村,老李想通过养羊来发展生产,却不想遇到了过山车般的市场行情,投进去的钱没有任何回报,几乎全赔掉了。2016年李修玉被评为村上的建档立卡贫困户。2017年禹洪亮刚到村,入户走访中了解了他的情况。

"老李说,现在的政策很好,只是自己的年龄大了,养羊劳动强度太大,他们感到很吃力,他想养鸡,请我给他帮帮忙参考参考。经过进一步的了解,老两口曾在银川打工时给别人养过鸡,有一定的技术基础。2017年村里号召群众发展生产,我随即和老李确定了养殖雏鸡,为其他群众供养鸡苗的整体设想。为此我带着老李考察了银川的几个养殖户,确立合作关系。"禹洪亮说,驻村第一书记就是要给农户创业提供信息和公关保障。

由于没有孵化条件,老李先将银川市其他养殖大户孵化出来的三日龄雏鸡接到家里,通过20天的养殖,再出售给其他群众。由于老李的鸡苗防疫过程完备,抵抗疫病能力比较强,深受群众的喜爱。经过几年的发展,老李预出的规模每年达到了2万余只,2020年初,他又增添了新的设备,预出量将翻一番。

在王乐井乡十里八村,提起李修玉雏鸡养殖,已是家喻户晓。为了解决李修玉成鸡的外销,禹洪亮又多方争取筹集了5000元,为他添置了真空包装设备。发动他的朋友圈买肉鸡。于是,老李的鸡不仅销到了银川周围,还销到了沈阳、北京、辽宁等地方。

老李常讲:"驻村工作队给我带来了思路和想法,这比给我们钱更重要。"

回到村部已是傍晚,夕阳的余晖引来了沉沉的暮霭。我和禹洪亮在方便面里各加了三根火腿肠,一人手里一头大蒜。

第十八章　父亲的来信

与有心人促膝长谈，其实是一种幸福。接触扶贫写作以来，我从来没有这样认真动情地倾听扶贫干部的讲述。关于在实现脱贫路上，乡村干部和第一书记到底制定了哪些举措？禹洪亮在床上盘起腿，像个说书人一样滔滔不绝地开讲——

曾记畔行政村位于盐池县城西北方向20余公里的山峁上。这里地处毛乌素沙漠边缘地带，年降雨量200毫米左右，蒸发量却在2000毫米以上，生态十分脆弱，经历着广种薄收、自由放牧的生产方式，一方水土难以养活一方人，是典型的靠天吃饭的地方。辖6个村民小组，总人口741户2 084人，2015年精准识别建档立卡贫困户196户576人，占总人口的27.6%。"吃水没有源、走路很艰难、三年两头旱、口袋没有钱、村里单身汉随处见"是该村的真实写照。2012年之前，全村青壮年劳力几乎全部外出务工。

按照落实"两不愁、三保障"，完善公共基础设施和发展村集体经济的思路。具体落实了以下几项措施。

一是大力实施产业脱贫政策。新建、改建棚舍221座，羊只存栏从4 000只增长到13 000只以上，土地耕种率达到90%以上。2017年以来，我们根据村上常住户老年人比较多的特点，积极宣传动员群众养殖草原滩鸡，从2017年的年存、出栏3 000来只，达到2019年的近30 000只。群众通过实施产业每年获取的补助就在100万元以上，种养产业为曾记畔群众增收的贡献值达到70%，产业为脱贫奠定了坚实基础。驻村工作队每年帮助群众销售农产品20万元以上。

二是全面落实好教育扶贫政策。2014年以来，为全村40位考入中职院校以上的学生落实了雨露计划、燕宝教育基金等教育扶贫政策，仅2019年就有12位学生考上大中专院校。几年来接受各类职业技能培训的人数达到600人次，其中有200多人取得了各项技能证书。群众通过一技之长获取收入的能力明显增强。

三是因人、因户施策。对49户群众实施了村内易地搬迁，对符合条件的160户群众实施了危房改造，为29户弱劳动力或没有劳动能力的群众实施了屋顶光伏发电项目。为66人次落实医保报销和保险理赔事宜。

四是争取实施了9.1公里柏油路，11公里水泥巷道，335盏太阳能路灯等项目，6个自然村均实现了柏油路与县、乡主干道相连，户户实现水泥巷道入户，太阳能路灯照明。

五是抓好党建促脱贫。充分利用"三会一课""5+X"等活动加大对群众的教育和引导，扶贫扶志扶智相结合。将"七一"表彰优秀党员、致富带头人、好婆婆、好儿媳，元旦开展村民文体活动常态化，增强群众内生动力。两年来受到表彰的群众达到64人次，被各类媒体报道的村民事迹20余人次，群众内生动力得到激发。在致富能人、退伍军人、返乡创业大学生中培养后备干部5名，全村培育农村致富带头人44人，其中党员致富带头人12人，在致富带头人中培养入党积极分子4名，先后有30余名青年人返乡创业，有三名向党组织递交入党申请书，积极向党靠拢。

"你刚到这里工作的时候，这里的大致情况怎样？现在怎么样呢？"

2017年初我到曾记畔村开展扶贫工作。虽说前几年的扶持，曾记畔村已有一定的基础，但也存在部分群众房屋居住情况相对较差，还有两个自然村没有通柏油路，产业发展比较薄弱等客观情况。随着各级政府工作力度的不断加大，近两年的发展变化可以说是日新月异。柏油路联通各自然村、水泥巷道通到家门口、光纤入户、太阳能路灯照亮了山村的夜晚，羊只满圈，一派生机盎然。

"在实现脱贫的过程中，作为第一书记，还有哪些印象深刻的事？"

第十八章　父亲的来信

我在这儿工作的近三年时间里,印象深刻的事情很多,主要的有这么几点。一是盐池县结合实际制定了一套接地气的政策。这些政策是在实践中逐步摸索和逐步完善的。比如滩羊的扶持发展政策。从圈舍的建设、品种的选育、产品的销售以及保险和金融等扶持政策的跟进,让老百姓真正打消了发展生产的后顾之忧,只要踏实肯干,用劳动改变生活没有任何问题。二是干部作风的大转变。从县乡领导到包扶单位的帮扶责任人,结穷亲、真帮扶。我所在的这个村子是盐池县中医院的大夫具体帮扶的。几年的时间里,干部和群众之间留下了许多佳话,干群关系明显改变。除了帮助发展生产,制定脱贫计划,中医院的大夫发挥自身特长,帮助遇到大病的群众联系医院治疗,办理医疗报销补助。许多群众讲,从扶贫干部身上,他们真正感受到了党的温暖。

"这个村是哪年脱贫的?脱贫后,干部们的工作重点是否发生了变化?变化是什么?"

曾记畔村是2016年整村脱贫销号的。脱贫以后干部的工作重点没有大的变化。作为自治区信访局的帮扶村,局党组专题会议研究,我作为第一书记留任的同时,又选派了两位年轻干部充实了驻村工作力量。县委组织部、县扶贫办对干部变动的帮扶干部及时进行了调整,确保帮扶责任不摘,帮扶力度不减。今年以来我们的工作重点仍然放在落实好各项政策上,以此巩固脱贫攻坚成果,只有把这个基础做实了,才能为乡村振兴蓄积力量。

"你认为如何巩固扶贫成果,避免返贫?"

曾记畔村和全县其他村庄一样，甚至同全国贫困村一样，虽然接受了国家的脱贫验收，得到了高质量脱贫的充分肯定。这既是荣誉，也是压力，更是机遇。从我们自身来说，也面临着一些短板。正如县委书记说的："如何做好产业升级，提质增效上如何下功夫，我们还有许多工作要做。"

作为一名驻村干部，我认为巩固扶贫成果，避免返贫还应该做好以下几方面。一是要保持政策的延续性。脱贫攻坚虽然告一段落，回头去看，各方面的产业扶持政策，对调动老百姓的积极性发挥了巨大的作用，扶上马再送一程，群众发展步子会走得更稳。二是加大保险支持力度。医疗保险以及产业保险等扶持政策，在脱贫攻坚中起到了关键的保障作用。三是要大力加强村党支部战斗堡垒的建设，发挥村党支部领头雁的效应。曾记畔的脱贫实践充分证明了党支部的重要性，朱玉国支书舍小家为大家、带领群众苦干实干的奉献精神是曾记畔村脱贫攻坚的催化剂。但由于村干部的报酬比较低，留不住人才，随着这一批老同志年龄逐步增大，新鲜血液的及时补充显得极为重要。四是要多管齐下，多措并举，持续加大对村民教育引导和村庄的治理工作。受群众文化素质等方方面面的影响，一些陋习还没有得到完全的改变。比如在婚丧嫁娶等方面，盐池县的情况相对来说要好，但这方面可干的工作仍然还有很多。这方面的治理会有效引导脱贫攻坚取得的财富向再投资，再发展领域方向转移，让脱贫攻坚的成果更加扎实稳固。

回来整理禹洪亮的录音，我用了快一周时间。这是我花的最长时间的个人访问。即使现在，禹洪亮富有激情的声调还在感染着我。我承认，禹洪亮是我眼中的好干部，我觉得我们会成为朋友。所以不免会谈到家庭和孩子。

"三年驻村生活，让禹洪亮像变了一个人，他没回过几次家，两个女儿上大学后，我一个人在家，有时我想，禹洪亮把我和这家忘了吧……但躺在床上又想，禹洪亮出身农家，为人古道热肠，他原本就是这个样子，他对农村充满着感情，对农民充满着感情……"

这是禹洪亮妻子电话里给我说的话。

说到家庭时，特别是谈到两个女儿学习成长时，禹洪亮声调又提高两度。他说，孩子是要教育的，父母是老师，言传不如身教。

转眼到了2020年6月，我再来闽宁镇，禹洪亮利用周末开车从银川来闽宁镇与我会面，一同来的是他的妻子和大女儿玥琪。

这是一个多么愉快的上午。这回禹洪亮说得少了些。马上大学毕业的女儿玥琪讲得最多。她说，离家到外地上大学，四年来最幸福的时刻是收到父亲来信那一刻。我知道禹洪亮一直用传统的家书方式与女儿交流思想和感情，于是一半当真一半开玩笑地对玥琪说："我多想有你这样一个善解人意的女儿，我多想有一天也接到你写的一封信。"

2020年7月10日，我真的收到一封来自西安的信。是玥琪写来的。信中附有他父亲写给她的两封信复印件。

尊敬的伯伯：

您好！

有很多话想对您说，一时不知道从哪里说起。就从我上大学说起吧。

2016年的夏天，我收到了一封来自2000公里之外的大学录取通知书。全家人琢磨了很久，该选择何种交通工具送我去学校，直到有一天，爸爸毅然决然地告诉我，他打算开车送我去江苏盐城。自从做了这个决定之后，爸爸就制订了一个锻炼计划，调整生物钟、每天坚持早睡早起并且刻意训练自己家不睡午觉，从做决定到出发，整整一个月，爸爸每天锻炼身体，增强身体素质，从未落下一天。"设定一个目标，并努力为之奋斗"便成了大学时期爸爸送给我的第一个礼物。

石竹花开
——闽宁镇的春天

  2017年的冬天，我收到了一封来自家乡宁夏银川的书信，是爸爸寄来的。当我小心翼翼地拆开信封取出信件，仔细阅读上面的文字时，见字如面，仿佛爸爸就坐在对面与我交谈。从那一刻起，我就爱上了这种有温度的交流方式。在科技水平如此迅猛发展的年代，电话短信几分钟就能表达清楚一个想法，让书信的往来变得弥足珍贵。收到信的那一刻，让人觉得既奇特又有一种说不出的仪式感。渐渐地，谁也没有明说，我和爸爸的沟通方式默契地转成了书信往来。隔一段时间路过传达室门口，我就会习惯性地看看门前的牌子上是否有我的名字。大概两三个月，我就会收到一封来自远方的信件。我喜欢撕开信封后，品读带着墨水香味的文字；我喜欢那种读每一个字的瞬间，与爸爸跨越时空中的连线。是的，纸质文字作为人类千百年传承的瑰宝，能让人感受到其他交流方式无法弥补的温度。

  父亲的众多来信中有人生道理，有近期感悟，也有他工作的分享。爸爸长期从事信访工作，只不过从前我对他的工作了解不多。正是品读了一封封书信后，我对他的工作也有了更深的认识，知道了什么是"脱贫攻坚"，什么是"两不愁、三保障"，什么是"扶贫与扶志、扶智"相结合。从信中明白了国家为什么要开展扶贫工作，逐渐地，我也认识到了脱贫攻坚的重要意义，甚至由此让我明白了制度自信、理论自信、道路自信，文化自信的更深内涵。从这些书信中我知道了全国有300万名干部投入在扶贫一线，我变得更加关注新闻报道中有关扶贫干部的点点滴滴。也是因为这种潜移默化的影响，我变得开始关注时事政治，变得开始能理性中立地来分析判断遇到的每一个问题。到后来，我才明白，这一切都是父亲的良苦用心，他通过讲述自己所处理的一件件小事，一砖一瓦地塑造着我的人生观、价值观、世界观。

  2018年元旦，总书记习近平新年讲话讲到了驻村第一书记，讲到扶贫干部那一刻，我很激动，眼里突然蓄满泪水，这是骄傲的泪水，自豪的泪水，因为我父亲此时正奋战在扶贫一线。再后来，寒暑假期间我和妈妈一起去爸爸扶贫的村子探望他，条件艰苦，艰苦得让人难过。这里的生活十分不便，这对于一位长期在城市生活，年近半百的人来说，是一件多么不容易的事情，我不知道爸爸是如何度过每一天，但我又分明知道他度过的每一天。他的宿舍就是他的办公室，当妈妈看到他床下一箱箱打开和没有打开的方便面时，别提我们心里多难过了。但是，这一切，我从未在他的文字中感受到一丝负能量，反而在信中，我总能被一种积极向上的力量牵引着。"从不抱怨，尽全力做好当下的每一件事。"便成了爸爸送给我的另一件礼物。

2020年初，我毕业了，爸爸的扶贫工作也告一段落。三年扶贫工作，他也取得了一定成绩，上过"学习强国"，上过杂志报纸，全家人都为他感到自豪，可是他从来没有发过一条朋友圈，我问他为什么，他说，这都是"不足挂齿"的小事，为什么自己要表扬自己呢？老百姓心里有你，才是你值得骄傲的。但我已经知道，一件小事一件小事堆积起来，就成就了伟大的事业。

如今我已毕业，回过头整理这一摞厚厚的书信时，内心感慨万千，人生就是从这样的小事中一点一滴的积累，才渐渐有了如此不平凡的成就。特雷莎女士曾经说过："我们常常无法做伟大的事情，但我们却可以用伟大的努力，做好小的事情。"这一封封来自父亲的家书，将是我毕生的宝贵财富。

这就是我这封信想向伯伯说的。我已经在西安找到一份工作，希望在西安见到您。我们下次再谈。

此致

敬礼！

学生：禹玥琪
2020年7月12日于西安

我展开禹洪给女儿的第一封信：

石竹花开
——闽宁镇的春天

琪儿：

你好！

今天，看到你订机票的信息了，再有一个月你就要放寒假了，走时是2018年的夏，归期却已是2019年的春天了，时间过得可真快。我近期也收到了文件，我们这一批下乡干部已满两年，也到了轮换的时间了。回想起两年前下来的时候，思想上是有压力的。面对陌生的环境、陌生的工作，内心是迷茫和不安的。两年来曾记畔的田间地头留下了我的脚印，这里的老百姓也认可了，有事会想到找我来咨询或寻求帮助，虽然并不是每一件事我都能解决或应该帮他们解决的，但简短的谈话或让他们茅塞顿开，或改变执拗的看法，我感觉到，和老乡每一次谈话都是有意义而且有价值的。

今天的话题就从这儿开始吧。早晨乡里的书记打来电话说，新分配到我们村上的女大学生去找他了，哭着要求离开村里。听到这个消息，我有点惊讶。乡上的书记问的意思是，这个姑娘近期在村里工作有没有受到什么委屈？这个姑娘是今年毕业的学生，考取了乡镇三支一扶人员，被安排到我们村工作，接替之前离开工作岗位的小杨，你可能有点印象。她到岗也就一个月多一点。经过与书记沟通，我们认为，近期没有人与这个小姑娘发生矛盾。进一步推测，她是拿不下来工作，感到压力巨大，找借口离开。我记得前几天我找这个姑娘谈过话，村里的工作标准不高，写写画画的事较多，稍微留意，一般不会有多大的难度。我们村的支书自己做PPT，我们的会计50多岁了，Excel表格讲几遍就掌握了。这个女孩却在工作面前低下了头，干了几天就找书记诉苦，被领导轻视这是错上加错。走出校门以后，高等数学、化学、物理似乎都不怎么管用，看似无用，却对一个人的决策起着很重要的作用。你知道我是学畜牧学的，应该说是一个搞专业的人，我之所以在村里能很快适应并打开工作局面，取得各方面认可，我想很重要的一个原因，是我综合能力得到长期的锻炼。接触社会后，一定要学会认知社会。走出校

第十八章 父亲的来信

园,就像温室里培育的秧苗要移栽了,要经得起风雨,这样才能强筋健骨。

祝你进步。

爸爸
2019年元月19日

第二封:

琪儿你好,今天忙不忙?

知道你又决定选修法律本科,时间可能更忙了。所以会尽量少给你打电话。写信的目的之一,希望读信能让你放松。今天给你讲一个小故事:我们村里有一位张姓大爷家通水了。吃自来水对城市人来说再平常不过,而这户人家却在今天才得以实现。这个村通自来水有七八年了,总水管离他家并不远,但因为村组间的矛盾,致使每次通水都会受到人为干扰。处理这件事,我用了足够的耐心,面对个别人说话阴阳怪气,甚至恶意挑衅,我保持了克制,对过去处理矛盾中存在的不公,我主动向乡亲们道歉。有几位长者首先表态支持了我,其他人慢慢也失去了底气。这件事的处理对我还是很有触动的,一是做群众工作要有耐心,二是要取得村里长者的支持,三是要降下身段。因为我能主动为过去的问题道歉,才取得了群众的信任。道歉又有什么(难)?不能因为那不是我的事而不管不问,不能新官不理旧账嘛!今天说这些,是想和你交流处理矛盾的一点体会,我虽(然)是处理矛盾的一个"行家"了,但难免会遇到新的问题,看来,人就是在不断地学习中长进的。

祝好!学习之余,别忘了加强锻炼,好身体是革命的本钱!

爸爸
2018年5月6日

第十九章 不以山河为远

一

1996年9月召开的中央扶贫开发工作会议做出了推进东西对口协作的战略新部署，其中确定福建对口帮扶宁夏。自此，远隔千山万水的闽宁两省区结下了不解之缘，一批批带着海风和温暖的福建援宁人，从闽江水畔来到六盘山下。

2020年7月3日，在中国共产党成立99周年之际，决胜全面建成小康社会、决战脱贫攻坚的冲刺阶段，中央宣传部以云发布的方式，向全社会宣传发布了"闽宁对口扶贫协作援宁群体"的先进事迹，授予他们"时代楷模"称号。褒扬他们是"东西部扶贫协作对口支援的典范"，号召广大干部群众特别是奋战在脱贫攻坚一线的党员干部向他们学习。

闽宁对口扶贫协作援宁群体中，一位女性领导不能不提，她就是当年福建脱贫办主任林月婵。

二

2020年6月6日上午，我身处闽宁镇一家私人宾馆，与远在福州的林老师

第十九章 不以山河为远

通电话——我打开手机扬声器,以便旁边的录音笔效果更好。近一个小时的讲述,林老师小女生般的福建口音响彻在整个房间。我真的不愿意相信,林老师已经是七十多岁的老人了。

谈起宁夏人民对福建的深情厚谊,林月婵老师在电话里笑着对我说:"宁夏人民是最值得帮助的人,因为他们最知道感恩。"

1996年9月,党中央、国务院做出了东部比较发达的13个省市结对帮扶西部10个省区的战略部署。同年10月,福建省委、省政府按照中央东西扶贫协作的战略部署,成立了对口帮扶宁夏回族自治区领导小组,时任福建省委副书记的习近平担任组长。在当年11月的第一次联席会议上,签署了福建省、宁夏回族自治区开展对口帮扶协议书。

当时,林老是福建省民政厅副厅长、省脱贫办主任。闽宁对口扶贫协作任务交到了她手上。

1997年3月,林老带领一行人抵达银川。这是为省领导一个月后的实地考察作前期调研。回想第一次宁夏行,林老师感慨万千。

当年她只有五十出头。那时两省区不能通火车,不能通航班。一行人从福州乘火车先到西安,再从西安乘飞机到达银川。第二天一整天乘汽车才到宁夏南部固原县。

她说,当车子进入西海固地区时,她被眼前荒芜贫瘠的景象震住了。不见多少树木,满眼的黄沙地和零星隐没在黄沙地里的村庄。这还不算什么,"等下车见到了人,发现寒冷的风中,老百姓衣着破烂,目光呆滞,这情景仿佛回到了五六十年代的电影里。在一个村庄,看见几个人赶着两头羸弱的毛驴在村口歇脚,原来是去十多里外驮水回来。第二天到一所学校,那里的学生根本没有教室,老师是用树枝在地面上写字来教学。孩子们衣服上的补丁打了又打,刺骨的寒风刀削一样拍打着裸露在外的胳膊。在县城北门,一队农民冒着雨雪晃动着排队,只为把有限的土豆卖给县里唯一的收购站……"

宁夏西海固地区的贫穷程度令人震惊。几天后，林老回到银川，心情怎么也不能平静下来。她想，宁夏乡村这样，城市情况怎样呢？于是，林月婵带上一名同事，打出租车拉着她们到银川最繁华的地方转一转。"有了比较才知道如何'对症下药'。较年长的司机把我们送到一座高楼前，他说这里是最好的地方了，让我们进去看看。"林月婵说，这个最好的商业中心也就和福建地县级百货大楼差不多。但那个司机很朴实，就说，你们进去慢慢转，我在这里等你们。转了一个多小时出来，果然发现司机还等在原处。上了车，林老就和司机聊了起来。我说师傅，开几年车了？司机说，开了好些年啦，还给你们福建的老板开过车呢！

听到这句话，林老心里一动：福建老板！对呀，老板总是一些有本事的有钱人，如果在宁夏把福建籍的这些老板动员起来，企业扶贫和项目扶贫不就可以落地了吗？林老就对这位师傅说："那请您给这位福建老板捎个话，就说福建老家来人了，让他们到大厦这来找我。"

这本来是不太抱希望的一句话，却被诚实的司机促成因缘。

老师傅果真把话转给曾经的老板。老板见了林老后，一个接一个地传给在银川的同乡。不到半天，40多名福建籍老板陆陆续续站到了林月婵面前。

"他们叫什么名字、来自福建哪里、什么时候来宁夏、做什么生意、现在情况怎么样等，我不仅问了个遍，还一一记在本子上。"林老说，经过大家评估，最终挑了11名企业家，让他们做好准备，等福建省领导来考察时，让他们见面汇报。

送走最后一位企业家，林老发现一个问题："虽然他们同在宁夏创业，但彼此并不认识，基本是单线联系或少数人有交往。怎么能让他们形成合力？我觉得有必要成立一个企业家协会，用会费维持协会运作，更好地服务企业。"

第十九章 不以山河为远

三

回到福建，林老向省对口扶贫领导小组汇报了宁夏西海固地区的8个极度贫困县市的详细情况。福建省委和省政府决定：不仅是选8个县市逐一挂钩，而且还要让沿海5个县区市作为"后盾"，不脱贫就不脱钩，把此事当作一件政治工作，一定要完成中央部署下来的任务。

半年后，福建企业家协会在银川成立，随着闽宁对口帮扶力度加大，这支队伍规模越来越壮大，逐渐成为解决当地劳动力就业问题，推动经济发展的强劲力量。

1996年11月，宁夏党政代表团也来到福建，闽宁之间第一次联席会议正式在福州召开。

1997年4月，由时任福建省省长贺国强、时任福建省委副书记习近平率领的福建省党政代表团一行抵达宁夏，展开为期6天的对口扶贫考察。同时召开闽宁第二次联席会议。会议期间，11名闽籍企业家受到福建省领导的接见。从此，在闽宁协作中，闽商成为一支格外重要的队伍。

林老回忆，其实，20世纪90年代的福建经济总量并不高，如何在资金有限的情况下对宁夏进行有效帮扶？这是摆在扶贫小组面前的一道难题。

在第二次联席会议上，代表团对帮扶机制进行了进一步探讨，确定了怎么帮扶，提供多少扶持资金，主要项目有哪些等问题。

林老说，省领导从福建出发前，组长习近平还叫了福建企业家作为经贸代表团也跟随他们去了宁夏。林老回忆说，就在这次调研后，他们决定把有限的资金集中投入学校、坡改梯、吊庄（搬迁工程）、菌草等四个项目中，并将其列入"闽宁扶贫协作纪要"。

"扶贫帮扶不仅仅是资金的问题，关键是拿到资金后怎么做、做什么。"林老在电话里强调说。

二十多年后，林月婵对宁夏扶贫工作的开展有着清晰的记忆："我们给宁夏的扶贫资金不算多，为什么宁夏人老是记得福建的好？就是因为我们把分散的力量集中起来，我们打的是组合拳。"

林老说，闽宁协作不久，她了解到共青团中央、教育部、卫生部都会派扶贫调研队伍到宁夏后，立即在各个部委间穿梭起来。

"我——和他们取得联系，询问他们所派队伍的具体地点，然后让我们的挂职干部赶紧去拜访他们。"林老说，这样就将各支队伍融合在一起，彼此之间联系互动，集体的力量大了，扶贫的目标更加明确，效果也成倍地提升。

林老在电话里举了一个例子，最早的对口扶贫，不仅是政府和企业，还有我们福建的志愿者。当地人感谢我们福建人，只要听说来理发的是志愿者，就坚决不收他们的钱。还有，有的时候志愿者到当地小面馆吃碗面，面馆老板也不收他们的钱。为什么？因为福建帮宁夏，就像兄弟姐妹间的帮扶，一个铜板都要掰成两份用，这份手足情深深感动了宁夏百姓！

四

林老说，她不会想到，她工作的最后10年，竟与宁夏结下一生情缘。

10年塞上行，一生闽宁情。从"移民吊庄"到"坡改梯田"，从"井窖建设"到"劳务输出"，从"菌草推广"到"招商引资"，从"联办医院"到"援建学校"，福建援宁的每一个项目里，都有着林月婵的心血和关注。只要碰到难题，不管宁夏还是福建，干部们总会不由自主地先给林月婵打电话求援。所以至今，林月婵手机中储存的号码，最多的就是宁夏的。

具体谈到闽宁镇，林老说，习近平所说的闽宁示范和闽宁模式，与福建省内的脱贫理念一脉相承。这种模式在福建脱贫领域是探索出来的，而且积

第十九章 不以山河为远

累了丰富的经验。林老说，当年福建实施的"连家船民上岸工程"，就是要让长年漂泊在大海上的渔民登上岸，但上岸后渔民怎么生活？把这些不宜生存的地方渔民整体搬迁到交通发达、教育资源好、发展前景好的地方去。这样，渔民本身脱贫了，子孙也受到教育改变了命运。脱贫最关键一环是要阻止代际传播。闽宁镇周边土地沙化严重，并不适合传统庄稼生长，我们就把草蘑菇产业第一个引进来，以此拓宽困难群众的增收渠道。为什么要先引进这个技术项目？因为在20世纪90年代初，福建省的以草代木栽培食用菌技术已经很成熟。1998年，习近平作为帮扶宁夏领导小组组长，批示援宁干部："菌草为我省之优势……要做我们拿手的。"

　　林老说，菌草技术输出到闽宁镇单靠一两家企业不行。企业家的责任之一是要教会、带动当地农户学会栽培技术，这样才能改变输血扶贫为造血扶贫。但是，科学要在一个移民吊庄推广起来谈何容易。福宁村的妇女苏玉莲聪明能干，是全村公认的有主见的女性。她也是最早栽培的农户。但是，在一个冬天，苏玉莲种植的蘑菇棚因温度控制不好，管理失当而栽培失败。听说这种情况，林老在一天中午，亲自带着技术员来到苏玉莲家。当林老看到连院墙都没有的这个家和旁边废弃的蘑菇棚，心里很不是滋味。但为了鼓励苏玉莲打起精神，林老问她，小苏，你真想好不种蘑菇了吗？苏玉莲看到无比心痛的林老，突然面露愧色。林老趁机劝说她，技术员来了，既定的目标不能轻易放弃。技术员现场认真勘察后，告诉苏玉莲问题出在哪里。两个多小时，林老一直陪在现场。苏玉莲想让她和技术员进屋吃个饼子，但林老没有吃。她说，那个时候，闽宁镇许多移民还没有解决温饱。"那有限的几个饼子，可能是她一家两天的口粮。"

　　当林老听说我就住在福宁村一家私人旅馆时，她兴奋地告诉我，4年前，她终于故地重游。回到闽宁镇那个下午，她先参观了镇史馆，然后专门来到苏玉莲家。时光荏苒，转眼15年过去，当苏玉莲看到林老时，连连叫着林妈妈，激动得不能自已。当苏玉莲看到步履蹒跚的林老如此苍老、连在沙发坐下来都很费劲时，禁不住哭了。林老环顾苏玉莲家宽敞明亮的客厅、大彩电和精美的家具，连连点头；当林老看到苏玉莲端来精美的八宝茶盖碗时，林老说："就像看到自己的女儿过上了幸福美满的生活。"要告辞了，林老自己却怎么也站不起来，强作笑脸的苏玉莲一边上前搀扶一边哭出声来。林老走到庭院里，在绿树遮阴的大门口，林老笑着对苏玉莲说："你不要难过，人老了，什么毛病都来了。你现在是闽宁镇的致富能手，要精神饱满地生活，更要乐观地生活。"

在随后的电话交谈中，林老并没有讲多少自己，却反复说起那些在宁夏挂职的福建干部。福建省妇联副主席也是一名带职干部，她告诉我，每一批援宁挂职干部都是林月婵亲自送去、再亲自接回；每一次来宁夏时，她都要带上一些家乡土特产品，顺路去慰问挂职干部。

是啊，二十多年间，福建省累计派出9批次共139人赴宁夏9个挂钩县（市、区）挂职，宁夏也先后选送了14批229名基层干部到福建挂职；福建省百所学校与宁夏贫困地区百所学校结为帮扶对子，开展教学教研活动，为宁夏培训教师7 351人次，派遣支教教师16批980人次……

林老说，她至今还记得那一幕幕场景：每当福建挂职干部期满回乡时，朴实的宁夏乡亲将大红花系在挂职干部身上，依依不舍地送了一程又一程，湛蓝的天空和花朵的鲜艳相互映衬，黄色的土地上留下了一行行深深浅浅的足迹。

五

2007年，林老退休了。但她的闽宁之情却始终不断。这一年，她又被宁夏聘为"宁夏回族自治区政府顾问"，操心的依旧是闽宁协作。

第十九章 不以山河为远

2015年，林月婵被宁夏评为"感动宁夏十大人物"。登台受奖时，她却一句话也说不出来。"因为想说的太多了，想做的也太多了。"面对记者，林月婵说："看到今天宁夏的变化脱胎换骨，我最想说的是，党交给我的任务，我完成了！"

最后林老说："2016年我回过闽宁镇，真想再回到那片黄土地看看，看看我的老朋友们。可惜我的身体不允许了。"

6月7日，林老主动打来电话告诉我，如果时间允许，我到银川要去见一下原宁夏扶贫办主任李文录。她说，闽宁对口扶贫，宁夏扶贫办同样付出艰苦的努力，他们同样值得宁夏人民铭记。

林老把李文录主任的手机号发过来，我就知道，二十多年了，闽宁两省对口扶贫的两个牵头人，始终没有断过联系。过去并肩战斗，如今成了知心朋友。

我随后打通李主任电话。一听是林老提供的电话，李主任非常爽快地答应，随时在银川等我。我说我去登门拜访，李老师说："不用，你对银川不熟悉，定下宾馆告诉我就行，我过来找你。"几句话，透着亲切，透着老一辈人干练、务实的工作作风和谦虚、随和的人格风范。

2020年6月10日上午9点，精神矍铄的李文录主任来到银川北塔附近一家旅馆。李老操一口东北话，他告诉我，四十多年的宁夏生活，他这个出生在东北的人，除了乡音和民族成分未改，完全成了宁夏人。

谈到林月婵，李老声音突然提高了八度："这是个宁夏人民永远忘不了人，也是一个了不起的女干部。"

李老说，至今在宁夏固原市的街头巷尾，人们谈起宁夏20年来翻天覆地的变化时，总会想起福建的"林大姐"。作为福建省闽宁办主任，林老先后40多次来到宁夏，她深入乡村调研的故事，一直在西海固父老乡亲口中流传。

李老说，有一次，林老看到一户农家老人有病，孩子又多，生活极度困难，因为买不起碗，户主就在水泥炕沿上凿出几个坑坑，把简单的饭食放在坑坑里，四五个孩子站在地上吃饭，林老当时就落泪了……十来年，不论冬夏，不顾风雪，林老每次来宁夏，都会深入到农户家中，由于山高路远，几次车辆事故都危及生命，但林老从没有迟疑过一次……

2020年7月3日晚上，《新闻联播》报道了中宣部表彰决定，我很想打个电话向远在福建的林月婵老师表示祝贺，但想到她现在年纪大了，身体欠佳，在这样一个时刻，一定有不少媒体来找她，也会有当年一起奋战在宁夏的战友与她叙旧，于是打消了电话祝贺的念头。林老，您多多保重！

后　记

这本书本来不应该是这样一个样貌，至少，应该比现在要好一些。

但由于时间、水平所限，也只能这样了。

2019年12月1日上午，我去家里看望老领导王德升，这个老军人、老党员80岁了，一直是我的精神导师。他听说我要写一本关于宁夏脱贫的书，立即握住我的手说："太好了，要写，一定要写。要写就写深，写透，写真，写实……关键是要写实，我相信，你能写好。"

老领导的深、透、真、实四个字，如醍醐灌顶。

晚上告别老首长驱车回家，心里已然出现一条光明的道路，一缕灯光刺破浓霾，把眼前道路照得干净清爽。然而，突如其来的一场疫情，阻隔了一切。虽然不能从容深入一线细致采访，但书中故事都是我用脚走出来的，用心量出来的。对于脱贫攻坚，正是艰难困苦，玉汝于成；创业维艰，奋斗以成。党的十八大以来，习近平同志在不同场合多次强调劳动、奋斗的意义，也深情讲述了许多奋斗故事。近日习近平同志在视察吉林空军部队时即兴讲话，他说，再尖端的武器，如果没有战士坚强的意志和爱国主义、英雄主义气概，是战胜不了敌人的。脱贫攻坚也一样，再好的政策，再多的扶持，如果没有自己攻坚克难的思想、奋发图强的意志力和吃苦耐劳的精神，贫穷永远会伴随我们。

这本书遗憾很多，最遗憾的是，因时间关系，有三位女性没有写进来，一是银川市妇联主席刘红梅，她在脱贫攻坚战中的贡献巨大；二是在西海固地区坚持乡村调查20年的学者林燕平，她把后半生都无私奉献给了这片穷困的土地；三是戏曲秦腔表演艺术家侯艳，她几十年如一日下乡演出，把文化扶贫工作深入最偏远的乡村。

要特别感谢《民族文学》的石一宁主编、哈闻副主编和安殿荣编辑，感谢他们没有忘记让一位军人重回文学故乡；感谢译林出版社老社长顾爱彬仁兄，我欠他一部书稿直到他退居二线；如果没有他的推荐，我不会与花城出版社的程士庆总编辑、李谓主任和曹玛丽老师三位同仁结缘。

感谢宁夏作协的闫宏伟副主席、同学土豆和作家朋友马凤鸣老师，他们的无私帮助令人难忘。

最后向战斗在宁夏脱贫攻坚一线的同志们致敬，向靠自己的双手和智慧与贫困进行殊死决战的女同胞们致敬。

侯健飞

2020年8月29日于北京